EN POINTILLÉ

MONTGOMERY INK

CARRIE ANN RYAN

EN POINTILLÉ

Montgomery Ink
tome 6
Carrie Ann Ryan

En Pointillé
Montgomery Ink
Par Carrie Ann Ryan
© 2015 Carrie Ann Ryan
eBook ISBN : 978-1-950443-62-8
Print ISBN: 978-1-950443-63-5
Traduit de l'anglais par Viviane Faure pour Valentin Translation

Pour plus d'informations, abonnez-vous à la LISTE DE DIFFUSION de Carrie Ann Ryan.
Pour communiquer avec Carrie Ann Ryan, vous pouvez vous inscrire à son FAN CLUB.

EN POINTILLÉ

La série *Montgomery Ink* continue avec le frère qui mérite une seconde chance et la femme qui l'a toujours aimé.

Alex Montgomery a perdu son premier amour avant de sombrer dans la bouteille. Son ex-femme et lui sont les seuls à savoir pourquoi il s'est engouffré aussi rapidement dans une voie qu'il n'aurait jamais cru prendre un jour. À présent, il a suivi une cure, cessé de boire et appris à redevenir un Montgomery – une tâche loin d'être aussi facile que semblent le penser certains membres de sa famille.

Tabby Collins fait partie des Montgomery à titre honorifique. C'est le cerveau organisationnel derrière Montgomery Inc., la société familiale. Elle adore ses plannings, ses amis et un certain homme aux cheveux foncés qui ne lui a jamais donné de seconde chance.

Peu à peu, Alex s'immerge à nouveau dans le monde, mais les démons qu'il a affrontés n'en ont pas fini avec lui. Quand Alex découvre que la vie de Tabby est en danger, non seulement il trouve un moyen de l'aider, mais il apprend à découvrir la femme qui se cache sous les sourires aimables qu'il a toujours vus. Leur histoire d'amour ne sera pas facile, mais quand la passion s'en mêle, ce n'est jamais simple.

CHAPITRE UN

ALEX MONTGOMERY n'avait pas besoin d'un verre.

Mais il en crevait d'envie.

Ce n'était pas là un sentiment nouveau, bien sûr. Cette envie était toujours là. Elle brûlait ses entrailles, électrisait sa colonne vertébrale et lui desséchait la gorge. Elle plantait ses griffes en lui, le séduisait et le démolissait, comme si elle était incapable de s'en empêcher. C'était comme s'il avait un sportif en colère qui lui criait dans une oreille, tandis qu'une séductrice lui chuchotait des sous-entendus sexy dans l'autre, et que les deux lui disaient de prendre un verre.

Ça serait seulement un verre, insistaient-ils. *Rien qu'un.*

Sauf que ça ne s'arrêtait jamais avec un verre.

Parce qu'Alex était alcoolique. Cela faisait plus d'un an qu'il n'avait pas pris un verre pour rafraîchir sa gorge parcheminée ou essayer de noyer ses démons. Parfois, il n'arrivait toujours pas à y croire, et pourtant, à d'autres moments, il avait l'impression que ça faisait bien plus longtemps. Seize mois de sobriété, et cependant, il était toujours accro. Peu importait combien de jours passaient et combien de verres il n'avait *pas* ingurgités, il serait toujours un alcoolique. C'était une chose à laquelle il avait appris à faire face au cours des derniers mois, mais cela ne lui facilitait pas les choses pour essayer de vivre normalement.

— Tu es en avance, dit Marie Montgomery en le rejoignant.

Il se tenait dehors, dans l'air frais de Denver, mais sa mère l'avait trouvé quand même. Il aimait l'odeur des montagnes et le réconfort qui semblait toujours émaner de la maison de son enfance. Rien que regarder la femme qui l'avait élevé le faisait se sentir bien plus proche de ce qu'il avait perdu... et d'autant plus loin du point où il avait commencé.

Sa mère avait bien vieilli, pensa-t-il. Pour tout dire, il n'était pas certain qu'elle ait vieilli du tout. Si ses gènes laissaient présager du futur de la famille, alors la plupart de ses frères et sœurs continueraient à très bien présenter arrivés à cinquante ou soixante ans. Alex avait fait mariner son foie dans de l'alcool en continu pendant sa dépression, alors il supposait qu'il n'en irait probablement pas de même pour lui. Il finirait sûrement avec une allure sèche et tranchante, bien plus que ses frangins et frangines les plus durs. Mais ça avait été le choix qu'il avait fait à un moment donné, avant qu'il soit complètement dépassé par les événements. Maintenant, il devait faire face aux conséquences de ses décisions. Et il était bien temps pour lui d'assumer, d'après son parrain du centre de désintox et son psy.

Sa mère entoura sa taille de ses bras et le serra fort contre elle. Il ignora la façon dont son ventre se contracta et lui rendit son étreinte. Il se sentait un peu rouillé. Ça n'avait pas été facile, durant ces derniers mois, de se souvenir que sa famille avait toujours été très affectueuse avec lui. Il les avait tous repoussés les uns après les autres, et il commençait juste à apprendre à revenir, s'il y avait une façon de le faire. Quand il fermait les yeux et qu'il inspirait l'odeur qui avait su l'apaiser à une époque, il priait pour être un jour capable de trouver cette tranquillité à nouveau.

Il avait commencé à boire pour oublier, et puis, comme il ne savait rien faire d'autre, il avait continué. Mais désormais, il avait besoin de se souvenir.

Il embrassa sa mère sur le dessus du crâne, car elle était bien plus petite que lui, et il recula d'un pas. Elle faisait une tête de moins que tous ses fils, et quelques centimètres de moins que ses trois filles. Comment Marie Montgomery avait réussi à élever huit enfants en plus de tous leurs amis qui passaient leur temps à la maison, Alex se le demandait bien.

— Mais je suis contente que tu sois là.

Elle tapota son torse et le regarda avec un air inquiet. Il y avait perpétuellement cette inquiétude en elle, désormais, et Alex avait conscience que c'était sa faute.

— Je ne voudrais être nulle part ailleurs, répondit-il avec franchise.

Le regard de sa mère s'adoucit, et il comprit qu'il avait dit ce qu'il fallait.

— Je sais que le repas ne commence que dans quelques heures, mais je voulais venir donner un coup de main, si besoin.

Même si leur famille était grande d'après les standards de l'époque actuelle, tous les membres de leur famille immédiate vivaient à une demi-heure maximum les uns des autres, dans la banlieue de Denver. Certains étaient partis un ou deux ans pour la fac ou autre, mais ils avaient tous fini par revenir. Une fois sorti de désintox, il avait envisagé de déménager pour repartir à zéro, mais il aurait uniquement blessé ceux qui l'avaient aimé malgré toutes ses conneries. Ils étaient restés à ses côtés et l'avaient poussé dans la direction de la décision qu'il devait prendre lui-même, et aujourd'hui, il était heureux d'être resté.

En tout cas, c'était son sentiment en cet instant. Vu la façon dont son cerveau partait dans tous les sens, il changerait bientôt d'avis de nouveau.

Comme ses parents étaient ravis que tous leurs enfants soient si proches, ils organisaient des dîners de famille environ deux fois par mois. Parfois, c'était encore plus souvent, à d'autres moments, ils ne parvenaient à réunir tout le monde qu'une fois de temps en temps, mais toute la fratrie essayait de venir quand c'était possible. Comme, par ailleurs, le reste de sa famille avait produit de la marmaille à une vitesse inquiétante ces derniers temps, les dîners de famille étaient toujours bruyants, agités et épuisants.

Une fois de plus, il ignora la façon dont sa gorge se serrait.

Je peux le faire, se répéta-t-il.

Il avait été normal, à une époque. Il pouvait au moins faire semblant de l'être à nouveau.

— D'accord, mais tu aurais pu rentrer directement, Alex, poursuivit sa mère. Tu n'es pas obligé de passer par-derrière. Tu aurais pu prendre la porte d'entrée. Ce n'est pas la peine de frapper, tu es mon fils. Et comme la chimio et la radiothérapie sont terminées, ton père n'a plus besoin de faire la sieste comme avant.

Le père d'Alex, Harry, s'était battu contre un cancer de la prostate l'année précédente, pendant qu'Alex descendait au fond du trou de son côté. Il n'avait clairement pas été le genre de fils dont Harry avait besoin tandis qu'il faisait face à la mort et en ressortait vainqueur. Heureusement, Alex avait quatre autres frères qui étaient bien plus forts que lui, et trois sœurs qui réussissaient tout ce qu'elles entreprenaient.

— J'avais envie de faire le tour avant de rentrer.

Il haussa les épaules, et elle lui jeta un drôle de regard. Il soupira et désigna une des tables de pique-nique dans le grand patio que son père et son frère Austin avaient construit il y avait plus de dix ans de cela. Austin avait quelques années de plus que lui et il avait toujours été doué de ses mains. Pourtant, ça avait été les deux suivants par ordre d'âge, Wes et Storm, qui avaient rejoint l'entreprise de construction de Harry. Austin, lui, avait ouvert un studio de tatouage avec leur sœur, Maya.

— J'ai amené mon appareil au cas où tu voudrais des photos, pourquoi pas, et je me suis dit que je jetterais un œil pour voir si je trouvais quelque chose d'intéressant.

Il ne regarda pas dans sa direction en disant cela, soudain gêné. Il était photographe et photojournaliste de métier, mais il avait perdu la plupart de ses contacts quand il s'était retrouvé piégé par la bouteille. Il avait passé l'année qui venait de s'écouler à essayer de se repentir, à se faire de nouveaux contacts et à réparer ceux qu'il avait brisés, mais il n'avait pas encore retrouvé son niveau d'avant.

Sa mère posa une main sur son avant-bras, et il regarda à nouveau vers elle.

— C'est une excellente idée. Rien de trop formel, je suppose, puisqu'on n'a prévenu personne, mais je serais ravie d'avoir des photos de la famille au naturel, pendant que tout le monde s'amuse. Tu as toujours été doué pour capturer ça.

Des larmes emplirent ses yeux, et elle battit des cils pour les chasser, mais pas assez rapidement pour empêcher Alex de se faire l'effet d'une sale brute.

— J'ai hâte de voir ce que ça donnera. Tu as tellement de talent.

Il hocha la tête en déglutissant. Peut-être qu'un jour, il ne se ferait plus l'effet d'être un étranger dans la maison dans laquelle il avait grandi, mais ce n'était pas pour aujourd'hui. Bon sang, il se sentait un étranger dans son propre corps, alors il avait clairement du mal à laisser les gens voir qui il était.

Il ne *savait* même plus qui il était.

— Mrs Montgomery ?

Alex se tourna en entendant la voix douce derrière lui, et

son cœur se mit soudain à battre un peu plus vite, même s'il ne savait pas pourquoi.

Tabitha les rejoignit avec un sourire hésitant tandis qu'elle les observait, lui et sa mère. Ses cheveux auburn étaient noués en une queue de cheval, mais il était à peu près sûr qu'à un moment donné, ils avaient été blonds. Enfin, c'était peut-être juste la lumière. S'il était franc avec lui-même, il ne se rappelait pas grand-chose de ces dernières années. Elle était un peu plus grande que la moyenne et toute en jambes, des jambes qu'il avait matées plus d'une fois, au cours de l'année qui venait de s'écouler.

Mais il avait toujours repoussé ces pensées, et c'est ce qu'il ferait aujourd'hui aussi. Il était sur le chemin de la guérison, bon sang, et même s'il avait passé la première année qu'on conseillait d'attendre pour entamer une nouvelle relation, il savait que Tabitha ne serait pas la femme avec qui il ferait cela une fois qu'il serait prêt.

Elle travaillait avec ses frères, Storm et Wes, pour Montgomery Inc. Elle était l'assistante administrative de l'entreprise de construction que ses parents avaient créée avant leur naissance, et il était assez certain qu'elle la faisait tourner avec une efficacité sans faille. Wes était peut-être super organisé et scrupuleux, mais Alex savait que lui et son jumeau n'auraient pas été capables de fonctionner sans elle.

— Tabby !

Sa mère s'avança et serra l'autre femme dans ses bras. Tabitha lui adressa un sourire tendre, nettement moins hésitante, désormais, et elle répondit à son étreinte.

— Bonjour, Mrs Montgomery. Je me suis dit que je viendrais un peu en avance pour voir si vous aviez besoin d'aide avec la cuisine. Mr Montgomery m'a fait entrer et je vous ai vus par la fenêtre.

Alex fourra les mains dans ses poches en observant la façon

dont sa mère faisait la fête à Tabitha. Il ne pouvait pas vraiment lui en vouloir. Il n'y avait pas un seul soupçon de méchanceté chez Tabitha, et à chaque fois qu'il la voyait, elle était toujours en train d'aider quelqu'un. Il ne savait pas s'il y avait quelqu'un qui l'attendait quand elle rentrait chez elle ou une famille pour l'accompagner, mais il savait que les Montgomery l'avaient adoptée, de toute façon. Ils avaient tendance à faire ça avec tous les gens qu'ils appréciaient et qui s'approchaient suffisamment de leur toile.

— Combien de fois je t'ai demandé de m'appeler Marie, Tabby ?

Marie tint les mains de Tabitha dans les siennes et secoua la tête. Mais Alex savait qu'elle souriait.

— À chaque fois que je vous vois. Mais c'est une mauvaise habitude dont je ne semble pas capable de me débarrasser.

Tabitha regarda vers Alex et lui sourit, même si ce n'était pas le même genre de sourire que celui qu'elle avait adressé à sa mère et qu'il ne parvenait pas vraiment à le déchiffrer.

— Bonjour, Alexander.

— Salut.

Il avait toujours trouvé ça bizarre qu'ils soient les seuls à ne pas utiliser leurs diminutifs respectifs, mais c'était un de ces trucs qui s'étaient établis il y avait des années de cela, et il ne savait pas comment faire pour le changer. Et franchement, il n'en avait pas envie.

— Enfin bref, c'est au tour de Storm de m'aider en cuisine, si vous voulez vous joindre à nous, intervint Marie. Les autres et les petits arriveront un peu plus tard.

Elle jeta un regard par-dessus son épaule.

— Alex, mon chéri, prends ton appareil photo et rentre. Si tu t'ennuies, tu peux nous aider à démarrer le repas.

Sa gorge se serra à nouveau à l'idée d'être intégré, mais cette fois, ce ne fut pas douloureux. Non, c'était davantage une chaleur qu'il n'arrivait pas à définir. Ça lui plaisait plutôt.

— Ça marche, dit-il doucement avant d'aller chercher son appareil photo.

Il courut à petites foulées jusqu'à la table de pique-nique et saisit son sac. Ses mains tremblèrent, et il se força à prendre une grande inspiration et à compter jusqu'à dix.

— Est-ce que ça va ?

Il pivota sur ses talons, les yeux écarquillés. Il n'avait pas entendu Tabitha arriver derrière lui. Il déglutit avec difficulté, le cœur battant.

— Oui, je prends juste mon appareil.

Elle inclina la tête et observa son visage.

— D'accord. Ta mère est partie dans la cuisine chercher ses listes. Apparemment, Storm sera là d'ici quelques minutes. J'espère que ça ne te dérange pas que je sois venue en avance pour donner un coup de main. Je ne savais pas que toi aussi tu arriverais plus tôt. Je ne voulais pas m'immiscer dans un moment particulier entre ta mère et toi.

Il secoua la tête en hâte et passa la bandoulière du sac sur son épaule. Il continua à jouer avec parce que, pour une drôle de raison, il avait envie de tendre la main et de toucher la jeune femme pour la rassurer. Il n'avait pas à la toucher de quelque façon que ce soit.

— Tu n'as rien interrompu du tout.

Il eut un rire sec, et elle lui jeta un regard curieux.

— Tu fais partie de la famille, maintenant, tu sais. Pour tout dire, je pense que tu es davantage une Montgomery que moi, en ce moment.

Il n'avait pas eu l'intention de prononcer cette dernière phrase. Il aurait pu se mettre des baffes. Il n'avait pas voulu s'ouvrir à elle ainsi.

Cependant, elle ne lui adressa pas de regard de pitié. Au lieu de ça, elle étrécit les yeux.

— Tu es un Montgomery, même si tu ne vois pas les choses comme ça en ce moment. Tu as toujours été un Montgomery, et pas simplement à cause de ton nom.

Elle laissa un soupir lui échapper, et ils se tinrent tous les deux dans un silence gêné.

— Enfin, on ferait mieux d'y aller et de donner un coup de main.

Elle tourna les talons, et il poussa un soupir à son tour avant de la suivre.

Il ne savait pas ce qu'il y avait chez Tabitha Collins qui le poussait à s'ouvrir comme ça, ne serait-ce qu'un peu, mais il n'était pas sûr d'avoir envie de connaître la réponse.

Alors qu'ils revenaient à l'intérieur, Storm entra par la porte de devant, un grand sourire sur le visage. Storm et Wes étaient de faux jumeaux, si bien qu'ils n'étaient pas parfaitement identiques, mais de tous les Montgomery, ils étaient ceux qui se ressemblaient le *plus*. Ils avaient tous des cheveux sombres et des yeux bleus, et la plupart d'entre eux avaient également des tatouages et des piercings. Étant donné que deux de leurs frères et sœurs possédaient et géraient un studio de tatouage, c'était assez logique. Ils formaient une compagnie éclectique, mais ils étaient des Montgomery, et c'était tout ce qui comptait.

Enfin, c'était tout ce qui aurait *dû* compter, jusqu'à ce qu'Alex envoie tout bouler.

Il secoua ses pensées et alla saluer Storm. Ils se livrèrent tous deux à cette accolade virile qu'il n'avait jamais vraiment comprise, mais qu'il faisait quand même, avant de passer dans la cuisine. Storm serra Tabitha dans ses bras et l'embrassa sur le front avant de se mettre au travail.

— C'est comme ça que tu traites tes employés, mon chéri ? demanda Marie, les yeux pétillants de malice.

Alex était à peu près certain que Marie avait envie que Tabitha épouse quelqu'un de la famille, et il supposait que ça pourrait être soit Wes soit Storm.

Alex ne comptait pas, après tout.

Storm lui fit un clin d'œil et embrassa sa mère sur la joue.

— Seulement en dehors des heures de travail, maman. Ne t'inquiète pas.

Tabitha rougit et leur fit signe d'arrêter.

— S'ils essayaient au bureau, je leur botterais les fesses, ne vous inquiétez pas.

— C'est vrai, dit Storm en fouillant le frigo. Elle sait se défendre.

Alex haussa un sourcil.

— Bon à savoir.

Si cela était possible, Tabitha rougit de plus belle avant de se mettre au travail. Alex retint un froncement de sourcils devant cette réaction et il posa son appareil photo avant que sa mère lui donne du travail à lui aussi. Tant qu'il n'était pas chez lui tout seul en train d'essayer de trouver quelque chose à faire, ça lui allait.

Il leur fallut quelques heures, mais enfin, le repas fut prêt. Sa mère avait décidé de faire italien, ce soir-là, alors ils avaient deux plats de lasagnes, des fettucine Alfredo et des pâtes avec des boulettes de viande pour les enfants. Ils avaient même fait des salades, des accompagnements et des antipasti. Comme ils étaient huit frères et sœurs et que presque tous étaient en couple et avaient des enfants, sans compter les gens comme Tabitha qui avaient été plus ou moins adoptés, ça faisait du monde. Et beaucoup de bouches à nourrir. Mais les Montgomery savaient prendre soin des autres, même si là, il ne s'agissait que de leurs estomacs.

Sa mère s'était occupée des desserts, alors il savait qu'il y aurait une tonne de produits sucrés et délicieux après le plat principal. Il se frotta une main sur le ventre et soupira. Il n'était pas sûr d'avoir de la place pour le dessert, après tout ça, et il n'avait pas envie de se laisser trop aller. C'était quelque chose qu'il avait déjà trop fait au cours de sa vie.

Alors que le reste de la famille commençait à arriver, il sortit son appareil. Ce n'était pas son premier repas de famille depuis qu'il était sorti de désintox, mais il n'avait pas encore recouvré toute la force dont il avait besoin pour les gérer tous à la fois.

Sa famille l'aimait. Il le savait. C'était eux qui l'avaient forcé à regarder la vérité en face et qui avaient été là pour ramasser les morceaux quand il s'était effondré. Il n'avait pas été assez fort pour le faire tout seul, et même s'il ne leur en voulait pas pour cela, il s'en voulait à lui.

C'était plus facile de rester derrière l'objectif et de prendre des photos plutôt que d'interagir avec eux. Il avait beau être *là*, il pouvait rester en arrière et se contenter d'être un observateur.

Il se concentra sur un côté de la pièce et prit quelques clichés de sa sœur Meghan alors qu'elle renversait la tête en arrière et éclatait de rire devant quelque chose que son mari, Luc, avait dit. Luc tenait leur fille, Emma, dans ses bras. C'était un bébé de cinq mois, désormais, s'il comptait bien. Pour tout dire, ses trois sœurs avaient donné naissance à un bébé cinq mois auparavant, ce qui montrait bien à quel point les Montgomery étaient proches. Même leur progéniture, ils la faisaient en même temps, pour que les enfants puissent grandir ensemble. Même s'il savait qu'elles ne l'avaient pas fait exprès, ça restait un peu bizarre.

Son autre sœur, Maya, était appuyée contre un de ses maris, Border, tandis que le troisième membre du ménage, Jake, tenait leur fils, Noah. À côté d'eux, Miranda, la dernière sœur d'Alex, tenait son fils, Micah, tandis que son mari, Decker, était debout à côté d'eux et souriait comme le fier papa qu'il était.

Alex continua à prendre des photos en ignorant la douleur dans sa poitrine à la vue de tous les membres de sa famille qui avaient trouvé leur chemin et créé leurs propres petites familles.

Il avait foutu en l'air la famille qu'il avait et il savait qu'il n'obtiendrait pas de seconde chance. Son ex-femme était bel et bien partie, heureusement, et il ne retomberait pas dans le piège de sitôt.

Il ne pensait pas être assez fort pour recommencer.

Une fois de plus, il repoussa ces pensées de son esprit et continua à prendre des photos. Griffin et Autumn étaient blottis dans un coin. Austin et Sierra géraient leur marmaille au centre de la pièce. Ses parents dansaient, au grand plaisir de Tabitha, Storm et Wes. À chaque clic du déclencheur, il capturait un souvenir pour l'éternité, sans le vivre lui-même.

Mais c'était ce qu'il savait faire, et il refusait que cela soit un échec également.

La minuterie retentit derrière lui, et il se retourna alors que sa mère tapait dans ses mains pour diriger sa petite troupe.

— Très bien, tout le monde, allez vous asseoir. Storm et Alex ? Venez m'aider à transporter la nourriture sur la table.

Quand sa mère parlait, les gens écoutaient, alors il posa son appareil photo et s'occupa d'amener les plats à table. Chaque membre de la fratrie jouait les sous-chefs ou les serveurs à tour de rôle, et Alex remplit sa part. Ceux qui avaient du talent pour construire des choses de leurs mains avaient fabriqué une grande table de banquet autour de laquelle ils pouvaient tous rentrer. Même s'il supposait qu'avec tous ces enfants, elle serait bientôt trop étroite.

Au final, il se retrouva assis avec Jake d'un côté, et son neveu, Leif, le fils d'Austin, de l'autre. Tabitha était assise en face de lui, encadrée par Storm et Wes. Même si sa mère n'avait pas fait de plan de table, il avait dans l'idée qu'elle n'était pas étrangère à cette disposition précise. Elle avait *vraiment* envie que Tabitha rejoigne officiellement la famille.

Tout le monde se servit généreusement, mais Alex fit attention à ne prendre que de petites portions de chaque plat. Tout était chargé en gras et en sucres lents, et il devait faire attention à ce qu'il consommait. Ce n'était pas qu'il n'avait pas envie de tout manger, mais maintenant qu'il ne se jetait plus sur l'alcool, et comme il ne s'était jamais mis à fumer, il avait peur de trop se laisser aller avec la bouffe en guise de compensation. Il y en avait trop, dans son programme, qui avaient fait cela, et il n'avait pas envie de remplacer un vice par un autre. Son psy approuvait la façon dont il se gérait pour l'instant, mais Alex savait qu'il serait toujours en équilibre sur la ligne entre l'obsession et une nouvelle addiction.

— Tu en as assez ? demanda Leif à côté de lui.

Le gamin était presque un ado, désormais, ce qui foutait une trouille terrible à son père, ainsi qu'à Alex.

— Je peux te passer les Alfredo, si tu en veux plus.

Alex secoua la tête.

— Ça va, j'ai ce qu'il me faut. Merci.

Leif haussa les épaules.

— De rien.

— Tu es sûr que tu manges suffisamment ? demanda Storm.

Alex étrécit les yeux.

— Oui, je suis sûr.

Il n'avait pas dû s'exprimer avec l'onctuosité nécessaire car les autres firent un peu silence autour de lui.

— Je mange à ma faim, promis.

Et c'était le cas, même s'il mangeait davantage par le passé. Mais maintenant qu'il faisait davantage de sport, il avait ajouté des protéines supplémentaires à son régime, plutôt que des sucres lents. Il détestait le fait qu'on lui demande des comptes à ce sujet, mais il avait déjà tout foutu en l'air par le passé en tombant dans l'alcool, alors il se doutait que sa famille ne lui faisait pas confiance pour prendre soin de lui.

Il ne pouvait pas leur en vouloir.

Il ne se faisait pas entièrement confiance lui-même.

Tout le monde continua à manger et à parler, et Alex parla doucement avec Jake et certains des autres quand ils lui posaient des questions. Il n'était toujours pas totalement à l'aise, alors c'était plus facile de rester assis et d'observer plutôt que de participer.

— Eh. J'ai peut-être un boulot pour toi, si ça t'intéresse, dit Storm en tirant Alex de ses pensées.

— Vraiment ? demanda-t-il.

Un peu d'argent ne lui aurait pas fait de mal, et si Storm pouvait l'aider à trouver un vrai boulot, il le prendrait. Il ne voulait pas de piston, mais il était prêt à travailler dur.

— Oui. Pour tout dire, c'était l'idée de Tabby et Wes.

Alex se tourna vers les autres en haussant les sourcils.

Tabby rougit, mais ce fut Wes qui répondit :

— On est en train de refaire le site web de la boîte et on voudrait aussi avoir quelques catalogues à montrer au bureau. Avec une reliure en dur, et peut-être d'autres types de brochures. On veut se concentrer sur ce pour quoi on est doués et montrer nos réalisations. Storm et moi, on pourrait bien prendre quelques photos, mais elles ne seront pas aussi bonnes que ce que tu peux faire.

— On te paiera ton tarif habituel, ajouta Storm. On ne s'attend pas à ce que tu nous le fasses simplement parce qu'on fait partie de la famille.

Alex fronça les sourcils.

— Mais c'est ce à quoi vous devriez vous attendre.

— Heu, non, intervint Maya. Vous payez tous pour vos

tatouages quand vous venez au studio.

— Et je suis payé pour mon travail chez Montgomery Inc. même si je fais partie de la famille, dit Meghan doucement. On travaille tous ensemble *parce qu'*on est une famille, mais il faut bien qu'on gagne nos vies.

Alex déglutit avec difficulté, conscient que tout le monde le regardait. Il se sentait exposé, à vif, mais il ignora cette sensation. Il s'était senti encore plus exposé par le passé, quand il avait essayé de se noyer dans la boisson, mais cette fois, il n'avait pas l'alcool pour tout mettre à distance.

— Je pense que je pourrais le faire. Il faut seulement que vous me disiez ce que vous voulez.

La façon dont sa mère tendit la main vers son père ne lui échappa pas. Ils avaient tous les deux l'air de trouver qu'il avait fait des progrès phénoménaux. Il poussa un soupir et essaya d'ignorer les regards. Enfin, ce fut Tabitha qui fit un bruit et rompit la tension. Elle glapit alors qu'elle se servait de l'eau : elle s'en était renversée dessus, ainsi que sur la table.

— Oups ! Désolée !

Elle lui fit un clin d'œil, cependant il ne savait pas si quelqu'un d'autre avait remarqué. Il se leva pour l'aider, mais Storm et Wes s'en occupaient déjà. Il ne savait pas pourquoi Tabitha avait fait ça et avait détourné l'attention de lui, mais il lui en était certainement reconnaissant. Peu après, les autres se remirent à ce qu'ils faisaient, et Tabitha revint avec un nouveau verre et des serviettes en papier.

Quand ils eurent fini de manger, tout le monde ramena les assiettes à la cuisine, et ceux qui le souhaitaient se resservirent à boire. Alex sortit un soda. Même s'il se serait passé du sucre, il voulait la caféine et n'était pas d'humeur pour un café.

Austin et Wes se prirent des bières. Ils étaient en pleine conversation sur le prochain tatouage de Wes. Quand Austin décapsula la sienne, le son résonna pile à la bonne fréquence dans la cuisine pour que tout le monde l'entende. Ils se figèrent tous sur place et tournèrent leurs regards mortifiés vers Alex.

Au début, tout le monde s'était abstenu de boire en sa présence, mais il avait détesté cela. Personne dans sa famille n'avait jamais abusé de l'alcool, et ils faisaient toujours très attention à qui conduisait. Il avait fini par les convaincre de recommencer à boire s'ils le voulaient, mais ça n'avait pas été facile. L'alcool en soi n'était pas mauvais, c'était simplement qu'Alex ne savait pas dire non après un ou deux verres. Il n'était pas capable de le faire, et c'était pour cela qu'il s'en tenait complètement à l'écart. Mais après une longue journée à travailler dur dans des métiers exigeants, si le reste de sa famille avait envie d'une bière, ils en avaient bien le droit.

Et il avait appris à vivre avec ça.

Un pas après l'autre.

En réponse à leurs regards, il ouvrit son soda de façon lente et délibérée, et la capsule fit autant de bruit que celle de la bière d'Austin. La tension dans la pièce explosa comme un ballon de baudruche, et Alex les vit tous relâcher leur respiration.

Un jour, il supposait qu'il serait peut-être pardonné pour sa trahison envers sa famille, mais ce n'était pas encore pour tout de suite. Il avait brisé leur confiance et s'était brisé lui-même, ce faisant.

Il croisa le regard de Tabitha à l'autre bout de la cuisine. Elle déglutit avec difficulté, les yeux écarquillés. Il se détourna délibérément et passa dans le salon où le reste de la famille se trouvait. Il ne méritait pas de regarder Tabitha comme ça. Elle était trop douce, trop innocente pour un homme tel que lui.

Elle méritait quelqu'un qui ne s'était pas taillé son chemin à travers le monde avec une bouteille ébréchée. Et il méritait... eh bien, il ne savait pas vraiment ce qu'il méritait, mais ce n'était pas elle.

Ça ne pourrait jamais être elle.

CHAPITRE DEUX

TABITHA COLLINS ALLUMA deux grosses bougies et
sourit. Il n'y avait rien de tel que de se préparer pour une soirée
rien que pour elle. Ça avait un petit côté décadent. Et s'il y
avait une chose qu'elle n'était pas, c'était bien décadente. Mais
après la journée qu'elle avait eue, elle pouvait se le permettre.

Les bougies jetaient une lueur chaude sur le bois sombre de
son bureau. Tabby soupira avant d'allumer la lampe à côté de
son ordinateur. Elle aurait besoin d'un peu plus de lumière
pour la suite, mais les bougies en cire d'abeille qu'elle avait
achetées sur un coup de tête diffusaient une odeur agréable qui
la mettait dans le bon état d'esprit.

Elle mit la musique sur un volume bas et se balança au
rythme des notes tandis qu'elle se servait un verre de vin. Un
petit verre seulement vu qu'il fallait qu'elle reste concentrée et
qu'elle se lève tôt le lendemain pour aller travailler, mais un bon
verre de Malbec après une journée pareille, c'était exactement
ce qu'il lui fallait. Quand elle fut sûre que tout était en place,
elle posa son verre à côté de son espace de travail et étira ses
bras au-dessus de sa tête. Elle était rentrée directement du

travail à Montgomery Inc. ce soir-là et avait enfilé un legging confortable et un débardeur. Ces vêtements étaient encore plus doux que son pyjama d'hiver, et si elle l'avait pu, elle serait allée travailler comme ça. Que diraient les Montgomery si elle se pointait avec un legging à licorne et un débardeur rose vif avec des petits cœurs blancs le long des coutures ? C'était totalement à l'opposé de sa tenue de travail habituelle, jupe crayon, petite robe ou pantalon de ville, et ça lui allait parfaitement bien.

Vibrante, elle profita du vin doux et de la musique qui l'entourait, et elle se laissa aller dans son fauteuil de bureau avec un soupir.

Si certaines femmes mettaient de la musique et des bougies pour se détendre ou même se donner du plaisir, Tabby était sur le point de se livrer à son activité favorite.

Avec un doux sourire, elle ouvrit son agenda hebdomadaire. Elle avait dépensé bien trop d'argent sur les accessoires, et même si sa vie était aussi inscrite sur son calendrier digital, elle avait besoin d'écrire chaque jour sa liste de choses à faire pour le lendemain ainsi que de s'assurer qu'elle avait bien accompli toutes les tâches de la journée. Il n'y avait rien de tel que de mettre la petite croix à côté de chaque item. Ça la rendait presque euphorique. Les autres femmes dans son groupe de planificatrices en ligne étaient pareilles, alors elle savait qu'elle n'était pas la seule à avoir ce type... d'addiction, mais elle se retenait tout de même de faire savoir son amour pour les agendas, les journaux et les stylos à tout le monde.

Elle avait le sentiment que Wes Montgomery s'en doutait, puisqu'elle savait qu'il avait un agenda lui aussi, mais à part ça, ce moment et ce gros carnet empli de ses objectifs et d'autres listes n'étaient qu'à elle.

Elle ouvrit sa boîte de scotch décoratif washi et se demanda quelle couleur utiliser pour les deux prochains jours. Comme elle utilisait un agenda papier qui affichait un jour par page, elle avait tendance à coordonner ses couleurs sur deux jours. Oui, elle était folle et avait une tendance à l'obsession, mais c'était ce qui la rendait heureuse, alors le reste du monde n'avait qu'à s'y faire.

Elle se hâta d'ajouter les couleurs qu'elle voulait pour les deux prochains jours afin de pouvoir se concentrer et elle ouvrit son agenda numérique pour s'assurer qu'elle n'oubliait rien. Le simple fait d'écrire l'apaisait, et cela lui permettait de s'assurer qu'elle n'avait pas oublié un rendez-vous ou une facture à venir pour un client.

Montgomery Inc. comptait sur elle, et elle ne les laisserait pas tomber. Les autres blaguaient en disant que les Montgomery n'auraient pas pu s'en sortir sans elle, avec tout ce qu'elle faisait pour l'entreprise, mais elle savait que c'était un travail d'équipe. Et si ses techniques d'organisation obsessives-compulsives les aidaient au quotidien, alors tant mieux.

En tapant du pied au rythme de la musique, elle ajouta quelques notes pour le jour suivant en ce qui concernait Wes et Storm. Les jumeaux dirigeaient l'entreprise de construction tandis que leur sœur, Meghan, les avait récemment rejoints pour s'occuper de la branche paysagiste. Et Tabby s'assurait que tous les trois, ainsi que leurs équipes et employés, savaient ce qu'ils avaient à faire et quand. Et lorsqu'elle n'était pas en train de gérer ça, elle s'occupait directement des clients en ce qui concernait les factures, le planning et le reste. Elle aimait son travail, et il lui semblait qu'elle était douée pour ce qu'elle faisait.

Mais elle avait besoin de cet agenda pour s'assurer de tout réussir.

Après avoir pris une autre gorgée de vin, elle ajouta quelques notes sur un nouveau client avec qui une réunion était prévue le lendemain, ainsi qu'un autocollant pour se souvenir d'appeler sa mère et au moins un de ses trois frères.

Elle fit une pause et rit en elle-même.

D'accord, peut-être qu'avoir un autocollant spécial pour se souvenir d'appeler sa famille qui vivait en Pennsylvanie était un peu *too much*, mais elle avait trouvé ces petits autocollants adorables quand elle les avait vus sur Internet, et maintenant, elle leur avait trouvé un usage. Un usage un peu bizarre, mais un usage.

En secouant la tête, elle termina son énorme liste de tâches pour les deux jours à venir en finissant son verre de vin. Sa famille lui manquait, mais les Montgomery l'avaient adoptée dès qu'elle était entrée chez Montgomery Inc. avec un poste de début de carrière. Non seulement elle travaillait pour eux pendant la semaine, et parfois aussi les week-ends, mais elle était aussi présente à un certain nombre de leurs dîners de famille. Au début, elle ne s'était pas vraiment sentie à sa place, mais les Montgomery, avec tous leurs tatouages et leurs piercings, avaient fait en sorte que ça ne dure pas.

Chacun d'eux s'était débrouillé pour qu'elle se sente comme si elle faisait partie de la famille. Enfin, peut-être pas tous, non. Alexander avait toujours été un peu distant envers elle, surtout à l'époque où il était marié et dans une spirale d'autodestruction, mais il était différent depuis qu'il était sorti du centre de désintoxication.

Elle fronça les sourcils et se leva pour nettoyer son espace de travail avant de se préparer à aller se coucher. Alexander était différent avec tout le monde depuis qu'il faisait des efforts pour rester sobre. Il ne faisait pas une différence spéciale pour *elle*, et elle ferait bien de s'en souvenir. Ce n'était pas parce qu'elle avait un petit, voire un gros, faible pour lui depuis des années que ça voulait dire qu'il avait des sentiments pour elle. Pour tout dire, il vaudrait mieux que ce ne soit pas le cas. Il faisait tellement d'efforts en ce moment, et elle refusait de faire quoi que ce soit qui viendrait mettre ça en danger.

Alexander Montgomery avait besoin de temps pour guérir, et Tabby ne rentrait pas dans l'équation.

Elle n'en ferait jamais partie. Et ça lui convenait parfaitement. En tout cas, il le fallait.

C'est alors que son téléphone sonna, venant couper sa musique et la direction dangereuse que ses pensées avaient prise.

Quand elle lut le nom qui s'affichait, elle sourit à nouveau.

— Allô, Dare. Je pensais justement à toi.

Son frère aîné pouffa de rire. Même si elle entendait les sons du bar dont il était propriétaire en arrière-plan, il devait être dans un coin à l'écart car elle l'entendait plutôt bien.

— Tu m'as ajouté dans ton agenda, hein ? la taquina-t-il.

Elle souffla.

— Si tu étais plus près, tu t'en prendrais une dans le museau.

— Si tu étais plus près, tu vivrais en Pennsylvanie avec le reste de la famille et tu ferais exploser de joie le cœur de ta pauvre mère, rétorqua-t-il du tac au tac.

Elle grimaça devant ce reproche habituel. Elle était partie dans le Colorado pour la fac quand elle avait obtenu une bourse à l'Université de Denver grâce à ses notes. Ce n'était pas la plus grande fac de l'État, mais elle avait eu envie de quitter sa petite bourgade de campagne pour aller vivre dans une vraie ville au pied de montagnes incroyables. Ses trois frères étaient restés, mais ils s'étaient faits encore plus protecteurs et bougons.

— Tu n'y vas pas avec le dos de la cuillère, Dare.

Il soupira.

— Désolé. Je n'ai pas eu une journée facile au boulot et je me suis dit que j'allais t'appeler cette semaine au lieu d'attendre que tu le fasses. J'avais envie d'entendre ta voix et de m'assurer que ces Montgomery te traitent correctement.

Les épaules de Tabby se détendirent aussitôt à ces mots, et elle eut un sourire tendre alors qu'ils parlaient. Même s'ils étaient à des centaines de kilomètres de distance, elle était restée aussi proche de sa famille qu'elle l'était quand elle vivait dans la même petite ville qu'eux. Dare, Fox et Lox l'avaient couverte d'attention depuis qu'elle était sortie de la maternité, et leurs parents les avaient laissés faire. Elle avait été protégée, aimée et absolument adorée.

Et, pour être franche, légèrement étouffée. Mais maintenant qu'elle avait pris un peu de distance, elle savait que c'était de l'amour et rien d'autre.

Après avoir raccroché, elle rangea le salon et partit vers sa chambre en sachant qu'elle n'avait pas autant de temps pour prendre son bain qu'elle l'avait prévu. Une trempette rapide pour dénouer ses muscles et se détendre allait devoir lui suffire.

Elle ouvrit le robinet et ajouta une bombe de bain qui colora l'eau d'un violet électrique et lui donna une odeur de lavande et de citron. Pendant ce temps, elle se débarrassa de ses vêtements et rassembla ses cheveux en chignon sur le dessus de son crâne avant d'appliquer un masque à l'argile sur son visage. Si elle avait quinze minutes pour se détendre, autant le faire bien.

Alors qu'elle se contemplait dans le miroir, elle fit de son mieux pour se relaxer et ne pas laisser certaines pensées assaillir son esprit une fois de plus.

Il fallait qu'elle y retourne et les cherche.

Non, se dit-elle. Elle ne pouvait pas continuer à chercher, et non seulement rester en sécurité, mais aussi conserver sa santé mentale. Ça la tuait un peu plus à chaque fois qu'elle les cherchait sans rien trouver.

Tabby poussa un soupir et s'agrippa au lavabo.

Arrête. Arrête.

Avec un grognement, elle se détacha de son support et força ces pensées à abandonner son esprit alors qu'elle se glissait dans la baignoire. Elle éteignit le robinet et appuya la tête contre le rebord. Elle allait se détendre avant d'aller se coucher, et le lendemain, elle se réveillerait et irait se coucher, comme toujours.

Elle arrêterait de chercher ceux qu'elle avait perdus.

Une image d'yeux d'un bleu profond qui étaient tout aussi perdus emplit son esprit, et elle poussa un juron.

Et elle ne penserait pas non plus à Alexander Montgomery.

Mais quand elle se mit enfin au lit et posa la tête sur l'oreiller, elle échoua au moins à l'une de ces résolutions. Alexander emplit ses rêves, et elle se réveilla épuisée, en sueur, et emplie de langueur pour quelque chose qu'elle ne pouvait pas avoir.

C'était terriblement embarrassant.

— Tu as le dossier Laymont ? demanda Wes en fronçant les sourcils devant sa tablette. Je l'ai là, mais j'ai l'impression qu'il manque quelque chose.

— Peut-être que si tu ne passais pas tout ton temps sur ta précieuse tablette, et un peu plus de temps avec un marteau à la main, tu n'aurais pas l'impression de perdre des choses, dit Storm depuis son bureau, pince-sans-rire.

Habituée à leurs chamailleries, Tabby sortit rapidement le dossier papier du placard et l'amena à Wes.

— Il n'y a rien qui manque dans le dossier en ligne. Je viens de le vérifier. Mais les propriétaires ne se sont pas encore décidés sur les derniers points, alors on attend avant de passer à la suite. Tu te rappelles ?

Wes se pinça l'arête du nez et lui prit le dossier des mains.

— Mince. Je le savais. Qu'est-ce qui cloche chez moi ? D'habitude, je suis quand même plus au point que ça.

Tabby secoua la tête et se dirigea vers la machine à café. Ils travaillaient dans un espace ouvert tous les cinq, Wes, Storm, Tabby, Decker et Meghan, et même s'ils avaient une salle de pause avec une autre machine à café pour le reste de leurs employés, Tabby s'était rendu compte qu'il valait mieux garder la caféine à portée de main des Montgomery à tout instant. Bientôt, ils ajouteraient un sixième bureau quand le nouveau, Harper, serait prêt à les rejoindre, et il allait falloir qu'elle trouve comment faire fonctionner ça aussi. Il était rare qu'ils soient tous les cinq au bureau en même temps puisque la plupart d'entre eux travaillaient sur des chantiers, mais quand ils étaient tous là, il y avait généralement des tensions.

Elle fit rapidement une tasse de café pour Wes et une autre pour Storm, tant qu'elle était là, et les leur amena. Cela ne faisait plus vraiment partie de sa description de poste, mais elle ne pouvait pas s'en empêcher. En plus, il valait mieux pour tout le monde que les Montgomery aient assez de caféine dans le sang.

— On vient juste de prendre quatre nouveaux projets alors que d'habitude, on n'en accepte qu'un ou deux à la fois, dit Tabby avec aisance. Les Gallaghers ont pris ce projet de restauration qu'on leur a passé parce que franchement, c'est plutôt leur truc que le nôtre, mais on est quand même dépassés. C'est pour ça qu'on a embauché Harper, même s'il n'a pas encore commencé vu qu'il doit terminer sa mission précédente avant de pouvoir nous rejoindre. Tu travailles sur cent trucs différents à la fois et tu n'arrêtes pas d'oublier que je suis là pour t'aider, alors tu essaies de faire mon travail aussi. Sans mentionner le fait que tu n'as pas laissé Decker faire ce qu'il avait à faire sur la maison des Henderson et que tu l'as mis dans le pétrin parce que tu as ressenti le besoin de le micro gérer, quelque chose que tu ne fais pas normalement avec Decker. C'est notre chef de chantier et ton beau-frère, et il est sacrément bon dans son boulot, mais pour je ne sais quelle raison, tu te mets à paniquer. Alors ce que je te conseille, c'est de t'asseoir à ton bureau parce que te voir tourner en rond comme ça, ça *me* stresse. Tu bois ton café et tu regardes les quatre listes de tâches que je t'ai laissées. Il y a un code couleur, juste comme tu les aimes.

Wes prit une gorgée de son café et la regarda par-dessus le rebord de sa tasse. Quand il abaissa le bras, il étrécit les yeux.

— Tu sais, les gens pensent que c'est *moi* le cerveau de Montgomery Inc., mais je commence à me dire que tu m'as piqué la place.

— Eh, je suis dans la pièce, hein, dit Storm, pince-sans-rire, depuis son bureau.

Même s'il blaguait avec Wes parce qu'il était tout le temps sur son ordinateur, Storm faisait la plupart de ses designs avec un programme informatique.

Elle leva les yeux au ciel.

— La ferme. On fait tous notre part et si on travaille ensemble, ce n'est pas censé être effrayant. Quand tu essaies de tout faire, tu te retrouves dépassé. Et par là, je ne veux pas dire toi uniquement. Je parle de nous tous.

Wes retourna à son bureau et se laissa tomber sur son fauteuil.

— Je déteste quand tu as raison.

Tabby cligna des yeux rapidement et fit en sorte d'avoir une expression un peu perplexe.

— Oh mon pauvre chéri. Tu dois souvent te sentir mal, alors.

Storm éclata de rire, et Tabby se pencha pour éviter la boulette de Post it que Wes lui jetait. Il savait viser, alors elle partit du principe qu'il avait raté exprès. Travailler avec Wes et

Storm rendait plus supportable chaque jour le fait d'être loin de sa famille.

Elle se remit au travail, répondit au téléphone et s'occupa des factures tandis que les frères plaisantaient entre eux. Il était encore tôt, et elle savait que d'autres personnes passeraient dans les bureaux pendant la journée de travail. Montgomery Inc. était l'une des plus grosses entreprises de BTP de Denver. Ils travaillaient dans toute la ville et ses banlieues, ils construisaient de nouveaux bâtiments et en rénovaient d'anciens. Ils apportaient des améliorations à des petites maisons et construisaient de nouvelles ailes sur de grands immeubles de bureaux. La seule chose qu'ils n'avaient pas encore faite, c'était des gratte-ciel, mais elle avait le sentiment que si les Montgomery en avaient un jour l'opportunité, ils verraient ça comme un défi et construiraient une tour incroyable.

Même s'ils travaillaient dans cette pièce la plupart du temps, ils avaient d'autres bureaux s'ils avaient besoin de tranquillité ou s'ils avaient rendez-vous avec un client. Elle aimait la disposition des lieux et n'avait jamais eu l'impression de ne pas faire partie de l'équipe ou d'être moins bien considérée que les autres.

Un peu avant le déjeuner, la porte d'entrée s'ouvrit, et Meghan, Decker et Harper entrèrent.

— On se gèle, et pourtant il n'y a pas le moindre flocon de neige, dit Meghan en soupirant tandis qu'elle retirait ses vêtements d'extérieur. Je veux dire, on est censés être en hiver, et pourtant, on n'a eu que deux tempêtes de neige.

— Et comme c'est Denver, tout fond en quelques heures, ajouta Decker. Mais tant mieux pour nous. Ça nous permet de continuer à travailler sur les extérieurs. Et comme tu travailles littéralement les mains dans la terre, il vaut mieux pour toi qu'elle ne soit pas gelée.

Tabby sourit et leur fit un signe de tête en guise de bonjour tandis que tout le monde regagnait son bureau. Enfin, pas tout le monde. Harper n'avait pas de bureau puisqu'il ne commencerait à travailler pour Montgomery Inc. que dans quelques semaines. Officiellement, du moins.

— Bonjour, Harper.

Celui-ci redressa le menton.

— Salut, Tabby. J'ai le reste des papiers que tu m'as demandés. Je suis venu te les déposer avant de retourner sur mon chantier.

Il lui tendit une liasse de polycopiés, et elle sourit en les lui prenant des mains. Il aurait pu utiliser le dossier en ligne qu'elle avait mis en place, mais ces types aimaient mieux tout imprimer. C'était des travailleurs manuels, après tout.

— Merci, dit-elle en jetant un regard rapide aux papiers. Tout devrait être bon, une fois que j'aurais regardé ça. Bienvenu à Montgomery Inc.

Storm arriva à ce moment-là et posa une main sur l'épaule de Harper pour la serrer brièvement.

— Bienvenu. On est contents que tu sois là.

— Oh que oui, intervint Decker en passant une main dans sa barbe. Je suis content que tu viennes nous aider.

Harper travaillerait directement avec Decker pour qu'ils puissent se seconder quand le moment viendrait. Decker était le chef de chantier, mais ils avaient besoin d'un second pour que Wes ne s'épuise pas à courir partout pour combler les manques.

— Vous êtes les meilleurs, répondit simplement Harper, et j'ai envie de travailler avec les meilleurs.

— Ça, c'est bien vrai, dit Wes avec un clin d'œil.

— Vous savez ce qu'il nous faut vraiment ? dit Decker au bout d'un moment. Un nouveau plombier. Harrison a pris sa retraite cet automne, et devoir gérer ça en sous-traitance, ça fout la merde dans notre planning.

Tabby prit des notes tandis qu'ils parlaient, même si ce n'était pas une vraie réunion. Elle prenait toujours des notes au cas où quelqu'un dise quelque chose qu'il fallait régler immédiatement, ou même plus tard, au cas où ils oublient. Et comme c'était elle qui s'occupait des plannings, elle savait qu'ils avaient désespérément besoin d'un plombier.

— Je peux regarder dans nos dossiers et voir qui on pourrait contacter à ce propos. Vous avez quelqu'un en tête ? demanda-t-elle.

Storm ouvrit la bouche pour dire quelque chose, mais il s'interrompit.

— Quoi ? demanda Wes. Tu penses à quelqu'un ?

Storm secoua la tête.

— Peut-être. Non. Pas vraiment.

Tabby échangea un regard avec Wes. Voilà qui était bien mystérieux. Avant que Storm puisse leur donner plus de détails, la porte s'ouvrit à nouveau, et Alexander entra. Les bras de Tabby se couvrirent de chair de poule, et elle retint un frisson. Mince. Avant, elle parvenait mieux à maintenir une façade neutre devant lui, mais depuis qu'il était revenu, un peu plus silencieux, un peu plus introverti, elle n'arrivait pas à se concentrer comme elle l'aurait dû.

— Eh ! dit Storm avec un sourire plein d'aisance. Tu es venu.

Alexander fourra les mains dans les poches de son manteau, ce qui poussa légèrement le sac de son appareil photo derrière lui. Il se balança sur ses talons et regarda les gens qui l'entouraient d'un air prudent. La pièce s'était faite silencieuse quand il était entré, et Tabby avait l'impression qu'il détestait cela.

— C'est toi qui me l'as demandé, répondit-il doucement. Si ce n'est pas le bon moment, je peux repasser plus tard.

Wes s'avança.

— Tu es toujours le bienvenu. C'est une affaire de famille, après tout.

Quelque chose de dur passa sur le visage d'Alexander, et Tabby agrippa son stylo avec tellement de force qu'il laissa une marque sur ses doigts.

— Alors, qu'est-ce qu'il te faut ?

Storm se racla la gorge.

— Je ne sais pas exactement. On s'est dit qu'on te laisserait carte blanche. C'est probablement à Tabby que tu devrais parler puisque c'est elle qui sait ce qui se passe, où et à n'importe quel moment. Ou en tout cas, celle qui en est le plus proche.

Alexander croisa son regard, et elle se força à ne pas rougir, du moins elle essaya. Ce n'était pas comme si elle pouvait vraiment contrôler cette réaction.

— Ça me va, dit-il d'une voix bourrue.

— Allons dans un des bureaux, et je te montrerai ce que j'ai en tête.

Tabby se leva rapidement et attrapa son agenda, sa ligne de vie, avant de se diriger vers lui. Et même si elle avait traversé cette pièce auparavant d'innombrables fois avec les talons qu'elle portait, le devant de son pied gauche tapa le plancher pile où il fallait, enfin, plutôt pile où il ne le fallait pas.

Elle trébucha et projeta ses mains devant elle. Son agenda vola d'un côté, ses crayons de l'autre. On cria son nom, et même si tout arriva en quelques secondes, elle entendit chaque voix distincte et vit le regard paniqué d'Alexander.

Mais avant qu'elle touche le sol, des bras puissants l'enveloppèrent et la ramenèrent contre un torse solide. Elle grogna, le souffle coupé, et ses pieds glissèrent par terre jusqu'à ce qu'elle retrouve son équilibre. Alexander la tenait fermement contre lui, la tête baissée. Elle releva les yeux vers lui, mortifiée.

— Heu, merci.

— Est-ce que ça va ?

Sa voix était basse, un peu rauque, et elle lui faisait des choses terribles. Elle avait envie de se coller contre son torse et de lui mordre le menton.

Et ça, ce n'était *pas* Tabitha Collins.

Elle ne se pâmait pas dans les bras d'un homme comme l'héroïne d'une romance historique.

Oh que non.

Elle se détacha de lui et rajusta ses vêtements.

— Merci de m'avoir rattrapée. On dirait que j'aime les entrées dramatiques... même quand je suis déjà dans la pièce.

Storm avait ramassé son agenda, et elle le récupéra en résistant à la tentation de le serrer contre son cœur et de s'assurer qu'il allait bien.

— Bon, maintenant que je vous ai fait la démonstration de ma démarche gracieuse, passons dans le bureau.

Elle pivota sur ses talons, prudemment, cette fois, et partit vers une des pièces du fond en faisant attention à ne croiser le regard de personne.

Elle venait de se ridiculiser devant l'homme que son cœur refusait d'oublier et maintenant, elle allait devoir travailler avec lui sur son prochain projet. Travailler main dans la main.

Cette journée risquait d'être longue.

Très longue.

CHAPITRE TROIS

ALEX RETINT une grimace quand son frère, Austin, se mit à appuyer plus fort. Il était en train de mettre les ombres sur son nouveau tatouage. Il était allongé sur le côté tandis qu'Austin était penché sur lui pour finir l'arbre qu'ils avaient dessiné pour mettre sur les côtes d'Alex. C'était peut-être cliché de vouloir un symbole de renaissance et de croissance sur son corps, mais il y avait une raison pour laquelle c'était un motif si populaire.

Il essayait d'être un homme nouveau tout en faisant de son mieux pour se rappeler où ses racines avaient besoin de s'étendre pour qu'il puisse tenir contre vents et marées, contre le vide béant qu'avait été son passé.

— Besoin d'une pause ? demanda Austin en essuyant le sang mêlé d'encre et de plasma qui suppurait à chaque passage de l'aiguille.

— On a presque fini, non ? demanda Alex.

Il prit une inspiration alors qu'Austin passait sur une zone particulièrement sensible. Alors que la plupart des gens atteignaient un moment dans le tatouage où la douleur se transformait en euphorie, Austin s'était arrêté de le tatouer dès qu'Alex avait atteint ce point. Alex ne voulait rien de cela, la joie de se faire tatouer – pas alors qu'il risquait d'aller trop loin et de faire une bêtise.

Les tatouages pouvaient être une addiction pour certaines personnes, et Alex ne pouvait pas se permettre d'en développer une autre.

— En effet, grommela Austin en continuant à travailler. C'est simplement que je n'aime pas te voir grimacer comme ça.

Alex pouffa de rire en essayant de ne pas bouger alors qu'Austin travaillait.

— Je croyais que les grands frères aimaient bien torturer leurs cadets.

Austin eut un grand sourire à ces mots, et le blanc de ses dents apparut sous sa barbe fournie.

— Oui, et tu es le plus petit de mes frères, alors on pourrait croire que c'est mon but. Mais non, je tiens trop à vous pour avoir envie de continuer à vous martyriser, surtout depuis que j'ai atteint la quarantaine.

Alex était le plus jeune fils du clan Montgomery. Il n'y avait que Miranda après lui dans la fratrie de huit. Pourtant, à l'exception de Meghan avec son premier mariage, c'est lui qui avait été marié le plus longtemps avant son divorce. Il avait été jeune et bête quand il s'était marié, à peine dix-neuf ans. Il se sentait plus vieux que son âge réel, désormais : divorcé, brisé, et bien plus fort qu'il ne l'avait été auparavant.

Ou peut-être qu'il était plus faible.

Il n'en savait plus rien.

— Comment s'en sort Austin ? demanda Maya en se rapprochant d'eux.

Elle lui sourit sans que ce soit ironique et il eut envie de soupirer. Le rictus ironique lui manquait, c'était un signe d'amour quand elle l'adressait à leurs autres frères et sœurs.

Oh, Maya l'aimait peut-être toujours, mais elle marchait sur des œufs avec lui. C'était leur cas à tous.

Et il ne pouvait pas leur en vouloir.

— Et voilà, fini, dit Austin. Il va très bien, Maya. Tu es simplement jalouse qu'il soit venu me voir plutôt que toi.

Alex sourit en voyant Maya adresser un doigt d'honneur à leur frère. Ils étaient les propriétaires et les gérants de Montgomery Ink et ils passaient leur temps à se battre pour savoir qui feraient les tatouages de leurs amis et leur famille. Comme le reste de la famille, Alex alternait entre eux, et il s'était trouvé que son premier tatouage depuis qu'il était sorti de désintox était revenu à Austin. Le fait que c'était aussi le plus gros qu'il se soit fait embêtait Maya, alors il se dit qu'à un moment donné, il allait devoir repasser sous l'aiguille pour elle, de l'autre côté de sa cage thoracique. Il allait vraiment finir avec des tatouages partout, comme le reste de la famille.

Austin aida Alex à se redresser et fit craquer ses épaules.

— Tu connais les mesures d'hygiène à appliquer, mais on va quand même les revoir ensemble.

Alex l'écouta tout en se levant pour voir son nouveau tatouage dans le miroir en pied qu'Austin avait à côté de son poste de travail. C'était leur deuxième et dernière session, et comme toujours, il était épaté par le talent de son frère.

— La vache, mon vieux. C'est du bon boulot.

Austin vint se tenir à côté de lui pour qu'ils apparaissent tous les deux dans le miroir.

— Bien sûr que je fais du bon boulot. Pourquoi ? Tu vas t'imaginer que je te ferais un tatouage merdique ?

Maya le rejoignit et lui donna un petit coup de hanche. Il se tint entre son frère et sa sœur tandis qu'ils observaient l'œuvre d'art sur son corps, et il sentit quelque chose dans sa poitrine se décontracter un peu. Chacun d'eux avait les mêmes cheveux bruns, les mêmes yeux bleus, et le même look général de Montgomery. Il ne s'était pas senti l'un d'eux depuis bien trop longtemps, mais à les voir se tenir de part et d'autre de lui comme ça ? Peut-être qu'il pouvait faire ça. Peut-être qu'il pouvait être... normal. Ou aussi *normal* que possible.

— Ça aurait pu ne pas être ton jour, tu sais, dit Alex d'une voix traînante. Un faux mouvement, et voilà que mon arbre devient une forêt cramée ou je ne sais quoi.

Austin étrécit les yeux tandis que Maya souriait comme une idiote.

— Répète ça, et peut-être que je finirai par te tatouer cette licorne sur le cul, comme je t'en ai menacé quand tu avais dix-huit ans et que tu t'étais barré en douce pour rouler des pelles à...

Alex inspira par le nez et fit de son mieux pour ne pas laisser voir qu'il avait l'impression de s'être pris un coup en plein plexus solaire. Jessica avait été sa petite copine depuis le lycée, ils avaient été amoureux et idiots, et ils avaient fait de leur mieux pour ignorer le reste du monde ainsi que leurs propres problèmes. Ils avaient couché ensemble alors qu'ils étaient bien trop jeunes et ils n'avaient pas été prêts à en gérer les conséquences. Ils avaient été si obsédés l'un par l'autre qu'ils ne s'étaient même pas rendu compte qu'ils ne s'appréciaient pas tant que ça. Il avait fait le mur pour sortir de chez lui d'innombrables fois, causant une inquiétude folle à ses parents, rien que pour pouvoir passer la nuit avec elle. Elle avait été tout pour lui.

Sa première addiction.

Parce qu'il ne pouvait pas se passer d'elle, il n'était pas allé à la fac et, au lieu de ça, avait pris un appareil photo pour soi-disant apprendre en autodidacte. Ce qu'il avait vraiment fait, c'était se consacrer corps et à âme à Jessica et à leur parodie de mariage, tout en faisant des petits boulots à droite à gauche jusqu'à ce que son don inné pour la photo lui permette de les faire vivre tous les deux. Il lui avait fallu un moment pour comprendre comment faire prospérer ce talent, et c'était ce qu'il réessayait de faire désormais.

Il ne pouvait reprocher à personne d'autre que lui-même le chemin qu'il avait pris, mais il savait qu'il y avait eu des déclencheurs.

Et son ex-femme avait été l'un d'eux.

— Je faisais le mur plus souvent que tu ne le pensais, dit Alex pour mettre fin à la tension qui s'était créée. Bien sûr, des fois, c'était pour te mater en train d'emballer les filles avec qui tu sortais à l'époque.

— Je te demande pardon ? grogna Austin.

Alex sourit, cette fois, alors que des souvenirs amusés lui revenaient.

— Griffin et moi, on se barrait en douce avant même qu'il ait son permis et on t'espionnait. On se disait que tu savais ce que tu faisais et qu'on apprendrait un truc ou deux.

Maya ricana à côté de lui tandis qu'Austin attaquait :

— Je ne vivais même pas avec vous quand vous aviez l'âge de faire ce genre de conneries.

Ça fit rire Alex.

— On trouvait où t'étais grâce à Shep et aux jumeaux. Et puis on te suivait.

Shep était leur cousin qui vivait désormais à La Nouvelle-Orléans ; Wes et Storm étaient les frères les plus proches d'Austin en âge.

— Les petits frères, Austin. On dirait que tu en as trop.

Austin étrécit les yeux.

— Putain, ne va pas apprendre ces conneries à Leif ou Colin.

— Ils apprendront tout seuls, rétorqua Alex. Vu la façon dont vous produisez des gamins à la chaîne, on va se retrouver avec toute une nouvelle génération de Montgomery qui fera n'importe quoi ensemble.

La bile emplit sa bouche à peine eut-il prononcé ces mots, mais il la ravala. Ils ne savaient pas, ils ne *pouvaient* pas savoir. Les autres ne pouvaient pas voir.

— Enfin, il faut que j'y aille. J'ai un rendez-vous. C'est bon ?

Son frère et sa sœur échangèrent un regard devant le changement abrupt dans sa voix, mais il les ignora. Il appréciait peut-être qu'ils aient recommencé à le traiter normalement, mais il ne pouvait pas les laisser lire en lui comme un livre ouvert.

Impossible.

— Tu pourras partir dès que je t'aurais pansé, dit Austin avec prudence.

La conversation fut empruntée après ça, et il n'y avait qu'à lui-même qu'Alex pouvait en vouloir. Il embrassa le front de sa sœur en partant, fit un signe de la main à Austin, et il garda ses émotions sous contrôle. Entre le fait d'avoir pensé à Jessica et... eh bien, tout le reste, il avait du mal à gérer.

Il lui fallait un putain de verre.

Mais il n'en prendrait pas.

Ni maintenant, ni dans une heure. Et certainement pas demain non plus.

Il se gara devant la salle de sport, tout tendu, les mains crispées sur le volant. Il n'avait pas menti à son frère et sa sœur en disant qu'il avait un rendez-vous, mais ce n'était pas avec son parrain ou un médecin comme ils le pensaient probablement. Son rendez-vous, c'était le lendemain, alors pour le moment, il se contenterait de relâcher la tension de la seule façon qu'il connaissait : il l'évacuait de son système en se faisant transpirer.

Brody et Harper étaient déjà dans les vestiaires quand il arriva, son sac sur l'épaule. Ils lui adressèrent un regard quand il entra, et il haussa les épaules.

— Quoi ? demanda-t-il en crachant le mot avec plus de force qu'il n'en avait eu l'intention.

— Je ne pensais pas que tu viendrais aujourd'hui, dit Brody de sa voix à l'accent traînant.

Cela faisait plus de dix ans qu'il avait quitté le Texas, mais il aimait encore s'amuser à prononcer les choses comme ça de temps en temps.

— Je croyais que tu devais aller chez Montgomery Ink pour finir ce tatouage sur le flanc.

Alex redressa son tee-shirt et leur montra le tatouage tout frais, encore enveloppé de plastique transparent.

— Je ne peux pas faire grand-chose aujourd'hui, mais je peux au moins me bander les mains et faire des exercices d'endurance.

Harper se pencha pour regarder et siffla entre ses dents.

— Austin fait un boulot incroyable.

— C'est le cas pour tous les Montgomery, dit Brody. Même si je crois que je me suis fait faire au moins un morceau de tatouage par chacune des personnes qui travaillent au studio. Il ne me manque que la nouvelle, Blake.

Alex leva les yeux au ciel devant le ton qu'il avait pris.

— Tu sais, tu es suicidaire, là. Elle est avec le beau-frère de Maya, Graham, et tu continues à essayer de flirter avec elle.

Brody lui fit un clin d'œil.

— Je flirte seulement avec les filles qui flirtent. Et ce n'est pas sérieux. De leur côté non plus.

Alex savait que c'était vrai et que c'était pour ça que Hailey, Blake et même Maya riaient et plaisantaient avec lui. C'était simplement son caractère. Jamais il n'aurait mis une femme mal à l'aise, et c'était tout à son honneur.

C'était juste quelqu'un de bien qui tenait aux gens faisant partie de son cercle.

Alex n'arrivait même pas à faire en sorte que la seule

femme à laquelle il n'arrêtait pas de penser ne s'enfuie pas à l'autre bout de la pièce à chaque fois qu'elle le voyait.

Et il fallait qu'il arrête de penser à *elle*.

Il fit craquer ses épaules et se concentra sur la façon dont sa peau s'étirait sur son flanc.

— Vous êtes prêts à vous y mettre ?

Harper l'observa sans répondre, et Brody se contenta de hocher la tête. Tous les trois, ils se croisaient régulièrement en ville, puis ils s'étaient retrouvés là le même jour pour prendre des cours de boxe. Désormais, ils venaient s'entraîner ensemble, luttaient et boxaient les uns contre les autres et apprenaient de nouvelles techniques dès qu'ils avaient le temps de venir. Ils étaient tous les trois célibataires et au milieu de grands boule-versements dans leurs vies, alors venir se mettre des gnons avait créé entre eux une drôle d'amitié, mais Alex aimait plutôt bien ça.

Ils ne l'avaient pas connu avant le centre de désintox, alors ils ne l'avaient pas connu au pire moment.

Ils l'avaient juste vu couvert de bleus, en sang et plein de sueur quand il essayait de se débarrasser de ses démons de la seule façon possible.

Il ne pouvait plus boire pour les faire disparaître.

Autant essayer de les vaincre en les tabassant.

Tabby était en retard, mais ce n'était pas de sa faute. Elle avait beau le savoir, ça ne l'empêchait pas d'être éreintée. Le téléphone n'avait pas arrêté de sonner depuis qu'elle était arrivée ce matin-là, et elle était sur le point de le fracasser contre le mur. Il y avait eu un problème de plomberie sur un des chantiers, alors Wes avait été en déplacement toute la journée pour s'en occuper.

Storm avait une réunion avec un futur client pour laquelle il avait bloqué deux heures, mais qui en avait pris sept parce que le client n'arrêtait pas de vouloir ajouter des éléments qui menaçaient l'intégrité structurelle du bâtiment. Storm avait dû filer à une autre réunion à l'extérieur après ça, et Tabby n'avait même pas eu le temps de lui parler avant qu'il l'abandonne toute seule au bureau.

Decker, Luc et Meghan avaient passé la journée sur des chantiers eux aussi, à gérer problème après problème. Et même si ce n'était pas inhabituel, cela rajoutait du travail à Tabby quand quelqu'un venait pour les voir. Elle ne saisissait pas pourquoi les gens ne comprenaient qu'il fallait appeler pour vérifier que la personne qu'ils voulaient voir était bien là avant de se pointer avec une centaine de questions à poser. Mais elle s'en occupait quand même.

Et voilà qu'il était presque cinq heures, et même si normalement elle restait travailler jusqu'à six heures passées, elle comptait rentrer chez elle à l'heure, aujourd'hui car elle avait mis un rôti à la mijoteuse. Elle avait aussi inscrit sur son agenda qu'il fallait qu'elle appelle sa mère, ce soir-là, et en général, ça lui prenait bien deux heures.

Elle avait mal à la tête rien qu'en pensant à tout ce qu'elle avait à faire, mais elle le ferait, et s'il y avait des gens pour la voir, elle le ferait avec le sourire.

Bon sang.

Le téléphone sonna à nouveau, et elle fredonna en se demandant si quelqu'un s'en rendrait compte si elle laissait l'appel atterrir sur le répondeur. Elle était toute seule dans les locaux, après tout. Mais Tabby n'était pas comme ça. Il ne lui restait plus qu'une heure à tenir, sinon moins.

Elle fit craquer ses épaules et poussa un soupir avant de décrocher une fois de plus. D'habitude, elle adorait ce genre de situations : tout ajuster pour que ça colle et organiser les choses jusqu'à ce que ça fonctionne. C'était son boulot, et elle était sacrément douée pour ça.

— Allô, Montgomery Inc., vous parlez à Tabby. Comment puis-je vous aider ?

La porte du bâtiment s'ouvrit alors que son interlocuteur lui répondait. Elle se tourna et vit Alexander entrer. Il épousseta la neige de ses épaules et parcourut la pièce quasiment vide du regard avant de poser les yeux sur elle.

Elle se lécha les lèvres, agacée contre elle-même de s'être de nouveau retrouvée à le mater comme une ado en chaleur.

— Allô ?

Elle cligna des yeux alors qu'Alexander inclinait la tête vers elle et se rapprochait. Il ne marchait pas juste : il se déplaçait d'une démarche féline, comme un fauve. Elle n'était même pas sûre qu'il en était conscient.

— Pardon, oui, on peut mettre cela au planning.

Elle hocha la tête en inscrivant ça quelque part et elle ajouta la date sur son agenda en ligne avant de raccrocher.

— Alexander, je ne savais pas que tu passerais aujourd'hui.

Il se débarrassa de son manteau et posa sa sacoche d'ordinateur.

— J'ai passé la journée sur le chantier de Decker, j'ai pris des photos des travailleurs et des travailleuses, en mode making-of. Je voulais venir ici pour prendre quelques clichés aussi avant la fin de la journée. Je ne savais pas que tu serais toute seule.

Il passa d'un pied sur l'autre, et elle déglutit.

— Ça pose un problème que je sois toute seule ?

Il n'avait pas envie d'être seul avec elle ? Et qu'est-ce que ça pouvait faire, de toute façon ?

Elle allait se donner une migraine à penser comme ça. Franchement, il fallait qu'elle se ressaisisse.

— Non, ça m'a surpris, c'est tout. Tu es toute seule à cette heure-ci, d'habitude ? Il fait déjà noir.

Elle fronça les sourcils.

— Le soleil vient juste de se coucher, et puis comme on va vers le printemps, les jours vont commencer à rallonger. Et je n'ai pas de souci à rester seule. Tes frères ont installé un système de sécurité sur tout le bâtiment.

Il leva les mains en un geste de repentance.

— Désolé. Je m'inquiète simplement pour mes sœurs et je crois que je n'aime pas l'idée que tu sois là toute seule alors qu'il fait noir et qu'il y a de la neige.

Elle grinça des molaires.

— Je ne suis pas ta sœur.

Le regard d'Alexander s'assombrit, ou bien c'était elle qui se faisait des idées. Une illusion d'optique, peut-être.

— Je sais.

Elle se lécha les lèvres.

— Très bien, alors.

Le téléphone sonna.

— Il faut que je réponde.

— Vas-y. Je vais prendre quelques clichés et voir ce qui me vient. Ça ne te dérange pas ?

Elle lui fit signe que non alors qu'elle décrochait à nouveau, en faisant de son mieux pour l'ignorer, lui et la façon dont ses muscles se bandaient tandis qu'il sortait son appareil photo de sa sacoche. Bon sang, qu'il était pénible à être aussi beau gosse.

Et qu'elle était pénible à ne pas seulement le mater mais à aussi l'apprécier.

Elle prit à nouveau des notes tandis que la personne à l'autre bout du fil lui faisait part de son problème et elle essaya de ne pas regarder vers Alexander alors qu'il prenait des photos des bureaux et des tables de travail vides. Quand il se tourna vers elle, son appareil à la main, elle se figea, le téléphone contre l'oreille.

Il retira son visage de derrière l'appareil photo et la regarda avant qu'elle baisse la tête, gênée de l'avoir surpris en train de prendre une photo d'elle. Elle savait qu'il prendrait des photos de tous les gens qui travaillaient à Montgomery Inc. mais elle n'avait pas vraiment réfléchi au fait que ça la concernait aussi.

Elle finit son appel alors qu'il rangeait son sac.

— Tu as fini, alors ?

Il hocha la tête.

— Je suis toujours en train d'essayer de définir à quoi ce projet doit ressembler.

Elle secoua la tête en entendant ça.

— Je suis tellement planificatrice que j'aurais déjà quatre carnets pleins avec un déroulé de ce que je dois faire.

— Mon cerveau ne fonctionne pas comme ça, malheureusement. J'aimerais que ce soit le cas, car ça me faciliterait un peu la tâche. Mais pour ce genre de choses, j'ai seulement une vague idée de ce qu'il me faut jusqu'à ce que tout se mette soudain en place.

— Eh bien, si jamais tu veux un carnet parce que tu as envie de commencer à planifier, j'en ai quelques douzaines d'avance.

Elle referma la bouche et écarquilla les yeux en sentant ses joues se mettre à chauffer. Elle n'avait pas eu l'intention de lui faire part de ce petit exemple de sa bizarrerie.

— Rien que quelques douzaines ? demanda-t-il avec un sourire. Tu me rappelles Wes.

Elle haussa les épaules.

— Il y a une raison, s'il m'a embauchée.

Alexander l'observa.

— Je vois ça.

Ils continuèrent à se regarder comme ça encore quelques

instants sans parler, et elle ne savait pas trop quoi dire, ne comprenait pas vraiment ce qui se passait. Il y avait... quelque chose. Ou peut-être qu'elle se l'imaginait.

— Tu as bientôt fini ta journée ?

Elle se força à se tirer de ses drôles de pensées et hocha la tête.

— Oui, pour tout dire. J'ai peut-être encore quelques petites choses à faire à la maison, mais les heures de bureau sont terminées.

Il renfila son manteau.

— Je vais aller gratter la glace sur ton pare-brise, alors, si tu veux bien.

— Tu n'es pas obligé de faire ça.

Il posa un regard calme sur elle.

— Non, mais je te l'ai proposé. De toute façon, il faut que je fasse la mienne. Comme ça, tu ne seras pas toute seule sur le parking dans le noir.

— Il y a des lampadaires, tu sais, dit-elle d'une voix neutre.

— Laisse-moi m'en occuper, dit-il en tendant les mains. Je t'en prie. Et si tu me passes tes clés, je peux mettre le chauffage pour toi aussi.

Elle laissa un soupir lui échapper. Elle avait trois frères aînés et avait passé assez de temps avec les Montgomery pour savoir quand abandonner et laisser le mec jouer les hommes des cavernes. Elle sortit ses clés de son sac à main et les lui tendit.

— Tu sais laquelle c'est ? demanda-t-elle.

Ils partageaient le parking avec plusieurs immeubles, alors elle savait qu'il y avait forcément d'autres voitures que les deux leurs.

— Oui. Ça fait un moment que je te connais, maintenant, Tabitha. Même si on ne dirait pas.

Elle croisa son regard, consciente qu'il y avait là quelque chose sur lequel elle n'arrivait pas vraiment à mettre le doigt.

— Merci.

Elle se racla la gorge.

— Pour la voiture.

Il hocha la tête en guise de réponse et la laissa ranger ses affaires. Elle poussa un soupir dès qu'il fut sorti et se remit au travail. Elle n'avait plus qu'un dernier truc à faire avant d'être prête à y aller. Franchement, elle ne pouvait pas le laisser tout seul dans le froid comme ça trop longtemps.

Elle tournait le dos à la porte quand celle-ci s'ouvrit à nouveau.

— Tu as été rapide, dit-elle en se retournant.

Mais ce n'était pas Alexander.

Non, c'était un grand type avec de gros bras et un ventre encore plus gros qu'elle reconnut pour être un de leurs anciens clients. Elle garda une mine avenante même si une sirène d'alerte retentissait dans sa tête. Elle ne savait pas pourquoi ce type était là, mais elle avait le sentiment que ça n'allait pas bien se terminer.

— Que puis-je faire pour vous ? demanda-t-elle d'une voix étonnamment calme.

— Tu en as déjà assez fait, salope. Tu pensais vraiment que j'allais payer le fric que vous réclamez comme ça ? Vous autres, Montgomery, vous n'êtes qu'un ramassis d'escrocs. Des menteurs et des tricheurs. Je ne vais pas payer cette putain de facture. Allez vous faire foutre.

Elle tendit la main vers le téléphone mais sans le quitter du regard.

— Je suis navrée que votre facture ne vous convienne pas.

Il s'élança vers elle, et elle essaya de lui échapper, mais il fut plus rapide. Ses mains s'enfoncèrent dans la chair de ses bras, et il la projeta contre le mur. Sa tête tapa en arrière, et elle se mordit la langue suffisamment fort pour se retrouver avec un goût de sang dans la bouche. La peur s'empara d'elle, et son cœur se mit à accélérer. Ce type était tellement balaise.

Elle ne pouvait pas lutter.

Elle était impuissante.

Comment... comment pouvait-elle être impuissante ?

Le type vint se coller à son visage et serra ses bras.

— Va. Te. Faire.

Elle lui donna un coup de pied, et il la gifla avec force. Des larmes coulèrent sur ses joues, et elle essaya de lutter, mais elle n'était pas assez forte.

Avant qu'il puisse la frapper à nouveau, quelqu'un l'arracha à elle.

Elle tomba sur les fesses, le souffle court. Elle essaya de calmer ses larmes et de comprendre ce qui était en train de se passer. Alexander était au-dessus de l'autre homme et le frappait en plein visage, encore et encore, jusqu'à ce qu'elle craigne que son agresseur, Charles, oui, c'était comme ça qu'il s'appelait, ne meure sous ses coups.

Les joues toujours dégoulinantes de larmes, elle se redressa sur des jambes tremblantes et avança jusqu'à Alexander.

— Arrête, souffla-t-elle.

Elle posa la main sur son épaule et répéta avec plus de force :

— Arrête.

Alexander abaissa son bras et la regarda, les yeux fous.

— Est-ce que ça va ?

Elle était tellement choquée qu'elle n'en savait rien, et c'est ce qu'elle lui dit.

Il poussa un juron et se redressa. Elle vit que Charles respirait toujours, mais qu'il s'était évanoui.

— Appelle les flics. Je m'assure que cet enfoiré ne bouge pas de là.

Elle hocha la tête, consciente qu'ils étaient très près l'un de l'autre, mais sans se toucher. Elle avait besoin… elle ne savait pas ce dont elle avait besoin.

Elle pinça les lèvres et essaya de bouger. Sauf qu'elle n'y arriva pas.

— Oh bon sang, marmonna Alexander avant de la serrer dans ses bras.

À la différence de quand Charles l'avait touchée, elle ne ressentit pas de peur.

Elle ne savait pas ce qu'elle ressentait.

Il la serra contre son torse et caressa son dos en murmurant :

— Je suis désolé de n'être pas revenu plus tôt. Tellement désolé.

Il la garda dans ses bras tandis qu'il appelait la police et leur expliquait ce qui s'était passé. Quand il eut raccroché, sachant que la police arrivait, il enroula ses deux bras autour d'elle.

Elle pleura, blottie contre lui, et essaya de s'arrêter.

— Je suis désolée. Je déteste ne pas avoir le contrôle.

Il poussa un soupir brusque.

— Je connais ça.

Bien sûr, oui.

— Je suis désolée.

— Putain, c'est *moi* qui suis désolé. Ne sois pas désolée, Tabitha.

Il souffla.

— D'accord, voilà ce qu'on va faire. Une fois que tu te seras remise et que tu iras mieux, je te montrerai comment garder le contrôle, d'accord ? Je vais t'apprendre à te protéger. Parce qu'il n'y pas moyen que je laisse une telle chose t'arriver à nouveau, bon sang.

Elle se blottit contre lui alors que les policiers entraient dans le bâtiment.

— Promis ?

Alexander tendit la main comme pour caresser son visage avant de la baisser.

— Promis.

Et pour elle ne savait quelle raison, cette promesse était plus importante que tout le reste pour elle.

CHAPITRE QUATRE

ALEX FERMA les yeux et se força à se clamer. Sauf qu'en faisant ça, il se rendit compte que c'était un rêve et qu'il ne pouvait rien faire d'autre que regarder... il ne pouvait rien faire d'autre que d'arriver trop tard.

Tout allait au ralenti, ici, mais lui était encore plus lent, comme s'il était prisonnier d'une espèce de brouillard, un brouillard qu'il connaissait bien et qui lui avait volé des années de sa vie parce qu'il n'avait pas été assez fort pour se sauver lui-même.

Et maintenant, il ne serait pas assez fort pour la sauver, *elle*.

Tabitha se débattait et criait alors que son agresseur la maintenait par la gorge contre le mur, mais Alex n'arrivait pas à bouger assez vite. Il n'entendait pas leurs paroles, uniquement les cris, et pourtant il savait que s'il n'essayait pas de l'atteindre, ce serait trop tard.

À ce moment-là, Tabitha se tourna vers lui, les yeux écarquillés, le regard paniqué et accusateur.

— Aide-moi.

Il vit ses lèvres former les mots mais il ne les entendait pas, ils étaient couverts par ses propres cris. Et il ne s'était même pas rendu compte qu'il était en train de crier.

Il tendit la main vers elle, mais leurs cris furent couverts par un bip plus long et plus fort qui le réveilla. Avec un grognement, Alex se retourna et coupa le réveil qu'il avait mis sur son téléphone.

Il n'avait pas envie de commencer cette journée, pas avec les cauchemars merdiques qu'il avait faits toute la nuit, mais rester allongé là en tête à tête avec ses pensées n'allait pas l'aider à se sentir mieux.

Avec un soupir, il se hissa sur ses pieds et se traîna, nu, vers la salle de bain. Après une longue soirée passée à répondre aux questions de la police et à s'assurer que Tabitha allait bien, il avait laissé ses fringues au pied du lit et s'était écroulé sur son matelas tête la première, sans pyjama et émotionnellement vidé. Cette sensation de néant n'avait pas duré longtemps.

Les rêves l'avaient assailli, une répétition de la journée qui venait de s'écouler qui se mélangeait avec ce qui s'était passé il y avait un an de cela. Le verre qui se brisait. Les cris. Les accusations. Les larmes. L'horreur complète. Le désespoir.

Et Alex au milieu de tout ça, en sang par terre, incapable d'aider les autres.

Wes et Storm étaient arrivés au bureau peu de temps après qu'il les avait appelés. Leur inquiétude et leur stress se lisaient clairement sur leurs visages. Il pensait aussi avoir vu dans leurs regards quelque chose de perdu et peut-être d'accusateur, mais il ne pouvait pas en être sûr. C'était peut-être ses vieux démons qui parlaient à nouveau, et Alex refusait de les laisser le pousser dans l'abysse à nouveau.

Les jumeaux étaient venus voir ce qui s'était passé et ils s'étaient assurés que Tabitha rentre chez elle en toute sécurité après avoir été examinée par les ambulanciers. Elle n'était pas allée à l'hôpital. Elle avait insisté pour rentrer chez elle à la place. Alex n'était pas certain que ce soit la meilleure chose à faire, mais il n'avait pas eu beaucoup l'occasion de parler, une fois ses frères arrivés.

Il ne savait pas trop ce qu'il aurait dit, de toute façon.

Tabitha ne lui avait pas dit un mot, mais il savait qu'il la verrait aujourd'hui. Elle avait voulu apprendre à se protéger immédiatement et, comme un idiot, il avait accepté de la retrouver à la salle de sport cet après-midi.

Il avait vu les marques rouges sur son visage qui risquaient de devenir des bleus, et rien que cet aperçu lui donnait envie de taper dans quelque chose. Heureusement, il avait prévu d'aller à la salle plus tard dans la journée, mais il ne savait pas s'il tiendrait jusque-là.

Il était en proie à une tension extrême, et il n'y avait pas trente-six manières pour lui de retrouver son calme. Résigné, il alluma la douche, se glissa dessous et prit immédiatement son sexe en main. Il serra sa verge avec force, à la limite de la douleur.

Il gémit alors que des images de Tabitha lui venaient à l'esprit, mais il était suffisamment un connard pour ne pas se forcer à les repousser. Au lieu de cela, il l'imagina à genoux devant lui, en train de lui sucer les bourses et d'utiliser ses doigts pour venir jouer avec sa prostate avant de lécher toute la longueur de son sexe et de faire frotter ses dents sur le gland.

Il imagina resserrer ses doigts dans ses cheveux tandis qu'il faisait lentement glisser son sexe entre ses lèvres rebondies. Elle gémirait pour lui et murmurerait « Alexander » quand il se retirerait pour la taquiner.

Alex gémit et utilisa le savon ainsi que l'eau en guise de lubrifiant, accélérant l'allure. Il était déjà très proche, et même s'il avait décidé de se masturber pour faire un peu passer la tension, il avait aussi envie de faire durer un peu cette image.

Il déglutit alors que la Tabitha de son fantasme se redressait. Comme ça, il put capturer sa bouche de la sienne et éviter que ses articulations lui fassent mal, à rester agenouillée trop longtemps. Il ne voulait pas lui faire de mal. Il voulait seulement la faire jouir.

Et jouir, *lui*.

Alex serra la base de sa verge alors qu'il imaginait prendre les tétons de Tabitha dans sa bouche. Il avait passé bien trop de temps à penser à ses tétons. Est-ce qu'ils seraient sombres ? Marron et séduisants ? Ou peut-être d'un rose pâle qu'il pourrait venir taquiner de sa langue ? Peut-être qu'ils vireraient au rouge vif s'il les suçait pendant des heures.

Comme il se faisait encore davantage l'impression d'être un obsédé, il repoussa cette image de son esprit et accéléra ses va-et-vient. Pourtant, quand il jouit, il sut que c'était grâce à *elle*.

Il finit rapidement sa douche, conscient qu'il avait franchi une limite de nouveau, et sans trop savoir ce qu'il pouvait faire à ce propos. Après s'être habillé, il alla se faire un café, même s'il ne comptait pas sortir tout de suite. Il avait pris suffisamment de clichés préliminaires de sa famille en train de travailler pour pouvoir au moins commencer à les traiter et à les utiliser pour former une idée de l'étendue de ce projet. Il avait aussi quelques autres trucs à faire pour le travail car ce que sa famille lui avait confié n'était pas sa seule mission du moment. Auparavant, il aurait peut-être paniqué de devoir jongler entre tant de choses différentes, mais là, il se sentait reconnaissant d'avoir la chance de faire ce qu'il aimait et ce pour quoi il avait été terriblement doué à une époque.

Il avait aussi un projet qui n'était pas encore lancé, mais c'était une idée qui lui trottait dans la tête depuis un moment. Depuis qu'il était sorti de désintox, il s'était demandé quoi faire ensuite, et cette idée ne voulait pas le lâcher. Il ne savait pas ce qu'il en ferait une fois qu'il aurait fini, mais il pouvait au moins commencer. Toute forme d'inspiration, tout désir qui n'avait rien à voir avec l'alcool et l'addiction, était forcément mieux que ce dont il partait.

En tout cas, c'est ce qu'il se disait.

Il travailla quelques heures, il édita les photos et regarda comment elles pouvaient se combiner pour raconter une histoire. Il ne faisait pas que prendre des photos : il suivait une narration qui existait déjà, mais qui attendait simplement d'apparaître en pleine lumière. Parfois, c'était plus facile que d'autres : c'était généralement son objectif qui lui disait ce qui devait suivre, mais ça ne le gênait pas. C'était ce qu'il aimait, et il était bien content d'y revenir.

Quand son réveil sonna à nouveau, il fronça les sourcils et se tira de ses pensées. Il avait oublié qu'il avait réglé son téléphone pour le prévenir de l'heure à laquelle partir à la salle de sport. Cela faisait longtemps que son travail ne l'avait pas absorbé comme ça et, bon sang, ça lui avait manqué.

Il étira son dos en se levant, conscient qu'il était resté assis trop longtemps. Peut-être qu'il devrait se trouver un de ces bureaux en station debout, comme celui de son frère Griffin. Il avait même un tapis de course adapté au bureau qu'Autumn s'était occupée d'installer pour lui. La plupart des membres de sa famille travaillaient suffisamment de leurs mains et étaient actifs, si bien que ce n'était pas un problème s'ils avaient besoin de s'asseoir de temps en temps pour leur travail. Griffin et lui avaient des métiers plus sédentaires. Heureusement, Alex devait tout de même bouger pas mal pour prendre ses photos, mais passer de longues journées à les retoucher risquait de tuer son dos.

Ça lui faisait une raison de plus pour faire du sport et boxer comme il le faisait.

Il prépara rapidement son sac et prit la direction de la salle en essayant de mettre au point un plan pour aider Tabitha. Il ne savait pas vraiment ce qu'il faisait, pour être franc, et maintenant qu'il y réfléchissait, il se rendait compte que c'était un plan absurde. Ce n'était pas parce qu'il avait pris des cours pour apprendre à se battre et qu'il était capable de se défendre qu'il saurait enseigner à Tabitha à faire de même.

Mais il détestait l'idée qu'elle n'ait aucun atout dans sa manche.

Il se représentait toujours la façon dont elle avait essayé de se défendre et de se débattre, mais s'était retrouvée sans défense face à ce type beaucoup plus costaud qu'elle. Cette brute était peut-être en taule, à l'heure qu'il était, mais il en sortirait bientôt avec une caution et une ordonnance de protection au nom de Tabitha.

Alex avait crispé ses mains sur le volant et il se força à éloigner cet homme de ses pensées. Ça ne l'aidait pas, en cet instant, alors qu'il n'avait aucun exécutoire à sa rage. C'était comme ça qu'il était tombé dans l'alcool, à la base. Alors au lieu de cela, il pensa à nouveau à Tabitha et il eut envie de se maudire.

Il se gara devant la salle de sport, tout à la fois ultra motivé et au bord de craquer. Comment était-il censé l'aider alors qu'il arrivait à peine à s'en sortir lui-même ? Il avait commencé la boxe parce que ça le forçait à se concentrer sur ce qu'il consommait, et ensuite, il avait eu le plaisir de tout déchirer sur le ring.

Il fit craquer ses épaules, prit son sac et entra dans la petite salle de sport qui était devenue son refuge au cours de l'année écoulée. Il était toujours en train d'apprendre comment redevenir un Montgomery et s'intégrer à sa famille en se sentant utile, mais pour il ne savait quelle raison, c'était dans ce petit bâtiment décrépi et qui sentait la sueur qu'il avait l'impression d'être à sa place.

Les gars qui venaient s'entraîner ici n'étaient pas sa famille par le sang, mais ils l'avaient adopté et n'avaient pas posé trop de questions. Harper et Brody étaient devenus un nouveau soutien dans sa vie, et il savait qu'il ne pourrait jamais les remplacer. Les Montgomery étaient peut-être sa véritable famille, mais ils l'avaient connu avant et pendant l'alcool. Il voulait repartir à neuf avec au moins une personne dans sa vie, et Brody et Harper remplissaient ce rôle.

Tabitha serait là bientôt, et il fallait qu'il trouve un moyen de l'aider. Comme elle risquait d'avoir mal partout à cause de ce qui s'était passé la veille, il ne ferait probablement que lui montrer comment se tenir et lui parler de ce qu'ils feraient ensuite. Il ne voulait pas qu'elle se sente dépassée.

Bon sang, il ne voulait pas être dépassé lui-même.

Harper et Brody étaient tous les deux là et travaillaient avec des cordes à sauter près du ring quand Alex entra. Harper posa ses affaires le premier et fronça les sourcils.

— J'ai entendu parler de ce qui est arrivé. Est-ce que tout va bien ? Tabby n'est pas venue travailler aujourd'hui ; Wes lui a dit que si elle se pointait, il la chargerait sur son épaule pour la ramener chez elle.

Alex n'apprécia pas la façon dont son cœur se serra à cette pensée. Il n'avait pas de raison d'être jaloux de Wes puisqu'il n'y avait rien entre lui et Tabitha. Wes et Storm étaient ceux que ses parents voulaient pour elle, et bon sang, que ce soit l'un ou l'autre, ils étaient bien mieux pour elle, de toute façon. Elle aurait aussi pu commettre l'impensable et ne *pas* finir avec un Montgomery.

— Elle doit venir ici, dit Alex en fronçant les sourcils. Je ne l'ai pas vue de la journée, mais je lui ai dit que je l'aiderais à apprendre à se défendre.

Bordy haussa les sourcils.

— Tu veux qu'on t'aide ?

Alex secoua la tête.

— Je crois que ça ira, mais au cas où, vous restez là ce soir ?

Harper hocha la tête.

— Brody voulait s'entraîner, alors on passera un peu de temps sur le ring.

Alex se détendit un peu. Il avait eu peur de se retrouver seul avec Tabitha et de faire n'importe quoi. Au moins, il avait une glissière de sécurité.

Brody regarda par-dessus l'épaule d'Alex, et ses yeux s'assombrirent de rage.

— J'espère que tu as démoli cet enfoiré.

Alex fit volte-face alors que Tabitha entrait avec hésitation dans la salle en ouvrant grand les yeux, l'air de détailler son environnement. Il aurait probablement dû l'emmener dans un endroit plus sympa, ou même dans la salle de sport que son beau-frère, Decker, avait aménagée dans son sous-sol, mais il avait dit la première chose qui lui était venue à l'esprit quand il l'avait vue trembler comme ça. Il allait peut-être regretter de se retrouver si proche d'elle alors qu'il essayait toujours de trouver qui il était, mais il refusait de revoir un jour ce regard dans ses yeux.

— Tu es là, gronda-t-il.

Pour il ne savait quelle raison, il pensait qu'elle changerait peut-être d'avis et se tiendrait éloignée. Il ne voulait pas réfléchir au fait qu'il avait *envie* qu'elle soit là. Envie qu'elle soit à ses côtés. Qu'elle soit avec lui.

Il se racla la gorge avant d'avancer vers elle. Les hématomes sur son visage dessinaient des ombres marquées sur sa peau d'albâtre. Il crispa les poings et se força à les détendre tandis qu'il observait son visage.

Elle ne s'était pas embêtée à se maquiller, ce jour-là, ou en tout cas ce soir-là, ce qui voulait dire qu'elle ne lui cachait pas ses bleus. Il ne savait pas pourquoi cela lui plaisait, et il ne pouvait pas se permettre de s'inquiéter de cela pour le moment. Elle avait fait cette queue de cheval qu'il aimait beaucoup, celle qu'il s'était imaginé enrouler autour de son poing, et cela permettait de dégager ses longs cheveux de son visage. Cela avait pour effet de faire ressortir davantage les taches marbrées de bleu et de noir, les marques que cet enfoiré avait laissées sur sa peau délicate.

Elle portait un sweat à capuche par-dessus sa tenue de sport et elle avait un petit sac en travers de son épaule. S'il n'y avait pas eu cette peur si nette dans son regard et la tension palpable de ses épaules, il aurait pensé qu'elle était prête à commencer. Il semblait qu'aucun d'eux n'était vraiment dans son élément, et il allait falloir qu'il trouve comment gérer ça.

— Je suis là, finit-elle par répondre.

Elle fit le tour des lieux du regard avant de hausser un sourcil.

— Tu as dit que c'était une salle de sport, mais je ne voyais pas vraiment ça comme ça.

Il fronça les sourcils.

— Les gens font du sport ici. C'est une salle de sport.

Les murs n'étaient peut-être pas recouverts d'aciers et de miroirs, et il n'y avait pas de musique pêchue et de tenues en lycra multicolores, mais c'était une salle de sport. *Sa* salle de sport.

Elle désigna l'un des rings au centre de la salle.

— Vous faites plus que du sport. Mais comme c'est pour ça que je suis là, je ne peux pas vraiment me plaindre. Et de toute façon, je ne comptais pas le faire.

Elle marqua une pause et passa d'un pied sur l'autre.

Il se rapprocha, conscient que Harper et Brody étaient derrière lui et n'avaient rien dit. Ils étaient très probablement en train d'écouter leur moindre mot et de les observer, mais il choisit de les ignorer pour l'instant. C'était pour Tabitha qu'il était là.

Alex fit quelque chose qu'il risquait de regretter, mais il le fit quand même.

Il prit sa joue dans sa main, en faisant très attention au léger hématome qui se trouvait de ce côté de son visage. Elle en avait davantage de l'autre côté, et tout ce qu'il rêvait de faire, c'était de les guérir de ses baisers.

Mais ça, il ne le fit pas.

— Qu'est-ce qu'il y a ? demanda-t-il d'une voix basse.

Elle écarquilla les yeux à ce contact. Ses lèvres s'ouvrirent, et un souffle tremblant lui échappa. Sa poitrine se souleva et s'abaissa à un rythme rapide.

— Merci.

Il fronça les sourcils.

— Pour quoi ?

Elle étrécit les yeux, et il n'avait jamais été aussi heureux de voir cette étincelle agacée dans son regard. Cela voulait dire qu'elle n'avait pas perdu sa combativité. Il ne restait plus qu'à la fortifier.

— Pour avant et pour maintenant. Ne fais pas semblant de ne pas comprendre.

Elle recula, et le drôle de moment qu'ils venaient de partager fut terminé. Alex n'en éprouva pas vraiment de regret. Mais pas de soulagement non plus.

Bon sang, cette femme le perturbait, et il n'était pas sûr de pouvoir se permettre d'être perturbé en ce moment.

— Salut, Harper, dit Tabitha en se penchant de côté. Et toi, c'est Brody, c'est ça ? Je t'ai vu au studio avec Austin.

Tabitha avait-elle un tatouage quelque part ? Et pourquoi Alexander laissait-il ses pensées s'égarer de ce côté-là ?

Les mecs bavardèrent un peu avec elle tandis qu'il rassemblait ses pensées. Il fallait qu'il se concentre s'il voulait réussir ce dans quoi il s'était lancé et parvenir à aider Tabitha à se protéger.

— Tu es prête ? lui demanda-t-il.

Elle se tourna pour lui faire face, le visage inquiet. Alex se jura qu'il ferait tout ce qui était en son pouvoir pour ne jamais revoir son expression prendre ces traits.

— On peut passer dans une petite salle par-là, si tu veux être tranquille.

Il s'interrompit pour considérer son choix de vocabulaire, et elle lui adressa un regard intrigué.

— À moins que tu préfères ne pas être seule avec moi.

Il y avait un millier de raisons pour lesquelles il aurait mieux valu qu'elle ne soit pas seule avec lui. Le fait qu'il n'arrivait pas à arrêter de penser à elle n'en était qu'une.

Elle secoua la tête.

— J'ai confiance en toi. Je ne serais pas là si ce n'était pas le cas.

Il déglutit devant la franchise de son regard.

Elle avait confiance en lui.

Si seulement lui-même avait pu se faire confiance.

— Lève un peu plus les bras.

Tabby se déplaça devant Alexander, bien trop consciente d'à quel point il semblait imposant. À quel point il semblait... *tout*. Elle avait bien trop conscience de lui en général, ces derniers temps, et elle craignait de ne pas pouvoir se maîtriser aussi bien que par le passé. Elle avait compris dès l'instant où elle était rentrée dans la petite salle de sport, qui semblait être une petite part d'Alex, que c'était peut-être une erreur.

Mais elle avait eu tellement peur à cause de ce qui s'était passé au bureau qu'elle s'était jetée sur la première chose venue. Rien que de rester là vingt minutes à écouter Alexander lui parler lui avait permis de se sentir mieux. Plus en sécurité.

Elle n'était peut-être pas capable de se battre comme lui, mais elle serait quand même un peu moins démunie.

— D'accord, alors ne tiens pas ton pouce comme ça. Tu pourrais le casser.

Il posa sa grande main par-dessus la sienne, et elle se força à continuer à respirer normalement malgré la chaleur de sa peau. À chaque correction de sa part, chaque effleurement, elle ne pouvait s'empêcher d'avoir envie de lui.

Oui, elle était là pour une raison bien précise, mais dans cette pièce humide où ils étaient seuls tous les deux à transpirer, se toucher et se rapprocher, son cerveau ne pouvait s'empêcher d'*imaginer*. Elle apercevait un morceau de son tatouage quand son tee-shirt se retroussait, et elle aurait voulu le voir en totalité et le goûter.

Elle avait été *agressée* la veille, bon sang, et pourtant elle ne pouvait s'empêcher de mater Alexander.

— Ça marche, souffla-t-elle en redressant la tête.

Elle ne s'était pas rendu compte qu'il était si proche. Tout ce qu'elle aurait eu à faire, c'était se dresser sur la pointe des pieds pour que ses lèvres viennent effleurer les siennes. Le regard d'Alexander tomba sur sa bouche, et elle vit sa pomme d'Adam se rétracter quand il déglutit. Il se lécha la lèvre inférieure, et Tabby sentit ses tétons pointer sous son soutien-gorge de sport.

La poitrine d'Alexander se soulevait rapidement au rythme de sa respiration, et elle crevait d'envie de lui.

Mais elle ne pouvait pas lui faire d'avances, pas maintenant, et peut-être jamais. Il n'était pas prêt. *Elle* n'était pas prête.

Ils reculèrent chacun d'un pas en même temps, et elle refusa de se vexer. Après tout, elle avait reculé elle aussi. Alexander se racla la gorge.

— Je crois que ça suffit pour aujourd'hui. Il faut que tu te reposes.

Cet ordre l'aurait agacé si elle n'avait pas été d'accord avec lui.

— Merci d'avoir lancé l'idée. Est-ce qu'on peut continuer ?

Elle aurait pu se foutre des baffes. Elle n'avait qu'à prendre des cours, si elle avait vraiment envie d'aller plus loin, mais même si elle voulait vraiment en apprendre davantage, elle voulait que ce soit *Alexander* qui lui enseigne.

Elle était maso, visiblement, et pourtant elle était incapable de renoncer.

Il observa son visage un instant avant de hocher la tête.

— Oui. Je veux que tu sois en sécurité.

Elle essaya de ne pas mal interpréter ses paroles, mais elle ne pouvait pas s'en empêcher. Quand il s'agissait de lui, il y avait beaucoup de choses dont elle était incapable de s'empêcher.

Avec un dernier regard, elle lui dit au revoir avant de rassembler ses affaires et de se hâter vers sa voiture, consciente que ses genoux tremblaient. Elle aurait dû rentrer chez elle et prendre une douche, au lieu de cela, elle prit la direction de sa librairie favorite. Elle appartenait à une de ses amies, et comme elle n'arrivait pas à se remettre les idées en place, elle avait besoin d'Everly pour l'aider à se concentrer.

Toutes ses autres amies avaient rejoint la famille Montgomery par mariage, et c'était le seul sujet qu'elle ne pouvait pas aborder avec elles.

À peine garée sur le parking, elle poussa un juron. Elle ne s'était pas embêtée à mettre du fond de teint avant de sortir de chez elle parce qu'Alexander savait à quoi s'attendre. Mais entrer dans la librairie d'Everly comme ça, c'était une autre histoire. Elle ne supportait pas les regards de pitié qu'elle récoltait. Heureusement, l'heure de fermeture n'était pas loin, avec un peu de chance, elle pourrait se faufiler sans se faire remarquer.

Sous la Couverture était une petite librairie indépendante qui proposait tous les genres, mais mettait un gros accent sur la romance. C'était vraiment la boutique préférée de Tabby. Et comme elle était située dans le centre de Denver, il y avait beaucoup de clientèle impromptue, et c'était suffisamment proche du café de leur amie Hailey pour qu'elles puissent faire des opérations commerciales ensemble. Elles étaient parvenues à donner l'ambiance d'une petite ville de province à ce grand centre urbain.

Et cela permettait à Tabby de supporter l'éloignement de sa région natale un peu plus facilement.

Everly se tenait derrière la caisse et regardait un livre quand Tabby entra. Elle écarquilla les yeux en la voyant et se précipita vers elle.

— Oh mon Dieu, Tabby. Je n'étais pas prête à ça, même avec le selfie que tu m'as envoyé. J'aimerais démolir ce type, vraiment. Heureusement, Alex l'a fait pour moi.

Les yeux de Tabby s'humidifièrent, et elle fit de son mieux pour ne pas laisser les larmes s'écouler. Elle voulait être capable de se battre, et les larmes ne feraient que la gêner.

— Ça va guérir. *Je* vais guérir.

— Je sais, ma chérie. Maintenant, laisse-moi fermer boutique, qu'on puisse se faire un thé avant que j'aille chercher les enfants.

Everly avait deux enfants qu'elle élevait toute seule, et Tabby ne savait pas comment elle faisait.

— Ça serait super.

Tabby lui fit de la place pour la laisser fermer la porte.

— J'ai failli l'embrasser, balança-t-elle.

Everly fit volte-face en écarquillant les yeux. Elle était au courant que Tabby craquait sur Alex, elle était la seule à le savoir, mais ça ne rendait pas cette confession moins gênante pour autant.

— Si je ne devais pas prendre la voiture, je dirais bien qu'il nous faut quelque chose de plus fort que du thé, là, dit Everly avec lenteur. C'est-à-dire, « failli » ?

Tabby rit, et un peu de la tension qui l'habitait l'abandonna.

— Eh bien, presque.

Elle poussa un soupir.

— Je ne sais pas ce que je vais faire, Ev.

— Allons, on va trouver quelque chose.

Et, apparemment, c'était aussi simple que cela. Mais Tabby savait mieux que quiconque que rien n'était jamais simple avec un Montgomery, et d'autant plus avec Alexander.

CHAPITRE CINQ

ALEX ÉTAIT en train de se planter. De nouveau. Il n'arrivait pas à croire qu'il avait pu être aussi idiot, mais vu ses choix antérieurs, ce n'était pas si surprenant que ça.

Une bourrasque de vent le frappa et le tira de ses pensées cycliques. Le froid vint mordre sa peau, mais il fit de son mieux pour l'ignorer. Il ne pouvait pas bouger pour le moment et redresser l'écharpe qui aurait pu protéger son cou et le bas de son visage du vent cruel. Au lieu de cela, il laissa le froid lécher sa peau et le transir jusqu'aux os tandis qu'il se concentrait sur son sujet.

La main sur l'objectif, il fit les réglages qu'il fallait avant d'appuyer sur le déclencheur.

Clic.

Un autre angle.

Clic.

Il se déplaça encore une fois.

Clic.

Une inspiration.

Clic.

Alex abaissa son appareil photo et cligna des yeux pour dissiper le tournis qui s'emparait toujours de lui quand il faisait de la photo. Son cerveau n'avait pas seulement besoin de se concentrer sur son modèle, mais aussi sur les milliers d'éléments du décor qui les englobaient, le centre-ville de Denver.

— Tu as ce qu'il te faut ? gronda l'homme devant lui. Je sais pas pourquoi tu veux une photo de moi assis là, mais si c'est ça qui te fait plaisir, vas-y.

Le sans-abri tapota sa veste déchirée et lui adressa un sourire aux dents jaunies.

— J'ai eu mon sandwich, alors je suppose que c'est tout ce qu'il me faut.

Il étrécit les yeux.

— À moins que tu aies quelques dollars à me filer ?

Alex secoua la tête.

— Désolé. Je suis à sec. Mais j'ai du café, si tu veux.

L'autre renifla. Alex pensait qu'il était plus vieux que lui, mais pour ce qu'il en savait, c'était peut-être l'alcool qui avait buriné sa peau.

— Non. Je supporte pas ça. Ça me tord le bide.

Alex lui fit un signe de tête en guise de remerciement, même s'il se doutait que l'autre n'en avait que faire. Il avait le sentiment que ce n'était pas le café qui lui faisait mal au ventre, mais le manque dû à l'alcool. Il y avait une raison pour laquelle Alex ne donnait plus d'argent aux SDF. Il avait vu ce qui passait quand il le faisait et qu'il revenait le lendemain. Ils ne dépensaient pas tous l'argent en alcool, drogues ou cigarettes, mais il y en avait suffisamment qui le faisaient pour qu'Alex ait retenu la leçon.

Il avait aussi compris que tout le monde n'était pas vraiment SDF. Il s'était fait avoir quelques fois par de soi-disant sans-abri, des hommes, des femmes, parfois même des *gamins* qui faisaient la manche avant de monter sur leur moto à mille dollars, voire carrément une Mercédès garée à quelques rues de là.

Alex faisait de son mieux pour ne pas juger, mais ces gens le foutaient vraiment en rogne. Alors au lieu d'attendre pour voir comment ceux qu'il aidait utilisaient leur argent, il les payait avec de la nourriture, du café et des couvertures. En général, il se retrouvait à leur distribuer ça, qu'ils acceptent de l'aider dans son projet photographique ou non, mais ceux qui acceptaient de participer en recevaient davantage. Il savait que ça ne suffisait pas, loin de là, mais ce petit geste, c'était tout ce qu'il pouvait faire pour l'instant. Peut-être qu'un jour, il serait en position d'en faire davantage.

Alex arpentait les rues sombres du centre-ville de Denver et essayait de voir cet espace de tous les points de vue possibles. Il prenait des photos quand il sentait que c'était le moment et il faisait de son mieux pour que chaque décor présente une histoire.

La ville comptait de nombreux SDF, mais c'était le cas de la plupart des grandes villes. Le problème avec Denver, c'était que comme c'était loin à l'ouest, il n'y avait pas beaucoup d'autres villes autour où les gens pouvaient aller. À l'est, les métropoles étaient plus rapprochées les unes des autres, et cela rendait le mode de vie nomade des sans domicile fixe plus aisé. Non que les choses soient faciles pour eux, mais c'était quand même plus facile que d'être ici, à l'ouest, là où il n'y avait pas vraiment d'autres villes dans les environs, voire aucune.

Pendant la journée, des gens en costard et tailleurs passaient dans leurs belles voitures pour se garer au pied de leurs gratte-ciel. D'autres prenaient le bus ou le métro et rejoignaient la ville depuis leur maison de banlieue. La population était plus jeune dans le centre, c'était ceux qui voulaient vivre dans ces tours et ces appartements qui étaient trop chers au goût d'Alexander. Il y avait même une université de premier plan dans le centre, et elle partageait son campus avec des structures éducatives plus petites.

Il y avait des centaines de gens aux apparences et aux moyens divers qui passaient devant lui chaque jour. Et chacune de ces personnes passait aussi devant les hommes et les femmes étendus dans la rue, inconscients, que ce soit parce qu'ils ne mangeaient pas à leur faim ou parce qu'ils buvaient trop.

La ville était un mélange de tout, et Alex voulait en capturer un aperçu.

C'était pour cela que son dernier projet se concentrait sur ce qu'il aurait pu devenir s'il n'avait pas eu sa famille à ses côtés. Il avait failli les repousser au point où il aurait pu tout perdre, mais ils ne l'avaient pas laissé faire. Ils s'étaient accrochés alors même qu'il essayait de se débarrasser d'eux, et au final, il avait eu bien davantage besoin d'eux qu'il ne l'aurait cru possible. Sans eux, il se serait perdu lui-même. Sans eux, il aurait pu devenir l'un des hommes devant qui il passait quand il descendait la 16ᵉ Street Mall.

Ou peut-être que l'alcool l'aurait tué avant ça.

Il ne savait pas ce qu'il serait devenu s'il n'était pas allé en désintox, mais sous aucun prétexte il ne se laisserait reprendre ce chemin. Il était quelqu'un de différent, désormais. Ou en tout cas, son enveloppe était celle de quelqu'un de différent. À l'intérieur, il ne savait pas trop. Sans l'alcool pour noyer ses démons, il savait qu'ils seraient toujours là, à le narguer. Mais avec le temps, il espérait qu'ils finiraient par se taire et qu'il trouverait la force de redevenir l'homme qu'il avait été à une époque.

Il poussa un autre soupir alors qu'une bourrasque l'enveloppait à nouveau. Il faisait bien trop froid pour que quiconque reste dehors, mais les refuges fermaient bientôt pour la soirée, et il n'y avait pas assez de place pour tout le monde. Alex pensait avoir encore une dizaine de minutes devant lui pour prendre encore quelques photos avant de devoir retourner à sa voiture pour rentrer chez lui. Il ne pouvait pas prendre le risque de tomber malade et de prendre du retard dans son travail. Ce projet n'avait pas de financement pour le moment, et il ne savait pas trop ce qu'il allait en faire, mais il *savait* qu'il devait le terminer. Ce qui voulait dire que les projets pour lesquels il avait des clients passaient en priorité pour qu'il puisse payer sa facture de chauffage et sa nourriture.

Il avait perdu la maison avec son divorce, mais au final, ça lui convenait. Il s'en fichait quand il buvait, mais maintenant qu'il était sorti du brouillard, il se rendait compte qu'il n'aurait jamais pu continuer à y vivre, de toute façon. À la place de l'immense ranch dont il avait essayé de faire un chez-soi avec son ex-femme, il louait un trois-pièces dans une banlieue correcte. Dans une des chambres, il avait installé une chambre noire, même s'il faisait surtout du numérique. Il avait fait son bureau dans la salle à manger, et au final, ça fonctionnait.

En tout cas, il l'espérait.

Les mains dans les poches, il descendit une des rues qui partaient de la rue principale et regarda autour de lui. Il avait pris ce chemin des centaines de fois auparavant et il le connaissait comme sa poche. C'était l'endroit que sa famille s'était choisi, le monde qu'ils avaient créé. Le studio de tatouage, Montgomery Ink, se trouvait d'un côté de la rue. En face de là se tenait la boutique de sa belle-sœur, tout éclairée, prête à recevoir les clients, même s'il supposait qu'elle fermerait bientôt pour la soirée. À côté du studio de tatouage, il y avait Taboo, le café d'Hailey. C'était une amie de la famille, même s'il supposait que, de tous les Montgomery, il était celui qu'elle connaissait le moins bien.

C'était sa faute à lui, évidemment.

À côté du café se trouvait une librairie dans laquelle il n'était jamais rentré, mais il savait que sa famille y allait, et il se disait qu'il devrait s'y arrêter un jour pour voir s'il y avait là quelques livres de son frère Griffin. Alex aimait en acheter un ou deux de temps en temps, même s'il les avait tous. Mais il s'assurait toujours d'en laisser sur les étagères pour que d'autres lecteurs puissent les découvrir et devenir aussi accros à la série que lui.

Tous ses frères et sœurs débordaient de talent.

Lui espérait qu'il pourrait retrouver un jour le talent qu'il avait tenu dans ses mains à une époque.

Son téléphone vibra dans sa poche alors qu'il avançait vers là où il s'était garé, derrière le studio de tatouage, et il retira ses gants pour prendre l'appel. Il jura devant le froid qu'il faisait et se dit qu'il fallait qu'il s'achète une paire de gants high-tech qui transmettait la chaleur ou il ne savait quoi pour qu'il ne soit plus obligé de les enlever pour se servir de son smartphone.

— Quoi de neuf, Storm ? demanda-t-il en se penchant.

Il faisait de plus en plus froid, et il avait hâte d'être à l'intérieur de sa voiture. Il n'avait pas eu l'intention de rester dehors aussi longtemps, mais il avait trouvé quatre personnes différentes qui voulaient bien raconter leur histoire. Il avait pris des notes et des photos et leur avait promis d'en faire quelque chose de significatif. Quoi, il ne le savait pas encore.

— Pourquoi est-ce que tu es essoufflé ? demanda Storm.

— Parce qu'il fait un froid à geler les couilles d'un yéti, là.

Storm pouffa de rire.

— Je ne savais pas que les yétis avaient des couilles. Et bon sang, comment tu sais la température à laquelle elles gèlent ?

— Tu ne me vois pas, mais je te fais un doigt d'honneur en ce moment.

Ce n'était pas vrai car il y avait toujours des gens dans la rue et il n'avait pas envie de passer pour quelqu'un de désagréable, mais son frère comprendrait.

— Va te faire aussi, renifla Storm. Qu'est-ce que tu fous dehors s'il fait si froid que ça ?

Il n'avait parlé à personne de son petit projet pour le moment, surtout qu'il n'avait pas encore de nom, et puis franchement, c'était un peu plus personnel qu'il ne l'avait imaginé.

— Je suis en train de retourner vers ma voiture. Qu'est-ce que tu voulais ?

— À la base, je voulais voir si tu voulais manger un truc, mais si tu as décidé d'être chiant, tant pis.

Le ventre d'Alex gronda, mais il secoua la tête avant de se rappeler que son frère ne pouvait pas le voir. Bon sang, le froid avait fait geler ses neurones, apparemment.

— Demain, plutôt ?

Il n'avait pas de plans pour la soirée, mais il voulait mettre ses notes au propre tant qu'elles étaient encore fraîches dans sa mémoire.

— Pas de souci.

Storm marqua une pause.

— Ça me fait plaisir que tu dises oui.

Il laissa la brûlure de cette gifle verbale le secouer comme elle le devait. Il avait dit « non » à bien plus de dîners avec sa famille qu'il ne l'aurait dû par le passé et il comptait bien ne plus jamais recommencer.

Un éclair rouge attira son regard, et il se figea.

Des cheveux auburn dont il rêvait.

— Hein ?

— Quoi ? Qu'est-ce qui se passe ? demanda Storm d'une voix résolue.

— J'ai cru voir... laisse tomber.

Alex secoua la tête à nouveau.

— Il faut que j'y aille. Je te vois demain pour dîner.

— Qu'est-ce que tu fous, Alex ?

Il mit fin à l'appel alors que son frère l'interrogeait,

conscient qu'il en paierait le prix plus tard. Mais d'abord, il fallait qu'il suive cet éclair rouge qu'il avait aperçu. Il accéléra et se mit presque à courir à petites foulées. Il tourna dans l'allée sombre, tous les sens en alerte.

Elle portait une jolie petite veste et une écharpe, elle avait un sac à la main et de l'inquiétude sur le visage. Il aurait pensé qu'elle était magnifique même avec ses joues et son nez rouge, mais il avait du mal à réfléchir en cet instant, avec toute la rage qui l'habitait.

— Qu'est-ce que tu fous là dans le noir ? cracha-t-il.

Tabitha écarquilla les yeux en croisant son regard.

— Alexander.

Il marcha droit sur elle, conscient qu'il avait probablement l'air d'un aliéné en cet instant. Il s'en fichait.

— Qu'est-ce. Que. Tu. Fous ?

Merde. Qu'est-ce qu'Alexander faisait là ? De tous les Montgomery qu'elle aurait pu croiser en centre-ville, Alexander était le dernier qu'elle avait envie de voir, bon sang. Elle ne voulait pas qu'il la voie comme ça. Il était trop perceptif, il posait trop de questions. Elle n'était pas prête à lui parler de ce qu'elle faisait ou de *pourquoi* elle le faisait.

Sauf que, pour elle ne savait quelle raison, elle était consciente de ne rien pouvoir cacher à l'homme qui grondait devant elle.

— Qu'est-ce. Que. Tu. Fous ?

— Comment ça ? finit-elle par dire, la gorge serrée. Je marche.

Il la regarda comme si elle avait perdu quelques neurones, et peut-être que c'était le cas, car ce n'était pas la première fois qu'elle faisait ça. Et franchement, ce ne serait pas la dernière.

— Tu marches. Dans une ruelle sombre. De nuit. Dans un manteau blanc qui est comme un phare pour quiconque voudrait t'agresser. Qu'est-ce que tu fous, Tabitha ?

Elle étrécit les yeux.

— Tu veux bien arrêter de dire ça ?

— Non. Je ne vais pas m'arrêter jusqu'à ce que tu m'expliques ce que tu fous.

— Ça ne te regarde pas.

Effectivement.

— J'ai une bombe lacrymo et un sifflet.

Il leva les yeux au ciel.

— Tant mieux pour toi. Et vu que je t'ai donné, quoi, *un* cours d'autodéfense, tu dois être parfaitement préparée à te défendre dans une ruelle sombre.

Il tendit la main comme pour toucher les bleus qui commençaient à disparaître sur son visage avant de se raviser et de saisir son coude à la place. La sensation de sa main sur elle, même à travers l'épaisseur de son manteau, suffit à lui couper le souffle.

Elle poussa un soupir tremblant.

— Arrête de me traiter comme si j'étais idiote.

— Alors arrête d'agir comme une idiote, rétorqua-t-il.

Elle ignora la morsure de ses paroles et essaya de le dépasser. *Ils* n'étaient pas là, de toute façon. Une fois de plus, sa petite excursion dans les parages s'était révélée être une cause perdue. Elle aurait dû y être habituée, depuis le temps.

Alexander serra son coude avec plus de force, et elle se figea.

— Qu'est-ce que tu fais là ?

Il avait baissé sa voix d'une octave, et elle glissait sur Tabby comme du velours. Et mince.

— Ça ne te regarde pas. Qu'est-ce que *tu* fais là ?

Il fronça les sourcils et leva son appareil photo.

— Je travaille.

Surprise qu'il lui réponde, elle cligna des yeux.

— Oh.

— Oui. Oh. Viens. Je te raccompagne à ta voiture.

Elle secoua la tête.

— J'ai pris le métro.

Elle faisait toujours ça quand elle venait là, au cas où elle les voie. Il se pinça l'arête du nez.

— De nuit. Toute seule. Bon sang, Tabitha. Allez viens, je te ramène chez toi. Je suis garé derrière le studio.

Elle planta ses talons dans le ciment et tint bon.

— Tu ne peux pas me trimballer sur ton épaule comme un homme des cavernes. J'ai des droits.

Il jura dans sa barbe.

— Oui, bien sûr. Et en ce moment, tu utilises ces *droits* pour te comporter comme une idiote. Je t'assure que s'il le faut, je te trimballerai sur mon épaule.

Elle eut envie de taper du pied comme une gamine de deux ans, mais elle comprit que ça ne l'aiderait pas.

— Arrête de me traiter d'idiote. Je ne le suis pas. Je suis venue préparée.

Comme tu l'étais l'autre soir dans ton bureau ?

Il ne le dit pas, mais elle savait qu'il le pensait.

— Laisse-moi te ramener chez toi.

Il marqua une pause.

— Je t'en prie.

Ce fut le « je t'en prie » qui la convainquit, et elle se douta qu'il l'avait compris. Elle le laissa la guider hors de la ruelle et jusqu'à sa voiture. Même s'il la tenait par le coude, elle savait qu'elle ne serait pas partie, désormais. Ça n'avait pas été la meilleure idée de sa part, de venir avec une météo pareille, mais elle avait passé trop de temps enfermée, depuis son agression, et elle avait peur de les manquer. Contrairement à ce qu'Alexander pensait, elle n'était pas idiote. Elle avait une bombe lacrymo et généralement, elle ne prenait pas les ruelles sombres.

Généralement.

Quand ils arrivèrent à sa voiture, il lui tint la porte ouverte et la claqua derrière elle une fois qu'elle fut montée. Apparemment, il était toujours de sale humeur.

— Tu es passé dire au revoir à ta famille ? demanda-t-elle quand il monta à côté d'elle.

Il lui jeta un regard avant de démarrer.

— C'est quoi ton adresse ?

Elle cligna des yeux et la lui donna pour qu'il l'entre dans le GPS de sa voiture. Elle aurait simplement pu lui dire où elle vivait et le guider pendant le trajet, mais elle n'était pas sûre qu'il soit d'humeur à ça. Elle réalisa à ce moment-là qu'il n'était jamais venu chez elle. Wes et Storm l'avaient déjà fait pour y déposer des affaires ou en chercher, mais Alexander n'avait jamais eu de raison de venir chez elle.

Jusqu'à maintenant.

Bien sûr, maintenant, elle se demandait si elle avait laissé son panier à linge dans le salon et si elle avait fait la vaisselle. Elle adorait peut-être tout planifier, mais le ménage à moitié fait, c'était moyen.

Quelle importance ?

Il se contenterait probablement de la laisser devant chez elle et repartirait à toute allure, agacé d'avoir dû s'arrêter dans ce qu'il faisait pour sauver une damoiselle en détresse.

Sauf qu'elle n'était pas une damoiselle.

— Tu vas te casser une dent, si tu continues à crisper la mâchoire comme ça, lui dit Alexander en conduisant.

Elle lui jeta un regard.

— Tu peux parler.

Sa bouche se releva en un sourire avant qu'il fronce les

sourcils à nouveau. Elle aimait quand il souriait et elle aurait voulu le voir faire plus souvent. Bien sûr, avec la façon dont il se conduisait en cet instant, elle n'avait pas vraiment envie de passer du temps avec lui. Peut-être que sa conduite de ce soir finirait par faire passer le faible qu'elle avait pour lui.

Sauf qu'elle avait le sentiment que ça ne ferait qu'empirer les choses. Ils ne parlèrent plus après ça, mais la tension dans la voiture augmenta kilomètre après kilomètre. Elle ne savait pas si c'était à cause de la colère d'Alexander ou quoi, mais la sienne était un mélange de plein de choses. Elle n'appréciait pas énormément Alexander en cet instant, mais bon sang, elle avait toujours envie de lui. Elle se lécha les lèvres ; sa respiration accéléra, et elle fit de son mieux pour ignorer à quel point il était beau gosse de profil.

Il lui jeta un regard, les yeux sombres sous les lampadaires qui éclairaient l'habitacle, puis il se détourna abruptement pour regarder la route. Il resserra les mains sur le volant, et elle se demanda à quoi il pouvait bien être en train de penser en cet instant.

Quand il se gara devant chez elle, elle s'attendait à ce qu'il la laisse sortir et reparte. Au lieu de cela, il descendit de voiture avec elle et marcha jusqu'à la porte d'entrée à ses côtés. Elle ne dit pas un mot en ouvrant la porte et entra à l'intérieur. Elle se retourna pour lui dire au revoir et le remercier de l'avoir raccompagnée jusqu'à chez elle ; sauf qu'il passa devant elle et claqua la porte.

— Je te demande pardon, intervint-elle. Je ne t'ai *pas* invité à entrer chez moi. Si tu veux être un connard et me juger pour mes actions, tu peux ressortir immédiatement. Je n'ai pas à t'écouter.

— J'aime voir cette étincelle dans ton regard, ma belle. Ça veut dire que tu n'es pas stupide. Mais putain, Tabitha, je ne sais toujours pas ce que tu faisais là-bas.

— Et tu n'as pas besoin de le savoir.

Personne n'avait à le savoir.

— Et ne m'appelle pas « ma belle ».

Ses yeux s'assombrirent encore davantage, et il fit un pas vers elle. Elle recula et se trouva coincée contre la porte. Sa poitrine se soulevait à toute allure alors qu'elle luttait pour retrouver sa respiration. Il leva la main et caressa sa joue d'un doigt, les yeux dans les siens.

— Qu'est-ce que je vais faire de toi, Tabitha ?

Elle déglutit avec difficulté, sans savoir quoi répondre. C'est probablement pour ça qu'elle répliqua :

— Qu'est-ce que tu veux faire de moi ?

Alexander écarquilla légèrement les yeux, comme si elle l'avait surpris.

— Tu es sûre de vouloir le savoir ?

Il baissa la tête, et elle redressa imperceptiblement le menton.

— Dis-moi.

Au lieu de répondre, il appuya son front contre le sien.

— Tu m'as fichu une peur bleue. Ne recommence pas.

Elle ferma les yeux.

— Je ne peux pas te promettre ça.

Il jura dans sa barbe.

— Alors emmène-moi avec toi, la prochaine fois. Mais ne va pas là-bas toute seule.

Il marqua une pause.

— Je t'en prie.

Une fois de plus ce fut le « je t'en prie » qui fonctionna.

— Alexander...

Elle n'eut pas le temps de finir sa phrase, même si elle ne savait pas ce qu'elle comptait dire. Alexander écrasa sa bouche de la sienne. Il prit son menton dans sa main et la força à se dresser sur la pointe des pieds. Elle se figea un instant en se demandant comment ils avaient bien pu se retrouver là. Puis il posa la main sur son sein, et elle repoussa toute pensée qui ne concernait pas ses mains et ses lèvres sur les siennes.

Elle gémit contre sa bouche et se pressa de tout son corps contre lui tandis qu'il formait un écrin pour ses seins avec ses mains. Tandis qu'il parcourait son corps, elle passa les bras derrière lui pour enfoncer ses doigts dans son dos, ses fesses, tout ce à quoi elle pouvait s'accrocher.

Et cet homme était tout en longs muscles, si bien qu'il y avait plein de chair bien ferme à laquelle s'accrocher.

Il l'embrassa dans le cou et tira sur le col de sa veste. Elle l'aida en s'en débarrassant rapidement, et le tissu fluide qui atterrit par terre à ses pieds l'excita encore davantage. Il se hâta d'en faire de même avec sa veste, et ils revinrent l'un à l'autre, touchant partout où ils le pouvaient, se cherchant de leurs lèvres enfiévrées.

Il gronda avant de descendre en l'embrassant le long de sa gorge. Il tira un téton entre ses dents à travers son pull et son soutien-gorge. Elle renversa la tête en arrière contre la porte et s'accrocha à lui pour garder son équilibre car ses genoux étaient sur le point de céder sous elle.

— Qu'est-ce qu'on est en train de faire ? hoqueta-t-elle.

Elle s'agaçait elle-même de poser la question.

Le regard d'Alexander croisa le sien tandis qu'il faisait lentement glisser sa main sous sa robe-pull et touchait la couture de ses leggings. Il la caressa avec détermination, et la bouche de Tabby s'assécha à nouveau.

— Qu'est-ce que tu veux faire ?

— *Tout*, souffla-t-elle.

— Parfait.

Il fit remonter sa main plus haut, au-dessus de ses leggings, puis sous la ceinture. Avant qu'elle puisse prendre une nouvelle inspiration, il avait mis sa main dans sa culotte, et ses doigts glissaient dans les plis de son intimité. Elle mouillait tellement que c'en était presque gênant.

Elle ferma les yeux pour mieux profiter de la sensation.

— Tes yeux, ma belle. Laisse-moi voir tes yeux.

Elle rouvrit les paupières, la bouche entrouverte. Quand il inséra un doigt en elle, elle gémit et renversa la tête, mais sans le quitter du regard.

— Tu mouilles tellement pour moi, Tabitha. Tu. Es. Trempée. Je pourrais jouir comme ça, rien qu'avec ma main dans ta chatte. C'est l'effet que tu me fais.

Elle balança ses hanches contre sa main, se frotta contre lui, et ils gémirent tous les deux.

— C'est ça, ma belle. Utilise-moi. Montre-moi à quel point tu en as envie.

Le *dirty talk*, ça n'avait jamais été son truc, avec ses amants précédents, elle avait toujours trouvé ça un peu bête, mais Alexander lui fit revoir ses préjugés à toute allure. Il frotta son clitoris avec son pouce, et elle jouit rien qu'avec ça, tandis que ses parois internes se contractaient autour de son doigt et qu'elle tremblait dans ses bras.

Quand elle redescendit, il appuya sa tête contre la sienne, la main toujours dans sa culotte.

— Je n'ai pas de capote, putain. Ça fait...

Il s'interrompit.

Ça faisait un moment qu'il n'avait pas fait ça. Elle en était consciente. Il avait été extrêmement raisonnable, au cours de l'année qui s'était écoulée, car il s'était concentré sur sa guérison. C'était pour ça qu'il n'avait pas de préservatif sur lui.

— Dans mon sac, dit-elle doucement. J'en garde un sur moi.

Elle rougit tandis qu'il souriait.

— Quoi ? Je préfère être préparée plutôt que de devoir compter sur le mec pour me protéger. Ça te pose un problème ?

Il ressortit la main de sa culotte et se lécha les doigts.

— Aucun problème.

Ça suffit presque à la faire jouir de nouveau.

Elle se pencha pour ramasser son sac et en sortit rapidement un préservatif de la poche de côté. Elle le remplaçait régulièrement au bout de quelques mois, car ça faisait *longtemps* qu'elle n'avait pas passé la nuit avec un homme, mais elle ne voulait pas se retrouver prise au dépourvu.

Bien sûr, rien n'aurait pu la préparer à Alexander.

Il défit son pantalon et sortit sa verge. Elle n'en eut qu'un bref aperçu alors qu'il déroulait le préservatif sur son sexe, mais ce qu'elle vit lui plut. Avant qu'elle ait pu complètement redescendre de son petit nuage, il lui arracha ses leggings. Ils se retrouvèrent empêtrés à sa cheville, autour d'une de ses chaussures, tandis que son autre jambe était libre. Il poussa sa culotte de côté et croisa son regard avant de s'enfoncer en elle jusqu'à la garde d'une seule poussée.

Elle eut un hoquet et sentit son corps s'étirer pour l'accueillir en elle. Il se figea, les tempes couvertes de sueur. Ils étaient toujours en grande partie habillés, et elle n'avait presque rien vu de lui, ni lui d'elle, pourtant, elle savait que c'était sans aucun doute le moment le plus érotique de toute sa vie.

Tabby glissa ses mains sur ses épaules et s'agrippa à lui.

— Alexander... souffla-t-elle.

Il embrassa doucement ses lèvres, et aucun d'eux ne ferma les yeux. Le cœur à l'arrêt, elle lui succomba une fois de plus, elle tomba à nouveau amoureuse de cet homme qu'elle pensait connaître et dont elle commençait seulement à soupçonner les profondeurs.

Puis il bougea.

Elle se balança avec lui tandis qu'ils faisaient l'amour vite et fort contre la porte. Chaque coup de reins faisait grincer le bois contre ses ressorts, et elle se dit que si quelqu'un se trouvait dehors, il ne pourrait avoir aucun doute sur ce qu'ils étaient en train de faire, mais elle s'en fichait.

Tout ce qu'elle voulait, c'était jouir avec Alexander en elle et le sentir se vider en elle.

Elle avait envie de *ressentir*.

Elle avait envie d'*être*.

Elle avait envie d'*Alexander*.

Quand elle jouit à nouveau, il la souleva pour qu'elle puisse enrouler ses jambes autour de sa taille et il captura sa bouche de la sienne.

— Tu es tellement belle quand tu jouis, gronda-t-il sans interrompre ses coups de reins. Maintenant, j'ai envie de te voir en entier.

Il se retira d'elle, et elle ressentit immédiatement le manque de lui. Mais avant qu'elle n'ait trop le temps de le regretter, il les déshabilla tous les deux. Leurs mains ne quittaient pas le corps de l'autre : celles d'Alexander sur ses seins et son clitoris, ou en train d'agripper ses fesses. Elle aussi touchait ses fesses, ainsi que son torse, puis elle saisit la base de son sexe, là où il se perdait dans ses poils sombres.

Elle serra, et il poussa un juron.

— Pas avant que je ne sois en toi, gronda-t-il.

Il la fit tourner vers le dossier du canapé. Elle s'agrippa au tissu alors qu'il se mettait à la pilonner par-derrière. D'une main posée sur sa hanche, il la maintenait en place tandis qu'il pinçait ses tétons ou caressait son ventre de l'autre.

— Sens-moi, Tabitha. Je n'ai jamais rien ressenti d'aussi bon que ta chatte qui se contracte autour de moi quand tu jouis. Est-ce que tu me sens en toi ? Est-ce que tu sens comme je bande pour toi ?

Elle renversa sa tête en arrière.

— Baise-moi.

Il rit, mais il n'y avait pas d'amusement dans sa voix, uniquement du désir.

— C'est ce que je fais, ma belle. C'est ce que je fais.

Quand il vint titiller son anus avec ses doigts, elle perdit son rythme. Mais il ne s'arrêta pas : il continua à la masser, à délicatement caresser la zone sans la pénétrer pour de bon, jusqu'à ce qu'elle jouisse.

Elle avait déjà joui trois fois, cette nuit-là. Elle n'était pas sûre d'être capable de recommencer, et lui n'avait même pas joui une seule fois. Quand il se retira, elle se retourna et glissa la main entre eux.

— Non, si tu me touches, j'éjacule.

Il agrippa le poignet de Tabby et tira son bras derrière elle. Puis il fit passer un bras sous ses fesses et la souleva pour qu'elle se retrouve assise sur le dossier du canapé.

— C'est plus ou moins l'idée, le taquina-t-elle en s'ouvrant pour lui.

Il se lécha les lèvres et déglutit.

— Tu es tellement trempée, ma belle. Et même si je crève d'envie de jouir, je veux être *en toi* quand je le ferai. Alors pas de mains ou de bouche sur ma bite pour ce soir. Et oui, j'ai terriblement envie de te lécher, mais pas tout de suite. Plus tard.

Il y aurait un plus tard ?

Avant qu'elle puisse poser cette question ou dire autre chose de stupide, il frotta son gland contre sa vulve gonflée d'excitation, puis, les yeux dans les siens, il s'enfonça lentement, oh, si lentement en elle. Elle rompit le contact visuel entre eux pour regarder leurs corps là où ils se joignaient, et c'était tellement excitant qu'elle pensa se briser en cet instant.

— Tes yeux. Donne-moi tes yeux, Tabitha.

Elle obéit.

Et quand ils jouirent ensemble, elle garda ses yeux dans les siens, consciente qu'elle prenait un risque immense parce qu'ils en révéleraient trop. Et pourtant, en cet instant, elle vit quelque chose qu'elle ne sut décrypter dans son regard.

Qu'est-ce que ça voulait dire ?

Qu'est-ce qu'il voulait ?

Et qu'est-ce qu'elle venait de foutre, au juste ?

CHAPITRE 6

Qu'est-ce qu'il venait de foutre, putain ?

Alex était enfoncé jusqu'à la garde dans la femme qu'il n'aurait jamais dû posséder et il avait le sentiment qu'il avait mis à nu bien plus que simplement son corps en cet instant. Non, il avait mis à nu quelque chose de bien pire.

Lui-même.

Il ne pouvait pas prendre ce risque. Il ne pouvait pas faire prendre de risque à Tabitha en lui exposant ce qui se trouvait sous sa peau.

En faisant le plus attention possible, il se glissa lentement hors d'elle. Son érection revenait déjà rien qu'à la vue qui s'offrait à ses yeux. La peau de Tabitha était rougie de ses orgasmes, et ses tétons avaient le rouge sombre qu'il leur avait imaginé. Ils étaient encore mieux en personne, et il n'avait même pas eu l'occasion de vraiment se consacrer à eux. Il n'avait pas non plus eu l'opportunité de lécher son incroyable sexe comme il l'avait fantasmé car il avait été trop occupé à la pénétrer.

Il avait tout foutu en l'air et il ne savait pas comment arranger les choses.

— Alexander ?

Sa voix était hésitante, comme si elle avait peur qu'il s'enfuie au moindre bruit.

Eh bien, elle n'avait probablement pas tort.

— Il faut que je m'occupe de la capote.

Elle cligna des yeux.

— Il y a une salle de bain au bout du couloir.

Il hocha la tête avant de tapoter sa hanche avec maladresse. Il grimaça devant le regard perdu qu'elle lui jeta avant de ramasser ses vêtements en hâte et de partir vers la salle de bain. Il jeta le préservatif et s'aspergea le visage d'eau froide avant d'enfiler ses vêtements.

Il n'avait pas eu l'intention de lui faire l'amour.

Bon sang, il n'avait même pas eu l'intention de l'embrasser.

Mais ils s'étaient embrassés et avaient fait bien plus, et maintenant, ils allaient devoir gérer ça.

Ses mains tremblèrent alors que la tentation séduisante de l'addiction plantait ses griffes en lui.

Il avait besoin d'un verre.

Au lieu de ça, il envoya un texto à son parrain et poussa un soupir.

Il n'était pas assez bien pour Tabitha, ils le savaient tous les deux. C'était une erreur. Ça ne pouvait rien être d'autre.

Il retourna dans le salon où elle avait replié le plaid qui se trouvait sur le dossier du canapé avant qu'il la baise dessus.

— Il faut que j'y aille.

L'expression blessée qu'elle afficha fut pour lui comme un coup de poing dans le ventre, mais il devait l'ignorer. Il le *fallait*. Il n'était pas sûr d'être assez fort pour rester.

Elle sembla se reprendre et hocha la tête :

— D'accord.

Il était un enfoiré. Le pire mec possible.

— À bientôt.

Ils devaient travailler ensemble et, si elle voulait continuer, faire de la boxe ensemble.

— J'en suis sûre.

Elle n'avait pas l'air blessé, et c'est comme ça qu'il comprit qu'il lui avait fait encore plus mal qu'il ne le pensait possible. Et pourtant... il fallait quand même qu'il s'en aille.

Il s'avança comme pour l'embrasser en guise d'au revoir et se figea. Elle croisa son regard et hocha la tête, et il se dit qu'elle comprendrait peut-être. Ça ne rendait pas la situation correcte pour autant. Il se tourna et partit par la porte d'entrée qu'il referma doucement derrière lui.

Une fois dans sa voiture, il agrippa le volant de toutes ses forces. Il prit une grande inspiration et se concentra sur lui-même autant qu'il en était capable. De la sueur dégoulina dans son dos, et il se força à démarrer le moteur. Il quitta le parking devant chez Tabitha, conscient qu'elle était peut-être en train de l'observer par la fenêtre. Il n'aurait pas pu lui en vouloir, cela dit, si elle avait choisi de l'oublier à la seconde où il était sorti de chez elle. Il le méritait. Il n'avait pas envie de penser à l'expression dans ses yeux, mais il savait qu'il le devait.

Elle méritait mieux que cela.

Elle méritait mieux que lui.

Le téléphone sur Bluetooth vibra, et il laissa un soupir lui échapper dès qu'il vit le nom s'afficher. Il répondit en ayant du mal à contrôler ses mains tremblantes.

— Steve.

C'était son parrain.

— Alex. Dis-moi à quoi tu penses.

Alexander lui avait envoyé un SMS rapide, leur code pour indiquer qu'il avait besoin d'aide mais qu'il n'était pas complè-tement perdu. Ils avaient quelques codes comme ça.

— Je ne boirai pas, dit-il à son parrain.

Et à lui-même.

— Ni aujourd'hui. Ni demain.

Steve ne soupira pas de soulagement, ne lui dit pas non plus que c'était bien. Il fit la seule chose dont Alex avait besoin en cet instant.

— Tu veux qu'on se voie ?

Alex secoua la tête, même si Steve ne pouvait pas le voir.

— Non.

Il prit une grande inspiration.

— Non, répéta-t-il, plus fermement cette fois. J'avais simplement besoin d'un rappel.

— Je suis là si tu as besoin de moi, n'importe quand.

Il marqua une pause.

— Tu veux me raconter ce qui s'est passé ?

Il n'y avait pas de secrets entre lui et Steve, en tout cas, pas du côté d'Alexander. C'était ce qui le gardait sain d'esprit.

— J'ai couché avec Tabitha.

Steve poussa un soupir audible, et Alex ne se représenta que trop bien son expression.

— Je savais que tu y pensais, mais je ne m'étais pas rendu compte que c'était aussi sérieux.

Alex resserra à nouveau ses doigts sur le volant.

— C'était... inattendu.

C'était un euphémisme. Il s'inquiétait tellement pour elle, il avait été tellement en colère qu'elle puisse se trouver en danger à nouveau, qu'il n'avait pas été capable de contrôler ses pulsions. Et c'était ce qui lui faisait peur. Au cours de l'année écoulée, il avait été capable de contenir le désir qu'il avait d'elle, de cacher le fait qu'il avait envie d'elle, même s'il commençait tout juste à apprendre à la connaître. Mais il avait perdu le contrôle et avait agi trop vite.

Ou peut-être pas assez vite.

Et comme il n'arrivait pas à remettre ses idées en place, il avait su qu'il avait besoin de parler à Steve.

Et ensuite... ensuite de parler à Tabitha.

— D'accord. Je ne vais pas te dire quoi penser, simplement qu'il faut que tu respires. On a parlé ensemble du fait que tu étais prêt à avoir une relation, tu as passé la première année de sobriété. Mais si, au final, tu n'es pas prêt, on peut en parler aussi.

Alex se gara sur un parking vide pour pouvoir réfléchir.

— Parlons-en, alors, dit-il doucement.

— OK.

Une fois chez lui, Alex essaya de se rappeler sa routine habituelle, mais il était incapable de se concentrer. Normalement, les routines l'aidaient à lutter contre les tentations. Mais en cet instant, ce dont il avait le plus envie, ce n'était pas d'un verre, mais bien de la femme qu'il avait laissée nue et vulnérable dans son salon.

Il était vraiment le pire des enfoirés.

Ce qu'il lui fallait, c'était une douche, puis aller se coucher pour pouvoir affronter le lendemain. Il ne savait pas ce qui allait se passer ni comment il allait s'en sortir, mais il s'en sortirait. Il n'échouerait pas cette fois-ci. Il le refusait.

Il se doucha rapidement, le corps toujours vibrant du contact de Tabitha même s'il était pleinement rassasié, du moins le pensait-il. Il sentait son odeur sur sa peau, jusque dans ses pores. Et pourtant, peu importe à quel point il savait qu'il aurait dû le faire, il ne la lava pas complètement. Il ne frotta pas jusqu'à ce qu'il ne soit plus capable de la sentir parce que, bon sang, il garderait pour *toujours* le souvenir de son odeur, désormais. Il ne pourrait oublier son goût, la sensation d'elle autour de son sexe, l'expression sur son visage quand elle jouissait, ni la façon dont ses tétons durcissaient sous son regard.

Il gémit et agrippa la base de son sexe, agacé contre lui-même de s'être remis à bander.

Il ne la méritait pas.

Il mit l'eau sur froid et en aspergea sa peau dans l'espoir que cela fasse disparaître le désir. Ça ne fonctionna qu'en partie, mais c'était déjà ça.

Une fois au lit, il se laissa tomber au centre du matelas, conscient qu'une fois de plus, il dormirait seul. Mais il aurait dû y être habitué, désormais.

Il avait été seul bien plus longtemps que les gens ne s'en rendaient compte.

Il n'alla pas au bureau ce jour-là. Même s'il n'aurait probablement pas dû, il appela Wes et lui dit qu'il voulait essayer de sortir quelque chose de ce qu'il avait déjà plutôt que de collecter davantage d'images pour le moment. Son frère ne trouva pas cela bizarre, mais Alex savait que c'était de la lâcheté de sa part. Il avait simplement besoin d'un jour ou deux pour décider comment réagir la prochaine fois qu'il la verrait. Quand Tabitha était là, son cerveau partait en marmelade, et il ne disait jamais ce qu'il fallait, n'agissait jamais comme il l'aurait dû.

Après s'être fait un café, il sortit son appareil photo et commença à travailler. Il n'avait pas menti à Wes en lui disant qu'il avait de quoi faire avec les photos qu'il avait déjà prises. Bien sûr, il aurait toujours pu faire davantage de clichés comme il ne savait pas vraiment quelle direction il voulait prendre avec ce projet familial, mais il pouvait au moins commencer à regarder.

Il mit de côté ce qu'il avait fait la veille au soir et le mit dans un dossier sur son disque dur externe ainsi que sur le cloud. Il n'était pas prêt à revisiter ses souvenirs avec ces images, parce qu'à chaque fois qu'il les verrait, il penserait à Tabitha, désormais.

Alors bien sûr, la première photo qui apparut dans le dossier Montgomery fut celle de Tabitha qui regardait vers le bas, le visage légèrement détourné de l'appareil photo, les doigts sur son oreille, rougissante.

Il déglutit.

Mince.

Il avait commis une erreur. Il n'aurait pas dû coucher avec elle. Elle était tellement mieux que ce qu'il méritait, et elle avait besoin de quelqu'un de mieux qu'un alcoolique qui luttait chaque jour pour rester sobre.

Après avoir pris une profonde inspiration, il se remit au travail. Tandis qu'il parcourait les photos, une histoire commença à se dérouler. Ce n'était pas toujours comme ça que ça fonctionnait pour lui, mais quand c'était le cas, il avait appris à s'y accrocher et à ne pas laisser l'inspiration l'abandonner. Il y avait des images de Storm penché sur son établi, complètement concentré sur son projet, comme s'il essayait de tracer le moindre angle à la perfection pour obtenir exactement ce que le client voulait et que lui-même avait besoin de voir. Il avait des images de Wes en train de manier un marteau et plus loin en train de parler au téléphone et de travailler sur sa tablette en même temps. Son frère avait toujours été doué pour effectuer plusieurs tâches à la fois. Il y avait d'autres photos de son beau-frère, Decker, en train de diriger son équipe et de rire avec sa femme qui était venue lui rendre visite. D'autres images de Luc et Meghan qui travaillaient en binôme sur leurs propres projets. Les regards entre eux avaient quelque chose d'intime et pourtant, tout le monde pouvait les voir. Il y avait d'autres photos du personnel, notamment Harper et certains des manœuvres qui riaient tandis qu'ils suaient sous le soleil glacial de Denver en hiver.

Individuellement, chaque photo racontait une histoire sur une personne donnée et le travail qu'ils aimaient. Mais ensemble, elles évoquaient un récit d'effort collectif et de travail acharné. Les Montgomery avaient construit quelque chose tout à la fois unique et parfait.

Et Alex ferait tout son possible pour montrer cela non seulement sur le site Internet et les flyers, mais peut-être aussi dans un autre projet qui ne serait que pour sa famille. Ils méritaient quelque chose de ce genre, et il savait que son père aurait envie de voir ce qu'il leur laissait alors qu'il avait été sur le point de quitter ce monde.

Les mains d'Alex tremblèrent à cette pensée, et il reposa tout ce qu'il tenait.

Il n'avait pas été présent quand son père avait appris qu'il était entré en rémission. Il n'avait pas été présent pour bien des choses.

Avec un grognement, il se leva de son bureau et passa dans sa chambre pour rassembler ses affaires de sport. Il avait besoin de mettre des coups dans quelque chose et savait exactement où faire ça.

Le panneau à côté de l'entrée de la salle de sport attira son regard, et il le fixa. Il avait participé à quelques combats auparavant et avait connu à peu près autant de victoires que de défaites, mais celui-ci semblait un peu au-dessus de sa ligue.

Parfait.

— Tu n'es pas sérieux, dit Brody en se faufilant à côté de lui. C'est peut-être ta catégorie en poids, mais ce mec a, genre, dix ans d'expérience de plus que toi.

Alexander haussa les épaules. Quelque chose en lui murmurait que c'était exactement ce dont il avait besoin s'il ne voulait pas tomber dans une spirale dont il ne pourrait sortir.

— Ne sois pas idiot, intervint Harper.

Il ne s'était pas rendu compte que l'autre s'était pointé après son boulot, et c'était inquiétant. Il semblait qu'Alex commençait à vivre un peu trop dans sa tête, et ce n'était bon pour personne.

— C'est un combat approuvé dans une salle de sport. Je ne suis pas en train de participer à un match illégal ou de jouer à fight club.

— Eh bien, tu connais la première règle du...

Alex le fusilla du regard sans laisser Brody finir la citation.

— On n'est pas tous Brad Pitt.

— Je n'ai toujours pas compris ce film, intervint Harper. Il était réel Brad Pitt ou pas ?

Alex se pinça l'arête du nez.

— Ce film a quoi, quinze ans, vingt ans ? Pourquoi on parle de ça ?

— Parce que tu es sur le point de t'enregistrer pour te battre contre un mec qui a beaucoup plus d'expérience que toi.

Alex soupira et tira la feuille du panneau d'affichage.

— J'ai besoin de le faire.

Brody examina son visage.

— Putain.

Oui, putain. Mais Alex avait besoin de ça. Il avait besoin de *quelque chose* qu'il puisse contrôler. Il ne savait pas trop ce qu'il pouvait contrôler en ce moment, et s'il pouvait apprendre à son corps à distinguer le bien du mal à coups de poing, il le ferait.

Tabby était sur le point de sortir son agenda quand son téléphone sonna. Elle fit de son mieux pour ne pas se sentir déçue quand l'écran afficha un numéro inconnu plutôt que celui d'Alexander.

Elle ne lui avait pas parlé depuis la veille, et il n'était pas venu au bureau. Son ventre se serrait rien qu'à l'idée qu'il puisse penser que ce qui s'était passé le soir précédent ait été une erreur, mais elle avait passé sa journée à travailler comme s'il ne s'était rien passé. Les frères d'Alexander étaient bien trop perceptifs, et elle ne comptait certainement pas les laisser voir ce qui se passait dans sa vie.

— Allô ? dit-elle en décrochant.

— Tabby ? C'est Brody, l'ami d'Alex à la salle de sport.

Elle fronça les sourcils alors que l'inquiétude la saisissait.

— Je me souviens de toi. Qu'est-ce que je peux faire pour toi, Brody ?

L'autre soupira au bout du fil.

— J'ai eu ton numéro par Harper, qui devait sortir pour voir son voisin ou je ne sais quoi. Je suis désolé de t'appeler mais je me suis dit que tu préférerais être prévenue que ton homme est sur le point de faire quelque chose de vraiment stupide.

Son homme.

Elle n'avait pas d'homme, pas vraiment, mais il n'y avait qu'une seule personne à qui Brody puisse penser en ces termes.

— Alexander va bien ?

— Pour l'instant.

Elle se leva rapidement, attrapa son sac à main et enfila ses chaussures dans le même mouvement.

— Qu'est-ce qui se passe, Brody ? Arrête de jouer aux devinettes.

Alexander s'était-il remis à boire ? Non, impossible. Il avait été si *fort* au cours de l'année écoulée. La seule chose qui avait changé, c'était...

Mince.

Non.

Il n'allait pas échouer à ce qui était le plus important pour lui.

Pas à cause d'elle.

— Il ne s'est pas remis à boire, si c'est ce qui t'inquiète. Merde. Je suis désolé. Bon, d'accord, il est sur le point de faire un combat avec un mec et il va probablement perdre et se retrouver bien amoché, mais je pense que c'est ce qu'il veut ce soir. Je ne sais pas ce qui s'est passé entre vous, mais il la tête d'un mec qui a des problèmes de cœur, là. Et à part son ex, tu es la seule femme dans sa vie à ma connaissance qui puisse lui faire cet effet. Merde. Désolé. Je ne suis pas en train de dire que c'est de ta faute parce que ce n'est pas le cas. C'est un adulte et c'est lui qui a fait le choix de se battre contre quelqu'un de plus expérimenté que lui. Mais bon sang, je crois qu'il a besoin de toi, Tabby.

Elle serra le téléphone plus fort dans sa main et fit de son mieux pour ne pas se mettre à crier sur son interlocuteur. Il voulait simplement aider, après tout.

— Qu'est-ce que tu veux que je fasse ?

— Pour tout dire, je suis en chemin vers chez toi, je passe te prendre. Je ne savais pas si j'allais devoir te demander en personne de venir l'aider ou pas. Mais ça veut dire que je l'ai laissé tout seul à la salle où il va se battre contre ce type, alors j'aimerais me dépêcher. Si Harper n'avait pas eu une urgence de son côté, je sais qu'il aurait été là aussi.

— Comment tu sais où j'habite ?

— Harper. Il avait ton adresse dans un dossier. Il sait qu'il pourrait se faire virer pour me l'avoir passée, mais il s'est dit qu'Alex était plus important.

Tabby se pinça l'arête du nez. Ils essayaient d'aider, et, pour être franche, elle n'était pas sûre que ce soit une bonne idée pour elle de prendre la voiture en ce moment, de toute façon.

— Il te faut combien de temps pour arriver ?

Une voiture se gara devant chez elle.

— Je suis là.

Heureusement, elle ne s'était pas mise en pyjama quand elle était rentrée. Elle courut jusqu'à l'entrée et oublia presque de fermer à clé derrière elle. La journée avait été longue, elle avait passé son temps à faire semblant que tout allait bien, et elle s'était changée pour mettre un jean, un débardeur et un sweat parce qu'elle avait eu envie d'être à l'aise. Le froid la choqua dès qu'elle mit le nez dehors, mais elle continua. Elle aurait probablement dû attraper un manteau, mais visiblement, elle n'avait pas beaucoup de suite dans les idées en cet instant.

Brody s'était penché pour ouvrir la portière passager dès qu'elle était sortie de la maison.

— Tu aurais dû mettre un manteau.

— Je n'ai pas réfléchi.

Il secoua la tête et tendit la main derrière lui pour attraper une veste.

— J'en ai une de rechange que j'avais laissée dans la voiture. Elle sera sacrément grande pour toi, mais au moins, Alex ne me défoncera pas parce que je t'ai laissée geler.

Elle la prit sur ses genoux et fronça les sourcils.

— Pourquoi tu penses qu'il y a quelque chose entre nous ?

Il lui jeta un regard entendu.

— Je vous ai vus ensemble.

Elle se mordit la lèvre et regarda la route tandis que Brody les conduisait vers la salle de sport.

— Alors, qu'est-ce qu'il fait, au juste, ce soir ?

— La salle a autorisé des combats pour ceux qui s'entraînent là. Il n'y a pas de prix, ce n'est pas une compétition officielle ou quoi que ce soit, mais il y a quand même des gens qui sont là au cas où quelqu'un soit blessé. Ce n'est pas un combat illégal ou un truc chelou comme ça.

Tabby ferma les yeux.

— Tu ne m'aides pas vraiment, là, tu sais.

Brody renifla.

— Eh bien, il n'est pas non plus en train de faire un truc très malin. Il a fait quelques combats auparavant, mais toujours avec des gens de son niveau. Mais ce type-là ? Il est coriace, et pas tendre. Et il fait ça depuis bien plus longtemps que nous autres. Comme ils sont dans la même catégorie poids, Alex a le droit de se battre contre lui ce soir si l'autre type est d'accord, et comme l'autre est un peu un connard, il a dit d'accord. Donc, oui, le combat devait commencer il y a cinq minutes, et on y est presque.

Tabby serra la veste de Brody entre ses mains.

— Ça sera fini le temps qu'on arrive ? demanda-t-elle en se tournant pour le regarder.

Brody quitta un instant la route des yeux pour croiser son regard.

— Je ne sais pas, dit-il. Et franchement, je ne sais pas quelle serait la meilleure option.

Là-dessus, ils restèrent assis en silence tandis que Brody dévalait la rue qui menait à la salle de sport.

Elle était tellement en colère contre Alexander, en cet instant. Non seulement il l'avait abandonnée après lui avoir fait l'amour dans son salon, mais il avait aussi négligé de la recontacter. Et maintenant, il jouait les idiots et utilisait ses poings plutôt que des mots pour s'exprimer. Il n'était peut-être pas retourné vers la bouteille, mais il avait clairement d'autres idées pour se faire du mal.

Est-ce qu'elle avait envie de faire partie de ça ? Est-ce qu'elle avait vraiment envie d'être à ses côtés alors qu'il essayait de retrouver le contrôle de sa vie ? Elle avait déjà fait ça une fois auparavant, et ça n'avait pas marché. Elle n'était pas sûre d'être assez forte pour recommencer.

Mais c'était *Alexander*, bon sang.

Elle l'avait aimé alors qu'elle n'aurait pas dû, et là, elle était en train de retomber amoureuse. Cette fois pour un homme qu'elle connaissait, et pas seulement l'homme qu'elle l'imaginait être.

Elle ne laisserait pas tomber, elle ne lui tournerait pas le dos.

Mais elle allait devoir espérer qu'ils soient tous les deux assez forts pour en assumer les conséquences.

Brody se gara sur le parking peu de temps après qu'elle eût cette révélation, puis ils sortirent de la voiture et coururent quasiment sur le parking verglacé tandis qu'elle enfilait la veste qu'il lui avait prêtée. Les sons qui sortaient de la salle de sport la percutèrent dès qu'ils entrèrent, et elle ne savait pas ce qu'elle ferait quand elle le verrait.

Mais il fallait qu'elle le voie.

Brody posa la main sur son coude et la conduisit à un endroit d'où elle pourrait voir ce qui se passait. Il y avait plus de public qu'elle ne s'y était attendue autour du ring, mais il y avait un petit espace où se glisser près d'un des coins.

C'était le coin d'Alexander.

La vision qui l'accueillit lui coupa le souffle.

Il portait des gants de boxe noirs, ainsi qu'un short et des chaussures noires. Il était couvert de sueur, avait plusieurs éraflures et saignait. Elle ne savait pas d'où venait le sang, mais ça lui faisait mal de le voir comme ça.

Bon sang. Pourquoi est-ce qu'il s'imposait ça ?

Ses muscles roulaient sous sa peau, son corps était puissant, rigide et terriblement sexy. Si elle n'avait pas été si en colère contre lui pour le mal qu'il osait se faire, elle aurait eu envie de s'enrouler autour de lui comme une liane et de toucher la moindre parcelle de son corps.

Soudain, la veste de Brody fut trop pour elle, elle était en surchauffe.

L'autre homme sur le ring semblait faire à peu près la même taille qu'Alexander. Soudain, il se précipita en avant, et

Tabby écarquilla les yeux. Alexander se déplaçait si *vite*, et pourtant, l'autre était encore plus rapide. Ils se mirent des coups, un crochet par là, un uppercut ici. Elle ne connaissait pas tous les termes techniques, mais elle savait qu'ils y allaient sans retenue.

Et Alexander était en train de perdre.

Le son des gants qui cognaient la peau la percutait tandis qu'ils se frappaient, encore et encore. Elle allait se sentir mal. Mais elle s'obligea à rester debout, consciente qu'Alexander aurait peut-être besoin d'elle après ça.

Et franchement, elle n'allait pas le laisser partir comme ça, cette fois.

Bon sang.

— Merde, murmura Brody dans sa barbe.

Tabby ne se soucia pas de regarder vers lui, toute son attention était consacrée aux hommes sur le ring. Mais elle savait pourquoi Brody venait de jurer. L'autre combattant avait frappé Alexander en plein dans la mâchoire, et l'homme qu'elle aimait percuta le sol.

Il ne se releva pas.

Le vainqueur fut déclaré, et des applaudissements retentirent. Elle n'avait d'yeux que pour un seul homme. Alors qu'elle s'approchait du bord du ring pour le regarder, Alexander s'assit et cracha son protège-dents. Il fronça les sourcils quand il croisa son regard, de la colère dans les yeux, mais elle n'en avait rien à faire. Il pouvait bien être en colère qu'elle soit là, il était hors de question qu'il continue à faire subir cela à son corps. Peut-être que si ça avait été un combat loyal, elle aurait vu les choses différemment, mais ce n'était pas là cas : Alexander s'était montré stupide.

Et elle avait hâte de le lui dire en face.

Il ne buvait peut-être pas, mais il ne se montrait pas malin non plus. Il se battait pour ressentir, pour faire *quelque chose.*

Et vu les lignes élancées de sa silhouette, elle savait qu'il ne mangeait pas autant qu'avant. Juste assez pour survivre : pas pour y prendre du plaisir. Il était en bonne santé, mais il ne s'accordait rien qui puisse devenir une nouvelle addiction.

Elle espérait qu'il ne lui tournerait pas le dos.

— Qu'est-ce que tu fais là ? gronda-t-il. Et pourquoi est-ce que tu portes la veste de Brody ?

Elle leva une main.

— Vraiment ? Tu vas venir me chercher des poux là-dessus ? Je pensais que tu avais eu toute l'agressivité qu'il te fallait pour la soirée.

Il gronda.

— Pas ici. Pas maintenant.

— Très bien. Alors ramène-moi chez toi que je te rafistole. Et ne discute pas.

— Et ta voiture ? gronda-t-il en lui emboîtant le pas.

— Brody m'a amenée ici parce qu'il pensait que tu jouais les abrutis.

— Pas ici, ma belle.

— Je ne suis pas « ta belle ». Va chercher ton sac, Alexander.

Il gronda, mais partit prendre son sac de sport dans les vestiaires. Du coin de l'œil, elle vit Brody lever un pouce. Dès qu'Alexander ressortit des vestiaires, elle pivota sur ses talons et partit vers sa voiture. Ils effectuèrent le trajet en silence. Au moins, il n'essaya pas de protester.

Dès qu'ils furent chez lui, elle le fit s'asseoir dans la cuisine et se mit en demeure de nettoyer ses plaies. Elle ne prit absolument pas garde à l'appartement, elle était bien trop concentrée sur sa tâche. Peut-être qu'une fois qu'elle parviendrait à respirer à nouveau, elle pourrait réfléchir à l'endroit où ils se trouvaient et à ce qui pourrait arriver ensuite.

Ce qui *risquait* d'arriver.

— Tu as une mine atroce.

— Je ne me sens pas en grande forme, pour être franc.

Elle lui jeta un regard inquiet.

— Est-ce que tu as eu un gros choc à la tête ? Il y a un risque de traumatisme crânien ?

Il secoua la tête.

— Non, le toubib m'a examiné avant que je ressorte du vestiaire, c'est le protocole. C'est pour ça que j'ai mis autant de temps. Pas de traumatisme crânien, pas de vrais dégâts en dehors de quelques bleus.

Il aurait un œil au beurre noir, une lèvre éclatée et des hématomes partout. Elle n'aurait pas appelé ça « quelques ».

Elle apposa un pack de glace contre ses côtes, et il prit une brève inspiration.

— Pourquoi ?

Ce n'était qu'un seul mot, mais il contenait tellement.

Elle n'était pas sûre qu'il daigne répondre jusqu'à ce qu'il ouvre la bouche.

— Parce que j'en avais besoin. J'aime me battre. J'ai l'impression d'avoir le contrôle quand je le fais. Je n'ai pas eu le contrôle de grand-chose dans ma vie, Tabitha. Mais ça ? Ça, ça peut m'appartenir.

Elle poussa un soupir et croisa son regard.

— Mais tu sais où est la limite alors ? Hein ?

Il déglutit avec difficulté, mais ne détourna pas le regard.

— Je la vois tous les jours.

Et à ces mots, elle sut qu'il était bien plus fort qu'il ne le pensait. Il faisait peut-être des choses qu'elle ne comprenait pas, mais il ne perdrait pas le contrôle. En fait, tout ce qu'il faisait, c'était parce qu'il cadenassait son contrôle.

La seule chose qu'il ne pouvait pas contrôler, c'était elle.

Et elle ne savait pas trop ce qu'elle en pensait.

Alors au lieu de réfléchir, ou de parler, elle se mit à genoux.

— Qu'est-ce que tu fais ? demanda-t-il d'une voix bourrue.

— Je vais te faire sentir mieux, murmura-t-elle alors qu'elle extirpait son sexe de son jogging.

Il bandait, lourd et épais dans sa main. Elle n'arrivait même à l'encercler complètement de ses doigts et elle frissonna en se rappelant ce qu'elle avait ressenti quand il était en elle.

— Je n'ai pas eu l'occasion de le faire l'autre fois. Et comme j'ai été obligée de te voir combattre, j'ai le droit de le faire maintenant. J'ai le droit d'être celle qui a le contrôle.

Il se lécha les lèvres et grimaça en touchant la coupure qui s'y trouvait. Il glissa une main dans les cheveux de Tabitha. Le pack de glace avait été oublié sur la table.

— Je suis clean. J'ai fait un test, mais je n'ai été qu'avec une seule femme, de toute façon, Tabitha. Et bon... je suis clean. Pour ça, je suis clean.

Elle poussa un soupir, reconnaissante qu'il fasse aussi attention à elle.

— Je ne vais pas pouvoir te rendre la pareille ce soir, pas avec ma lèvre dans cet état.

Elle resserra sa main et apprécia de le voir loucher.

— Je n'en ai pas besoin. Pas ce soir.

Elle prit une grande inspiration.

— La prochaine fois, par contre. D'accord ?

Il tira doucement sur ses cheveux.

— La prochaine fois, murmura-t-il.

Elle lécha le bout de son sexe en guise de réponse, et il gémit. Il avait mal, alors elle ne fit pas durer les choses, elle ne le fit pas languir jusqu'à ce qu'ils soient tous les deux pantelants de désir. Ils pourraient faire ça la prochaine fois. Pour l'instant, elle voulait uniquement lui donner du plaisir, parce que ça lui en donnait à elle. Il était trop imposant pour qu'elle le prenne entièrement dans sa bouche alors elle utilisa ses mains en même temps.

Lentement, doucement.

Puis fort et vite.

Quand il jouit dans sa bouche, il essaya de se retirer, mais elle ne le laissa pas faire.

Elle voulait tout de lui.

Quand elle eut terminé, il se releva, se rajusta et la souleva dans ses bras.

— Tes côtes !

— Elles ne sont pas cassées, je n'ai même pas de bleu. Elles sont seulement un peu sensibles. Je t'emmène au lit pour qu'on dorme. Et au milieu de la nuit, je te ferai l'amour parce que c'est ce qu'il nous faut à tous les deux, ce qu'on veut tous les deux.

— D'accord, souffla-t-elle.

Elle se blottit contre lui alors qu'il la portait, se sentant incroyablement chérie, mais consciente que ça pouvait changer d'une seconde à l'autre. Ils n'avaient pas parlé de ce qu'ils étaient en train de faire ou de ce qui viendrait ensuite. Mais ils le feraient.

Et elle se battrait pour lui comme elle se serait battue pour elle-même.

Parce que, parfois, il était nécessaire de regarder une autre personne à une autre étape de sa vie pour comprendre exactement ce qu'on voulait. Et cette fois, c'était à Tabby de comprendre cela.

STORM

STORM CLAQUA la porte derrière lui et essaya de contenir sa colère. Ce n'était pas facile, alors qu'il crevait d'envie de coller ses poings dans quelque chose. Bon sang, comment sa famille avait-elle pu en arriver là ? Ça se passait bien, autrefois, il y avait eu une époque où il pouvait sortir de chez eux sans se prendre des saloperies de tous bords. Pourtant, au cours des dernières années, presque tous les membres de sa famille avaient subi des épreuves.

La plupart s'en étaient sortis, meurtris, mais vivants.

Mais pour son petit frère, il n'était pas sûr que ça fonctionne. Alex était peut-être sorti de désintox, mais Storm avait vu les bleus sur son visage, ce soir. Il avait vu l'inquiétude dans ses yeux quand Storm et Wes l'avaient pris à part. Alex ne buvait peut-être pas, mais se battre comme il le faisait, ce n'était certainement pas sain.

Sans mentionner que Storm était parfaitement conscient qu'il se passait quelque chose entre Alex et Tabby. Il avait vu les regards, la chaleur entre eux. Les autres ne s'en étaient peut-être pas aperçus, mais Storm avait passé les deux dernières années à garder un œil sur Alex. Il s'était trompé en n'agissant pas plus rapidement quand Alex s'était planté, mais il était hors de question qu'il échoue dans son rôle de frère une fois de plus.

Austin était peut-être l'aîné des Montgomery, mais Storm prenait sa responsabilité en tant que puîné très au sérieux. Wes n'avait peut-être que quelques minutes de différence avec lui, mais ça ne comptait pas. Ses plus jeunes frères et sœurs en avaient bavé avant de parvenir à se poser, et maintenant, c'était le rôle de Storm de s'assurer qu'Alex trouve la paix.

Parce que s'il n'y arrivait pas...

Storm n'avait pas envie de penser aux conséquences.

La sonnette retentit, et Storm fronça les sourcils avant d'aller répondre. Jillian se tenait de l'autre côté, un pack de six dans une main, le regard noir.

— Cette journée était parfaitement merdique, et comme je suis plombière, je dis ça de façon littérale.

Elle passa devant lui, et il secoua la tête.

Jillian et lui sortaient plus ou moins ensemble depuis quelque temps, mais ce n'était pas vraiment sérieux. Ils étaient amis et, quand ils en avaient le temps et l'envie, ils couchaient ensemble. C'était génial, certes, mais ils avaient parlé et convenu que ça fonctionnait mieux entre eux en tant que plans cul, les orgasmes étaient géniaux, qu'en tant que quelque chose de plus sérieux.

C'était en partie pour ça qu'il ne lui avait pas proposé de travail à Montgomery Inc. même s'ils avaient besoin d'un plombier. Pour tout dire, même s'il le lui avait proposé, il savait qu'elle aurait dit non. Leur but était que ça reste simple, qu'ils puissent baiser quand ils en avaient envie, et travailler ensemble aurait été complètement idiot.

— Bois ça, lui dit Jillian en lui fourrant une bière dans la main. Je sors de la douche et je suis de sale humeur. Mais je ne sais pas pourquoi *toi* tu es de mauvaise humeur.

— Alex se bat, dit-il doucement.

Jillian fit des yeux ronds.

— Oh putain. Raconte-moi tout.

Et c'était pour ça qu'il était ami avec elle. Il pouvait *tout* lui dire. Il savait que ça aurait été plus facile s'ils s'étaient aimés, s'ils avaient entrevu un futur ensemble. Mais ce n'était pas le cas, et pour être honnête, il n'y avait pas de futur pour eux.

Mais quand il avait la tête à l'envers comme ça, à s'inquiéter de mille et une choses, il prenait Jillian telle qu'elle était parce qu'il savait qu'elle en ferait de même.

C'était tout ce qu'il avait et, bon sang, c'était bien mieux que rien.

CHAPITRE SIX

CELA FAISAIT quelques semaines depuis la première fois qu'il avait eu Tabitha dans ses bras, dans son lit, et pourtant, Alex n'arrivait toujours pas à se la sortir de la tête. Évidemment, ça n'aidait pas qu'ils passent toutes leurs nuits ensemble, même s'ils ne baisaient pas à chaque fois. Ils étaient toujours en train de se mesurer l'un l'autre, d'essayer d'établir ce que ça voulait dire.

Mais il savait qu'il pourrait se noyer en elle s'il ne faisait pas attention.

Et même s'il pensait pouvoir y survivre, il n'avait pas envie de faire couler Tabitha avec lui, il ne voulait pas la blesser.

Au cours des deux semaines suivant le combat, ses bleus avaient guéri, et il avait réussi à cacher les pires d'entre eux à sa famille, mais les jumeaux les avaient vus. Il ne voulait plus avoir de secrets avec eux, mais il n'avait pas non plus envie de se pointer aux dîners de famille avec un œil au beurre noir. Il n'était pas sûr d'être capable de gérer les questions. Wes et Storm n'avaient pas été en colère, mais maintenant, ils savaient où il allait à la salle et ce pour quoi il s'entraînait. Il supposait qu'ils seraient présents au prochain combat, et il n'y avait rien qu'il puisse faire à ce propos. Désormais, la famille au complet était probablement au courant, mais ils le laissaient respirer. Il ne savait pas trop ce qu'il en pensait, parce que d'habitude, ils ne laissaient personne respirer. Soit ils faisaient gaffe avec lui, soit ils ne savaient pas quoi faire de lui.

Pour tout dire, il supposait que c'était un peu des deux.

Ce soir, il était dans la maison de sa sœur avec la plupart des hommes de sa famille proche pour une soirée entre mecs. Les filles avaient eu leur soirée plus tôt dans la semaine, donc cette fois, c'était au tour des hommes chez les Montgomery, et les Montgomery par alliance, pendant que les femmes surveillaient les enfants de cette grande tribu.

— Qu'est-ce que tu fais ? demanda Wes en fronçant les sourcils. Tu es tout perdu dans tes pensées. C'est une soirée mecs. On ne réfléchit pas à une soirée mecs.

Son beau-frère, Jake, renifla.

— Oh, elle est bonne, celle-là. Mais ne va pas raconter ça à ma femme.

Border, le mari de Jake et le troisième membre du trouple qu'ils formaient avec Maya, la sœur d'Alex, se mit à rire.

— *Notre* femme a déjà très bien compris ça.

Alex secoua la tête, un sourire sur le visage.

— Je suis désolé de réfléchir. Je promets qu'à partir de maintenant, je me contenterai de grogner et me gratter les couilles.

Decker inclina sa bière vers Alex.

— Bien dit. Mais n'oublie pas de manger et de parler de sport. En mode viril.

Griffin leva les yeux au ciel et s'assit à côté de Decker.

— Étant donné qu'Austin, Luc et toi venez de passer vingt minutes à parler de lingettes pour bébé, je crois qu'on est assez mal partis.

Alex prit une gorgée de thé glacé et retint un sourire. La plupart des gars dans cette pièce étaient désormais pères, et il était toujours surpris de la vitesse à laquelle les choses avaient changé au cours des dernières années. Austin avait une femme et deux enfants, Decker avait épousé Miranda et avait eu un bébé, Micah, quelques mois auparavant. Luc avait épousé Meghan et l'aidait à élever les deux enfants de son premier mariage avec ce connard, mais ils avaient aussi eu un nouveau bébé, Emma. Jake et Border s'étaient mariés ensemble et avec Maya avant d'avoir Noah, à peu près à la même époque où Emma et Micah étaient nés.

Bon sang, même Griffin s'était carapaté avec Autumn, à leur surprise à tous.

Il ne restait plus que les jumeaux et lui, même si Alex avait déjà été marié par le passé et qu'il ne comptait certainement pas recommencer. Bien sûr, à peine eût-il pensé cela que le visage de Tabitha s'imposa à son esprit. Il l'en repoussa aussitôt.

Il ne savait pas vraiment ce qu'il faisait avec elle, mais il ne pensait pas vraiment que le mariage soit à l'ordre du jour. Pas avec son expérience en la matière.

Storm se laissa tomber sur le canapé à côté de lui et poussa un soupir.

— Est-ce que ça va ? lui demanda Alex, reconnaissant à son frère de le tirer de ses pensées.

Elles étaient en train de prendre un tournant dangereux, et il préférait se concentrer sur le présent, pas sur ce qui arriverait ensuite, ni sur ce qui s'était passé pour l'amener là où il en était. Storm lui jeta un regard avant de fusiller Wes des yeux. Celui-ci lui adressa un doigt d'honneur.

— Cet enfoiré a décidé de commencer sur le chantier Richmond un jour en avance à cause d'un arrangement d'emploi du temps plus tard qui nous aurait posé problème. Mais comme on n'est pas vraiment prêts pour ça et qu'on est un peu en sous-effectif car certains gars sont malades à cause du froid, Tabby n'a pas réussi à envoyer la plupart de nos types sur le chantier à temps.

Alex ignora le fait qu'entendre le nom de Tabitha était comme un coup en pleine poitrine. Ça ne lui plaisait pas, mais il ne savait pas quoi faire pour changer ça.

— Ce qui veut dire que cette feignasse a dû travailler, pour une fois, dit Wes d'une voix traînante.

— Va te faire, rétorqua Storm en se tenant l'épaule.

— N'oubliez pas que j'en fais plus que vous deux réunis chaque jour, alors arrêtez de chouiner, intervint Decker. Et Storm, si tu as si mal que ça, pourquoi tu ne demandes pas un massage à ta copine ?

Alex renifla, et un sourire se peignit sur son visage.

— Oui, pourquoi tu ne nous parles pas de Jillian ?

C'était chouette de plaisanter avec sa famille de nouveau, même s'il n'était pas sûr d'être prêt à ce que l'attention se tourne vers lui et à parler de Tabitha pour le moment. C'était compliqué car elle travaillait avec sa famille, et bon sang, ils n'avaient même pas encore essayé de définir leur relation. Ils s'étaient montrés très doués pour éviter le sujet.

Ce n'était probablement pas très bon signe.

— La ferme, dit Storm avec une drôle de lueur dans le regard. Jillian et moi, on traîne ensemble, c'est tout.

— Coucher ensemble, c'est un peu plus que « traîner », dit Austin.

Storm soupira.

— C'est qu'un plan cul. On est tous les deux super occupés, et ce n'est pas facile de trouver du temps pour nous voir. On est amis et on couche ensemble quand on en a envie. Et maintenant qu'on a parlé de mes sentiments, est-ce qu'on peut sortir le chili de la marmite ou vous comptez me demander de vous raconter comment c'est au lit ?

— Eh bien, roucoula Jake, puisque tu en parles...

Border lui donna un coup dans le flanc, et Jake rougit quand il lui chuchota quelque chose à l'oreille. Alex sourit et prit une autre gorgée de thé glacé.

Bon sang, ça lui avait manqué ce genre de soirées.

Ils mangèrent du chili, des ailes de poulet et d'autres trucs pas du tout diététiques et ils parlèrent des enfants, de sport, et de boulot. Ils avaient tous passé la trentaine, alors ils ne mangeaient pas souvent comme ça. Mais quand ils le faisaient, c'était généralement quand ils étaient ensemble. De son côté, Alex mangea une portion complète mais il ne se resservit pas. C'était délicieux, mais il n'avait pas envie de se faire éclater la panse.

Storm regarda son téléphone à peu près au moment où Alex avait décidé de sortir. Il sourit.

— Quoi ?

— Jillian passe me chercher, expliqua Storm à voix basse.

Mais apparemment il n'avait pas parlé assez doucement.

— C'est qu'une amie, hein ? dit Wes avec un grand sourire. J'aimerais la rencontrer. Comment ça se fait que tu ne nous l'aies encore jamais présentée.

Storm se pinça l'arête du nez.

— Elle est très occupée. Elle travaille comme une dingue en ce moment, au boulot, et c'est chiant, alors arrête d'insister, d'accord ? Mon pick-up est au garage, il fallait que je fasse mettre les pneus d'hiver, et en plus il y avait un truc qui déconnait quand j'ai démarré ce matin. Elle m'a déposé au boulot, et si tu te souviens, Wes, c'est toi qui m'as conduit ici.

Wes haussa les épaules.

— Et je pensais que je te ramènerais chez toi aussi. C'est rien. Mais allez, fais-la monter.

Wes battit des cils, et Alex aboya de rire. Il était surpris d'avoir autant ri et souri, ce soir. Les autres le dévisagèrent un instant, et il déglutit. Apparemment, ils s'étaient aussi aperçus de la différence.

— Je vais lui envoyer un texto, grogna Storm en étrécissant les yeux. Mais ne la chambrez pas, c'est compris ? C'est une fille bien, et c'est mon amie.

Wes leva les mains.

— Je ne vais pas jouer les connards avec une femme avec qui tu sors, Storm. Mais si elle est là, autant qu'elle rencontre notre petite bande.

Storm leur fit un doigt d'honneur général tandis qu'il envoyait un SMS d'une main.

— Ça devrait être intéressant, grommela-t-il.

Alex fourra ses mains dans ses poches et attendit tandis que Storm marchait jusqu'à la porte d'entrée et l'ouvrait. La première chose qu'il entendit fut un rire joyeux alors qu'une femme blonde et fine entrait dans la maison. Elle portait des rangers et un jean, ainsi qu'un vieux manteau qui semblait trop grand pour elle. Ce n'était que grâce à ses jambes et son visage qu'il savait qu'elle était fine.

— Je ne savais pas que vous étiez tous aussi grands que Storm, lâcha-t-elle.

Les garçons se mirent à rire. La tension qui avait empli la pièce quand Storm écrivait son SMS explosa comme un ballon de baudruche.

— Eh bien, certains d'entre nous sommes encore plus grands, dit Jake avec un sourire.

Jillian leva les yeux au ciel.

— Bien sûr, mon cœur, si tu le dis.

Alex commençait déjà à bien l'aimer.

— Oui, voilà les gars, intervint Storm. Les gars, je vous présente Jillian.

— Salut Jillian, dirent-ils en chœur avant d'éclater de rire.

Jillian eut un grand sourire.

— Salut, les garçons. Vous avez des noms ou bien vous vous contentez de jouer les boys bands barbus ? Vous savez, après le troisième album, quand ils n'ont plus trop l'air de clones et qu'ils essaient d'être un peu plus subversifs.

— Je pense toujours que les Backstreet Boys étaient meilleurs que N'SYNC, intervint Jake.

— New Kids on the Block, dit Austin en grimaçant. Et comment je connais ce nom ?

— Ils ne sont pas en tournée en ce moment ? demanda Alex en se passant une main dans les cheveux. Et comment *moi*, je sais ça ?

— Fuis, Jillian, dit Griffin, pince-sans-rire. Fuis avant qu'ils te dévoilent leur amour pour O-Town.

Jillian leva les mains, du rire dans les yeux.

— Je suis désolée d'avoir parlé de boys bands. J'en apprends *beaucoup* plus que je ne l'aurais imaginé.

Storm poussa un soupir et passa un bras autour de ses épaules. Elle lui donna un coup de hanche et rit.

— Allez, on est partis, déclara Storm. Et pour votre information, vous ne faites plus partie de ma vie.

Alex hocha solennellement la tête.

— Je comprends. C'est parce que tu es un fan des One Direction, hein ? Tu dois être trop mal depuis qu'ils se sont séparés.

Storm lui fit un doigt d'honneur, et les autres explosèrent de rire alors qu'il tirait Jillian vers la porte.

— Ravie de vous avoir rencontrés ! cria-t-elle.

Ils n'eurent pas l'occasion de répondre car Storm claqua la porte derrière eux.

Il y eut un drôle de silence après ça, tandis qu'ils se jetaient tous des regards.

— Combien ça va nous coûter de ne pas parler de cette conversation aux filles ? demanda Austin.

Silence.

— C'est bien ce que je pensais, grommela leur aîné. Putain.

— C'est pas de notre faute, intervint Griffin. Avec les chaînes d'info en continu, on est obligés d'écouter des heures de programmes sur les élections et les potins sur les célébrités. C'est obligé qu'on en retienne une partie.

— C'est ça, intervint Alex. On va partir là-dessus.

Les gars secouèrent la tête et finirent de ranger avant que tout le monde s'en aille. Un poids semblait s'être envolé de la poitrine d'Alex. Il avait passé toute une soirée où personne ne s'était visiblement inquiété de boire devant lui et il n'avait pas eu envie d'un verre une seule fois. Il avait été trop occupé par les conversations et par Tabitha dans un coin de son cerveau pour avoir envie de se faufiler dans la cuisine chercher une bière.

Il voyait ça comme un progrès.

Il se gara devant chez Tabitha sans même avoir réfléchi à sa destination. Il ne l'avait pas appelée, n'avait pas envoyé de SMS pour lui demander si elle était chez elle, mais il voyait de la lumière dans son salon. Elle était peut-être occupée, et si c'était le cas, il repartirait, mais il avait envie de la voir.

Et il n'avait pas envie de réfléchir à *pourquoi* il avait tant envie de la voir.

Elle ouvrit la porte tout de suite quand il frappa, le regard chaleureux.

— C'était chouette la soirée avec les mecs ?

Il hocha la tête, les mains fourrées dans ses poches.

— Ça ne te dérange pas que je sois là ? demanda-t-il. Je n'ai pas appelé.

Elle sourit et recula.

— Tu es toujours le bienvenu. Toujours.

Il ne savait pas que faire des émotions qui enflèrent en lui à ces mots.

— Tu as mangé ? Il me reste du poulet au frigo si tu veux, dit-elle en refermant la porte derrière eux.

Alex avança vers elle et caressa sa joue. Elle lui sourit et se laissa aller contre lui. Qu'avait-il fait pour mériter qu'une femme comme elle le regarde comme ça ? Rien, il le savait. Il n'avait rien fait du tout. Mais il était bien décidé à se montrer égoïste et à en profiter tant qu'il le pouvait. Et s'il lui restait quoi que ce soit à offrir, elle pouvait l'avoir.

— J'ai mangé des cochonneries et des trucs très mauvais pour moi chez Maya.

Elle renifla et fit courir ses doigts le long de ses abdos.

— Les cochonneries, ça fait du bien, une fois de temps en temps.

Il se mit à rire.

— Ah oui ? C'est quel nutritionniste qui dit ça ?

— C'est moi qui dis ça, expliqua-t-elle. Parfois, il faut savoir se faire plaisir, manger et rire, pour se détendre un peu. Je sais que tu fais très attention à ce que tu ingères, mais savoir que tu *peux* manger une poignée de chips et ne pas devenir dingue, c'est important.

Il hocha la tête, conscient qu'elle le connaissait bien mieux qu'il ne s'en était rendu compte. Elle avait remarqué comment il faisait attention à ce qu'il mangeait, et il ne savait pas trop ce qu'il en pensait.

— Je t'ai mis en colère ? murmura-t-elle. En faisant un commentaire là-dessus ?

Il secoua la tête et joua avec ses cheveux.

— Non.

Il marqua une pause. Il ne lui avait pas dit grand-chose de ce qu'il pensait, et ça ne leur rendait service ni à lui ni à elle.

— J'ai commencé à faire gaffe à ce que je mangeais en désintox. Avant, je me fichais de ce que je prenais. Des gâteaux, de la friture, des sodas, de l'alcool.

Elle passa ses bras autour de sa taille, sans serrer, et il se détendit un peu.

— Je faisais beaucoup de sport, alors je ne me suis jamais retrouvé avec un bide à bière, mais je n'étais pas non plus aussi bien taillé que le reste de ma famille. Mais quand j'étais en désintox, j'ai vu certains types se tourner vers la clope ou la bouffe pour les aider à ignorer leur besoin d'autre chose. Je n'avais pas envie de remplacer une addiction par une autre.

Elle hocha la tête et eut l'air de vouloir ajouter quelque chose d'autre mais finalement elle se tut.

Il était bien conscient que les combats de boxe et le fait de faire attention à la nourriture n'étaient pas vraiment des béquilles, mais ce n'était probablement pas ce qu'il y avait de mieux non plus. Il fallait simplement qu'il y aille à son rythme.

Et franchement, ce n'était pas à ça qu'il devait faire attention de ne pas devenir accro.

C'était à la femme dans ses bras.

Rien qu'un aperçu, et il savait qu'il serait accro à elle pour toujours.

Et cela lui faisait bien plus peur que ce qu'il mangeait ou le fait qu'un autre boxeur puisse lui mettre la misère.

Mais Alex n'avait jamais été très doué pour faire ce qui était le mieux pour lui, et bon sang, il n'était pas certain que Tabitha soit *mauvaise* pour lui.

Il s'en fichait.

Il la voulait.

Et quand elle se redressa sur la pointe des pieds pour embrasser son menton, du désir liquide dans les yeux, il sut qu'elle avait envie de lui, elle aussi.

Il passa la main derrière sa tête.

— Je ne suis pas venu là pour ça, murmura-t-il. Je ne sais pas pourquoi je suis venu, pour tout dire.

Elle fit courir ses mains le long de son dos et y planta ses ongles.

— Ce n'est pas un souci. Tu ne me prends rien si je te l'accorde librement.

Il l'embrassa lentement. Ses lèvres étaient du velours contre les siennes.

— Allons-y doucement, cette fois.

Elle sourit, un petit frémissement contre la bordure de ses lèvres.

— C'est ce que tu as dit la dernière fois. Et celle d'avant. On n'y va jamais doucement.

Il fit courir ses mains le long de son flanc et remonta pour venir prendre son sein dans sa main. Quand il passa son pouce sur le téton, elle frissonna dans ses bras.

— On peut essayer d'y aller doucement. Mais tu es tellement bandante que c'est dur pour moi de continuer doucement une fois que je t'ai.

Elle passa une main entre eux et le toucha. Il se sentit loucher et laissa un rire rauque lui échapper.

— Et si je n'ai pas envie d'y aller doucement ? ronronna-t-elle.

Il appréciait cette Tabitha. Cette créature passionnée qui se trouvait dans ses bras et que personne ne voyait. Il ne savait pas ce que ça disait de lui et de ses sentiments pour elle, mais en cet instant, il n'arrivait pas à penser, alors qu'il était en train de toucher ses seins et qu'elle avait la main sur sa queue.

Il l'embrassa à nouveau, et sa langue glissa contre la sienne en une caresse érotique.

— Doucement, murmura-t-il.

Il l'embrassa dans le cou et tira sur son col afin de pouvoir lécher son épaule.

— Doucement.

Elle fit à nouveau courir ses mains le long de son dos, et il se frotta contre elle. Ils se figèrent tous les deux en sentant la ligne dure de son sexe s'incruster dans son ventre.

— Eh bien, doucement, c'est ça, dit-il en riant.

— On peut y aller doucement, souffla-t-elle. Promis.

Il écarta ses cheveux de son visage.

— Ah oui ?

Il poussa un soupir.

— Je ne t'ai même pas invitée à dîner ou autre, Tabitha. Qu'est-ce qui cloche chez moi ? Et les cours de boxe, ça ne compte pas.

Elle fronça les sourcils.

— En tout cas, c'est utile. Et je me fiche d'être invitée quelque part, là. J'ai envie de t'avoir dans mon lit cette nuit. Tu peux... tu peux m'inviter quelque part demain. Ou le lendemain. Mais ce soir, prends-moi, d'accord ?

Il se lécha les lèvres.

— Alors on sort ensemble ?

Elle laissa un rire grave lui échapper.

— Oui, je suppose. Est-ce que c'est bizarre qu'on n'en ait pas parlé jusqu'à maintenant ?

Il secoua la tête.

— Seulement si on a envie que ce soit bizarre. Et je trouve qu'on s'est très bien débrouillés pour ne pas en parler jusqu'à maintenant.

Elle lui fit baisser la tête et l'embrassa avec passion.

— Alors, tu es mon petit ami ?

Son cœur accéléra à ces mots. Il n'avait été le petit ami que d'une seule personne jusqu'à maintenant, et elle l'avait terriblement détruit. Mais il était capable de faire ça. Il en était capable.

— Et je crois que je viens de te faire peur. Pas d'étiquette ?

Il secoua la tête en remarquant la tristesse dans ses yeux qu'elle fut incapable de dissimuler.

— Les étiquettes, ça va. C'est simplement...

Il poussa un soupir. Il était temps d'être franc, n'est-ce pas ?

— Je n'ai eu qu'une seule autre petite amie.

Il avait murmuré si bas qu'il avait peur qu'elle ne l'ait pas entendu. Peut-être que ce serait pour le mieux.

Elle écarquilla les yeux de façon infime avant de hocher la tête.

— Je n'avais pas réfléchi à ça. Tu étais jeune quand...

Elle s'interrompit.

— D'accord, petit ami, on peut sortir ensemble, et tu pourras me payer un milk shake ou je ne sais quoi plus tard. Mais pour le moment, j'ai *vraiment* envie de voir si on peut y aller doucement.

Elle le toucha à nouveau, et il gémit.

— Qu'est-ce que tu en dis ?

Elle savait toujours exactement quoi dire, et il en était reconnaissant, même si ça le perturbait. En guise de réponse, il la souleva dans ses bras et la porta jusqu'à la chambre, sans jamais quitter sa bouche de la sienne. Il avait besoin d'elle bien plus qu'il n'avait envie de le reconnaître, et même si ça lui faisait peur, à juste titre, il savait qu'il ne serait pas capable de la laisser partir... même si c'était ce qu'il y aurait eu de mieux à faire pour eux deux.

Il la posa au pied du lit et lui retira lentement ses vêtements en embrassant au fur et à mesure chaque parcelle de peau qu'il dénudait. Il lécha ses épaules et vint mordiller l'intérieur de ses bras jusqu'à ce qu'elle frémisse. Puis il passa au-dessus de ses seins qui étaient sortis des bonnets de son soutien-gorge. Il les lécha, les suça et les mordit doucement avant de se laisser tomber à genoux pour faire pareil avec son ventre.

Sa peau était tellement douce, tellement parfaite.

— J'ai envie de lécher le moindre centimètre carré de toi, gronda-t-il contre sa hanche.

Elle passa une main dans ses cheveux et lui sourit.

— Tu es bien parti pour le faire. Tu veux bien enlever ton tee-shirt ? J'ai envie de toucher ta peau.

Comme elle le lui avait demandé, il obtempéra, sans la lâcher du regard un seul instant. Elle se lécha les lèvres, et il sourit avant de venir embrasser sa hanche au-dessus de son jean. Elle avait un bassin large, parfait pour ses mains, et il aimait qu'à chaque fois qu'il la prenait en levrette, il puisse s'agripper à ses fesses pour s'enfoncer plus profondément. Ses fesses bougeaient à son rythme, en tressautant pile ce qu'il fallait. Son ex était très fine, et même s'il aimait le corps des femmes en général, il se rendait compte qu'il avait davantage envie de Tabitha.

— Allonge-toi sur le lit, gronda-t-il.

Il était énervé d'avoir pensé à Jessica en un instant pareil.

— Je veux me repaître de toi.

Elle rougit, mais fit ce qu'il demandait. Elle avait toujours son soutien-gorge, son jean et sa culotte, mais il s'en débarrasserait bientôt. Pour le moment, il voulait ses seins car il avait rarement eu l'occasion de s'en occuper autant qu'il l'aurait voulu. Ils étaient toujours trop rapides pour qu'il ait le temps de s'y consacrer correctement.

Il se hissa au-dessus d'elle, et elle lui sourit paresseusement. Quand il la souleva légèrement pour dégrafer son soutien-gorge, elle s'agrippa à ses épaules et se lécha les lèvres. Comme elles étaient terriblement tentantes, il les captura des siennes et approfondit le baiser tandis qu'il lui retirait son soutien-gorge.

Une fois qu'elle fut nue devant lui, il la déposa sur le lit et commença à embrasser ses tétons comme il l'avait fait avec sa bouche. Elle s'arcbouta contre lui tandis qu'il rassemblait ses seins dans ses mains, les serrait l'un contre l'autre et les pétrissait avant de venir sucer et mordre chaque téton à tour de rôle. Elle gémit, et son corps se couvrit de sueur alors qu'il la mordait plus fort, continuait à lécher, sucer, et jouer avec ses dents jusqu'à ce qu'il soit sûr qu'elle était sur le point de jouir.

— Je... je ne peux pas jouir rien qu'avec mes seins, hoqueta-t-elle. J'ai besoin de quelque chose. Touche-moi, je t'en prie.

Il l'embrassa dans le cou, puis reprit sa bouche.

— C'est un défi ?

Elle étrécit les yeux en le regardant.

— Je me masturberai s'il le faut, Alexander Montgomery. Maintenant, donne-moi un orgasme.

Il rit et retourna vers ses seins une fois encore, conscient que Tabitha faisait descendre sa main vers le creux de ses cuisses. Bon, ce n'était pas possible, ça. Il attrapa son poignet dans sa main et le ramena au-dessus de sa tête. En grognant, elle s'arcbouta à nouveau. Alex n'avait pas délaissé ses seins une seule seconde. Elle était si proche, mais il savait qu'elle aurait besoin d'un peu plus de stimulation. Alors il bougea pour s'appuyer sur un coude tout en utilisant ce bras pour la maintenir en place. Il laissa sa main libre glisser au-dessus de son jean, là où sa chaleur était tellement intense qu'elle le brûla presque.

Un seul contact, et elle s'effondra dans ses bras.

Elle était tellement belle quand elle jouissait.

Une déesse dans ses bras.

Dans sa vie.

Alors qu'elle redescendait, il la débarrassa rapidement de son pantalon et de sa culotte et lui fit écarter les jambes. Elle était toujours en train de jouir quand il appuya sa bouche contre elle et la lécha.

Elle hurla et incrusta ses hanches contre lui tandis qu'il suçait et léchait sa vulve. Elle était si délicieuse, il savait qu'il aurait pu se perdre dans la soie de ses cuisses pour l'éternité. Il la fit s'ouvrir avec deux doigts tout en léchant son clitoris. Il avait sa cyprine plein le visage, plein la barbe. Il avait envie de la faire jouir encore, de la sentir tressauter contre son visage tandis qu'elle perdait le contrôle.

— Vas-y, ma belle. Jouis dans ma bouche. Montre-moi comme tu es sexy quand je lèche ta jolie petite chatte. Joue avec tes tétons pour moi, et je te récompenserai avec ma bite.

Elle baissa le regard vers lui, les yeux sombres, un sourire séducteur sur le visage tandis qu'elle prenait lentement ses seins en coupe.

— Voilà. Tire dessus. Imagine que c'est mes doigts.

— Moins de parlote, haleta-t-elle. Plus de cunni.

Il pouffa de rire et retourna à son festin. Il lécha ses lèvres, fit passer sa langue à l'intérieur d'elle, en compagnie de trois de ses doigts. Elle était si serrée, et il savait qu'il l'étirait, mais il fallait qu'il s'assure qu'elle soit prête à le recevoir.

Elle jouit encore une fois alors qu'il mordait délicatement son clitoris, et il la lécha encore avant de se retirer et de la retourner sur le ventre. Elle poussa un cri, et il lui mit une claque sur les fesses.

— Eh ! dit-elle en regardant par-dessus son épaule. Est-ce que tu viens de me fesser ?

Il lui fit un clin d'œil et se débarrassa de son caleçon avant de se pencher pour ramasser le préservatif qu'il avait mis dans sa poche plus tôt dans la journée.

— Oui. Tu veux que je recommence ?

Elle rougit et lui adressa un regard songeur.

— Peut-être.

Il sourit et claqua ses fesses une fois de plus avant de tirer sur ses cuisses pour qu'elle se retrouve à quatre pattes.

— J'aime ta façon de penser.

Il se baissa et lécha sa vulve en utilisant ses mains pour l'écarter. Elle posa la tête sur le lit, rapprochant ses fesses du visage d'Alex. Il la lécha et joua avec le petit orifice, appréciant la façon dont elle gigotait. Il utilisa la cyprine pour la lubrifier et la pénétra lentement du bout de son doigt. Elle hoqueta et se raidit. Il se mordit la joue.

— Détends-toi, ma belle, je ne vais pas t'enculer ce soir.

— Mais tu le feras une autre fois ? demanda-t-elle.

— Si tu veux.

Lui en avait envie, ça, c'était certain.

— Je ne sais pas. Mais je sais que j'aime ce que tu es en train de me faire, même si c'est nouveau.

Il embrassa le bas de son dos tout en la stimulant lentement avant de retirer son doigt.

— On pourra le faire quand tu seras prête. Et si ce n'est jamais le cas, ce n'est pas un problème. La question, c'est vraiment ce que tu veux.

Elle regarda par-dessus son épaule tandis qu'il se plaçait à l'entrée de son corps.

— Et ce que toi tu veux ?

Il cligna des yeux devant l'intensité de ses paroles.

— C'est toi que je veux.

C'était une réponse franche. Honnête. Et la seule chose à laquelle il parvenait à penser en cet instant... et peut-être pour toujours.

— Moi aussi, je te veux.

C'était une supplique murmurée.

Il recouvrit son dos de son corps et embrassa sa bouche.

— Tu peux m'avoir.

Il déglutit en la pénétrant, conscient que ce n'était pas uniquement du sexe, pas seulement de la baise par une nuit froide. Mais ça n'avait jamais été le cas avec Tabitha, et il supposait que ça ne le serait jamais.

Cela aurait dû l'effrayer davantage, mais en cet instant, tout ce à quoi il parvenait à penser, c'était la douceur d'elle dans ses bras, sur lui, sous lui, tout autour de lui, et la sensation de son intimité qui se contractait autour de lui. Il agrippa ses fesses et la tint fermement contre lui avant de commencer à aller et venir lentement. Il lui avait promis d'y aller doucement, et bon sang, il comptait tenir cette promesse.

Il fit rouler ses hanches et apprécia la façon dont elle le regardait par-dessus son épaule. Mais il en voulait davantage, il voulait la voir, elle, alors il se retira complètement et la fit pivoter délicatement pour qu'elle se retrouve sur le dos, au milieu du lit. Il la recouvrit de son corps et prit sa main dans la sienne pour la guider vers la base de son sexe.

— Fais-moi glisser en toi, ma belle. Prends-moi.

Elle se lécha les lèvres, les yeux humides et sombres, puis fit ce qu'il lui demandait et le guida lentement en elle. Son souffle était haletant, de la sueur dégoulinait dans son dos tandis qu'il la pénétrait avec une lenteur agonisante, centimètre par centimètre. Et quand il fut entièrement en elle, ils restèrent immobiles comme ça, liés de plus de façons qu'il ne l'aurait jamais cru possible. Il entrelaça ses doigts avec les siens et commença à bouger.

Ils firent l'amour, les mains jointes, les yeux dans les yeux, tandis qu'il faisait reposer son poids sur ses coudes pour ne pas l'écraser.

Et quand ils jouirent ensemble, Alex sut qu'il était dans de beaux draps.

Elle n'était pas son addiction, elle n'était pas sa douleur.

Elle était tout le reste et tout ce qu'il n'aurait jamais cru possible.

Et ça faisait encore plus peur que l'idée de vouloir retourner à la bouteille.

CHAPITRE SEPT

TABBY AVAIT MAL au crâne et les cuisses douloureuses, mais bon sang, elle se sentait sur un nuage. Non seulement Alexander et elle avaient rendez-vous plus tard dans la journée, mais en plus elle avait fini sa liste de tâches à accomplir pour la journée et avait une heure de libre. Et comme elle aimait les listes, ça voulait dire qu'elle avait fait une centaine de choses différentes dans la journée, et elle n'était pas fatiguée. Il n'y avait vraiment rien de mieux que de mettre une petite croix ou de surligner quelque chose sur une liste une fois que c'était accompli. Ça lui donnait un sentiment d'euphorie.

Bien sûr, cela la fit penser à un certain homme dans son lit et au nombre de fois où il l'avait fait jouir rien qu'avec sa bouche.

Alors peut-être qu'il y avait deux ou trois trucs encore mieux qu'une liste de tâches.

La plupart des gars étaient partis pour leurs chantiers, mais depuis cet incident avec un ancien client, ils ne la laissaient jamais seule dans le bureau. Leur caractère surprotecteur l'agaçait peut-être, mais elle y était habituée avec ses trois frères et elle avait appris à faire avec. Et si l'un d'eux allait trop loin et commençait à l'étouffer, elle se défendrait. Pour l'instant, elle les laissait s'inquiéter et jouer les mères poules parce que ça leur permettait de se sentir mieux. Et pour être franche, elle aussi se sentait mieux comme ça. Le bureau était encore mieux protégé qu'avant et elle prenait des cours d'autodéfense, mais ce n'était pas suffisant.

Pas encore.

— Il faut que j'y aille, dit Storm en passant devant son bureau. Alex est derrière en train d'imprimer des trucs alors tu n'es pas toute seule, mais est-ce que tu veux que je reste un peu plus ?

Elle secoua la tête et essaya de ne pas regarder vers Alexander alors qu'il rentrait dans la pièce, une pile de papiers à la main. Ils n'avaient pas dit aux autres qu'ils se voyaient, et ça avait été une décision mutuelle. Tout deviendrait compliqué et embrouillé une fois que les Montgomery seraient au courant. Et bon sang, c'était déjà assez compliqué comme ça.

Mais vu l'expression dans les yeux de Storm, elle eut le sentiment qu'il avait des doutes. Ce Montgomery en voyait toujours trop. Bon sang.

— Ça ira, je suis là, intervint Alexander d'une voix basse. Vas-y. On fermera.

Storm haussa un sourcil en entendant Alexander parler à sa place, mais elle haussa les épaules.

— Oui, il a raison. J'ai presque fini, de toute façon. Va travailler et laisse-moi tranquille.

Il étrécit les yeux, et elle soupira.

— Mais merci de jouer les grands frères avec moi et de t'assurer que je suis en sécurité. J'apprécie ce que tu fais. Mais je t'en prie, garde en tête que j'ai trois grands frères en Pennsylvanie et que je ne suis pas sûre de pouvoir en prendre un de plus.

Storm croisa les bras sur sa large poitrine.

— Ils ne sont pas là, si ? Et les Montgomery t'ont adoptée, alors tu vas devoir t'habituer à ce qu'on joue les grands frères.

Elle ne put s'empêcher de croiser le regard d'Alexander à ces mots, et il haussa un sourcil.

Tous ? semblèrent demander ses yeux.

Certainement pas tous.

— Ça ira, Storm, grommela Alexander.

Elle ne put s'empêcher de sourire. Il avait vraiment des manières d'ours mal-léché quand ses frères jouaient aux gros costauds.

Storm lui jeta un regard, et elle retint un soupir. Ça ne servait à rien d'essayer de dissimuler ses sentiments à ce Montgomery-là, et ils le savaient tous les trois. Mais quand Storm partit sans un mot de plus, elle comprit qu'il garderait leur secret.

— Il ne dira rien aux autres si on ne le veut pas, dit Alexander en se rapprochant d'elle.

Ils ne se touchèrent pas car il y avait des caméras, et ils avaient tous les deux décidé d'essayer de garder le travail en dehors de leur relation.

Elle se mordit la lèvre.

— Est-ce qu'on veut les mettre au courant ? Je veux dire, j'aime plutôt que ce soit entre toi et moi pour le moment. Ne va pas te méprendre : *j'adore* ta famille, mais une fois que tout le monde sera au courant, ça sera à une autre échelle.

Il hocha la tête et s'appuya à son bureau.

— Et il me regarde déjà avec hésitation, ces temps-ci. Je préférerais qu'on trouve notre équilibre tous les deux sans qu'ils s'inquiètent.

Elle prit une brève inspiration, consciente qu'il lui en disait plus que jusqu'alors. Le fait qu'il était alcoolique n'était pas un secret entre eux puisqu'elle le savait depuis le départ, mais il commençait à se montrer plus ouvert à ce sujet.

Peut-être qu'il était temps qu'elle lui en dise plus sur elle de son côté.

— Tu fais quelque chose, ce soir ? demanda-t-elle pour changer de sujet quand son visage prit une expression un peu triste.

Il secoua la tête.

— Non. Qu'est-ce que tu en as en tête ?

Elle laissa un soupir lui échapper et croisa son regard.

— J'aimerais retourner dans les rues où je t'ai vu. Je veux te dire ce que je faisais là-bas.

Il était temps. Elle connaissait tellement de ses secrets parce que tout était sorti quand il avait touché le fond, mais il n'en connaissait presque aucun sur elle. C'était injuste, et elle sentait qu'il était temps de partager un peu plus avec lui. Ce ne serait pas facile, et elle avait un peu peur, pour tout dire, mais elle priait pour que tout se passe bien.

Il se redressa et observa son visage.

— On commence par un dîner ? Ensuite, je serai honoré que tu partages avec moi ce que tu veux.

Elle se lécha les lèvres et commença à rassembler ses affaires, consciente que c'était un grand pas en avant. Elle espérait qu'ils étaient tous les deux prêts à aller dans cette direction.

— Commençons par dîner, répéta-t-elle une fois qu'elle fut prête.

Elle était capable de faire ça.

Il le fallait.

· · ·

Après dîner, ils se garèrent sur un des parkings en ville et payèrent le parcmètre. Il faisait froid, mais pas aussi glacial qu'avant. C'était déjà ça.

— Alors ? commença-t-il en prenant sa main. Tu veux bien me dire ce qu'on fait là ?

Elle hocha la tête en serrant contre elle le grand sac qu'elle gardait dans sa voiture.

— Toutes les semaines, je vais dans les refuges et je sers à manger aux sans-abri. Quand j'ai le temps et qu'il ne fait pas trop froid, je vais dans les rues, je donne à manger à ceux à qui je peux... et je cherche quelqu'un.

Il serra sa main.

— Qui ?

— Mon ex et son enfant.

Il se figea, et elle faillit trébucher, mais la main d'Alexander l'aida à garder son équilibre.

— Quoi ?

Elle se tourna vers lui et croisa son regard.

— Il y a environ cinq ans, j'ai rencontré un homme qui s'appelait Michael. On est tombés amoureux, et j'ai aussi craqué pour sa fille, Angel. Sa femme était décédée d'un cancer quelques années auparavant, et Michael et Angel s'en étaient assez bien sortis pendant ces deux ans tous seuls. Quand Angel a eu cinq ans, je suis tombée sur elle alors que je finissais mes études et que je travaillais à mi-temps pour les Montgomery. Elle était tellement adorable, tellement drôle. Elle était au parc pendant que je lisais, et j'ai immédiatement craqué pour elle. Michael était là, il la surveillait, et il est venu me parler. On a commencé à sortir ensemble, puis lui et Angel se sont retrouvés à emménager avec moi.

Alexander écarquilla les yeux.

— Je te connaissais déjà à l'époque, murmura-t-il. Mais je n'étais pas du tout au courant.

Elle secoua la tête.

— Aucun de vous ne l'était. Ma famille était au courant parce que j'étais proche d'eux, mais c'est... après, que je me suis rapprochée des Montgomery.

Elle poussa un soupir et s'accrocha à sa main. Ils continuèrent à marcher tandis qu'elle lui faisait son récit, mais elle prêtait également attention aux alentours, à la recherche de ceux qu'elle avait perdus.

— Les premiers mois, il a fallu s'adapter, mais avec le recul, c'était merveilleux. Il m'a fallu trois mois avant de me rendre compte que Michael était un alcoolique fonctionnel.

Elle prononça rapidement ces mots, mais ça n'empêcha pas Alexander de jurer à côté d'elle. Oui, elle voyait le parallèle mais, bon sang, Michael et Alexander étaient deux personnes différentes et ils avaient tous les deux géré leurs problèmes de façon différente. Il allait falloir qu'il le comprenne.

— Arrête, dit-elle doucement. Il n'est pas toi. Tu as reçu de l'aide. Lui... lui, non.

Alexander s'arrêta sous un auvent et la força à le regarder.

— Dis-moi tout, demanda-t-il d'une voix dure.

— Il n'arrêtait jamais de boire et n'était jamais complètement sobre. Je n'ai pas reconnu les signes parce que, apparemment, je ne l'avais jamais vu sans une dose d'alcool dans le sang, et il était *très* doué pour le cacher.

— On est comme ça.

— Arrête de te comparer à lui.

— Je ne peux pas m'en empêcher, Tabitha.

Elle prit son visage dans sa main gantée, et il ne se dégagea pas. C'était déjà ça.

— Il est devenu quelqu'un d'horrible avec qui je ne pouvais pas vivre et, je m'en suis rendu compte, quelqu'un que je n'avais jamais vraiment aimé. Comment aurais-je pu aimer un homme que je ne connaissais pas vraiment ? Même si ça m'a fait atrocement mal, j'ai dû lui demander de partir quand il a commencé à ne plus m'adresser la parole autrement qu'en criant. Il a emmené Angel avec lui. J'ai parlé à des avocats et autre, pour essayer de voir ce que je pouvais faire pour elle, mais je n'avais aucun droit. Et même si une assistante sociale est venue voir ce qu'elle pouvait faire car mon frère avait des relations à la mairie, il était trop tard. Michael et Angel avaient disparu. Je n'avais aucune idée d'où ils étaient partis jusqu'à ce que je reçoive une lettre d'Angel.

Elle prit une brève inspiration, et ce fut au tour d'Alexander de prendre son visage dans ses mains.

— Continue.

— Elle se rappelait mon adresse, murmura Tabitha. Son ancienne adresse à elle. Je ne sais comment, elle a trouvé un timbre et une enveloppe et elle m'a envoyé une lettre. Mais il n'y avait pas l'adresse de l'expéditeur parce qu'elle n'a *pas* d'adresse. Apparemment, ça fait quatre ans qu'elle et Michael vivent dans la rue. Parfois, ils s'installent dans un petit studio, mais ça ne dure jamais. Je ne sais pas trop ce qu'ils font ni comment ils s'en sortent mais je continue à recevoir des lettres de temps en temps.

Des lettres auxquelles elle se raccrochait.

— La justice ne peut rien faire pour Angel car ils ne la trouvent pas. Mais je ne vais pas arrêter de chercher.

Elle déglutit avec difficulté.

— Elle ne mérite pas ça.

Des larmes coulèrent sur ses joues.

— Je n'aurais pas dû mettre Michael à la porte, mais je ne savais pas quoi faire d'autre. Et à cause de ça, Angel vit dehors dans le froid.

Alexander la serra contre lui, et elle pleura dans ses bras.

— Je t'aiderai à chercher, ma puce. Aucun gamin ne mérite ça.

Elle s'accrocha à lui et essaya d'arrêter ses larmes, mais elle n'y parvint pas. Elle n'avait jamais raconté l'histoire dans sa globalité à quiconque. Même sa famille n'était pas au courant de l'énergie qu'elle mettait dans ses recherches.

Il la fit reculer un peu pour regarder son visage, et elle serra les lèvres. Elle n'arrivait pas à décrypter ce qu'il pensait, à savoir si ça serait trop pour lui. Alexander était peut-être un alcoolique, mais il avait trouvé la force de demander de l'aide et de rester sur le droit chemin grâce à cette aide.

Michael n'en avait pas été capable et, à cause de cela, il faisait du mal à Angel. Elle voyait la différence, mais elle ne savait pas si Alexander la voyait.

Il y avait autre chose dans ses yeux, une vieille douleur qu'elle ne pouvait nommer, mais elle savait que ce n'était pas le bon moment pour lui demander.

Il y avait tant de choses qui se dressaient sur leur chemin, tant d'obstacles à surmonter que cela semblait presque impossible. Elle espérait simplement qu'à eux deux, ils auraient assez de force pour le faire. Parce que même si elle avait été avec Michael d'abord, c'était du Montgomery taciturne qu'elle était tombée amoureuse, quand elle avait été trop jeune pour savoir quoi faire de ses sentiments. Il était marié, à l'époque, et elle s'était tenue à l'écart car il aurait été idiot de tenter quoi que ce soit.

Mais désormais, c'était différent. C'était elle qui se tenait dans ses bras. C'était lui qui la tenait. Mais s'il avait trop de poids sur les épaules ? Si elle ne lui suffisait pas ?

Elle n'avait pas suffi par le passé.

Et bon sang, elle ne voulait pas se retrouver dans la même situation... à nouveau.

Alex se passa une main dans les cheveux et essaya de se réveiller pour de bon. Tabitha était partie moins d'une heure auparavant pour se changer. Aucun d'eux n'avait beaucoup dormi, cette nuit-là. Ils n'avaient pas couché ensemble, mais ils étaient restés blottis dans les bras l'un de l'autre toute la nuit tandis qu'ils parlaient des options qui s'offraient à eux.

Cela l'avait terriblement surpris d'apprendre que Tabitha avait vécu avec un autre homme.

Tout comme cela l'avait terriblement surpris que Michael ait été un alcoolique.

Ce n'est pas pareil, avait-elle dit.

Ce n'est pas pareil, se disait-il à lui-même.

Et pourtant, il savait qu'ils pouvaient bien éviter le sujet, il y avait trop de similarités, et il ne pouvait pas continuer comme avant. Bien sûr, peu importait ce qu'elle partageait avec lui, ils ne pouvaient pas revenir en arrière.

Ils s'étaient rapprochés avec le temps, ils étaient devenus tellement proches. Et il ne savait pas comment réagir à cela. Il avait vraiment mal pour elle, et ça le tuait qu'elle ait été dans cette situation.

Il fit craquer sa nuque et essaya de dénouer les muscles de ses épaules. Mais peu importait ce qu'il faisait, il ne pouvait pas se défaire du stress conséquent à la conversation qu'il avait eue avec Tabitha et à ses révélations. Ils étaient tous les deux épuisés émotionnellement, mais il ne lui avait pas dit *pourquoi* au juste. Il savait que s'ils voulaient continuer sur le chemin sur lequel ils semblaient s'être engagés, il devait tout lui dire, mais il n'était pas sûr de le pouvoir. Il n'avait jamais parlé à personne de ses démons, pas même à son parrain ou à son psy. Tous les deux savaient que ce qu'Alex cachait était grave, plus que grave, mais ils avaient travaillé avec lui sans rentrer dans ces secrets.

Il ne lui échappait pas que s'il parlait à quelqu'un de ce qui était arrivé, ça pourrait l'aider, mais il n'était pas sûr d'être capable de former les mots. Il n'avait pas envie d'y penser, il n'avait pas envie de laisser ces souvenirs revenir et devenir encore plus précis qu'ils ne l'étaient déjà.

Mais il avait le sentiment que s'il devait s'ouvrir à quiconque, ce serait à *elle*.

Elle lui avait parlé de Michael et Angel, et il l'avait tenue dans ses bras tandis qu'elle pleurait. Elle lui avait confié ses secrets, ses peurs, et pourtant lui n'avait rien partagé avec elle. Il ne lui échappait pas qu'il lui avait dit davantage à elle qu'à n'importe qui en dehors de ses réunions au centre de désintox, mais avec Tabitha, c'était différent.

Ce serait toujours différent avec elle.

Il poussa un soupir et passa dans la cuisine pour faire du café. Il avait désespérément besoin de caféine et il se dit qu'il en ferait assez pour quand Tabitha reviendrait. C'était le week-end, et même si normalement, ils travaillaient tous les deux sur leurs propres projets, aujourd'hui, ils avaient décidé de prendre leur matinée et de se détendre.

Peut-être que *se détendre* n'était pas le meilleur mot puisqu'aucun d'eux n'était vraiment capable de se détendre après la soirée de la veille, mais il se disait que si elle avait besoin de temps pour faire le tour du parc ou regarder la télé avec lui, il pouvait bien faire ça.

Avant d'avoir commencé à boire, il n'avait jamais vraiment été avec une personne qui partageait ce qu'elle ressentait. Oui, il avait été un peu meilleur avant que tout parte de travers qu'il ne l'était maintenant, mais pas de beaucoup. Au moins, il essayait désormais d'être plus ouvert, mais il n'avait pas encore passé cette étape et n'était pas certain d'y être prêt un jour.

Il avait commencé à boire pour faire traire la douleur, les démons, et il ne s'était pas arrêté avant d'avoir blessé non seulement lui-même, mais aussi les gens qu'il aimait. Sans la mine peinée des membres de sa famille quand il avait touché le fond, il ne se serait peut-être jamais arrêté. Mais une petite part de lui se souciait de ce que sa famille voyait, de ce que les *enfants* voyaient, et il avait fini par laisser Maya et Jake l'emmener en désintox.

Il but une gorgée de café et essaya de se débarrasser du goût amer des regrets qui engluait sa langue.

Il serait toujours reconnaissant d'être un Montgomery, même s'il ne s'était pas montré digne de ce nom. Ils lui avaient sauvé la vie, et désormais, il se disait qu'il était peut-être temps de la vivre. Sauf qu'il n'était pas sûr d'être digne de Tabitha. Bon sang, il *savait* qu'il n'était pas digne d'elle. Elle s'était battue pour elle-même au cours de sa dernière relation, et elle se battait chaque semaine pour l'enfant qu'elle n'avait pas été capable de sauver. Il était bien obligé d'admirer cette force, même s'il en était un peu jaloux.

La sonnette retentit, et Alex fronça les sourcils en regardant l'horloge. Tabitha avait été rapide, si elle était déjà de retour, mais peut-être qu'elle avait choisi une tenue confort. Ça lui allait très bien parce que ça voulait dire qu'il pourrait sans doute se contenter de rester en jogging toute la journée tandis qu'ils glandaient. Un petit sourire s'empara de ses lèvres, et il ne l'en chassa pas. Après toutes les saloperies qu'elle avait traversées dernièrement, elle méritait une journée de paresse à regarder des films. Et il était assez heureux qu'elle ait envie de passer cette journée avec lui.

Il posa son café sur le bar et alla ouvrir la porte d'un pas guilleret. Bon sang, même après tout ce qui s'était passé la veille et le chemin qu'avaient pris ses réflexions, rien que de penser à Tabitha le rendait... *heureux*. Ça aurait dû l'inquiéter, mais en cet instant, il voulait conserver ce sourire et la faire sourire en retour.

Mais quand il ouvrit la porte, toutes pensées de bonheur désertèrent son esprit ,et le sourire disparut de son visage, remplacé par une grimace.

— Qu'est-ce que tu t'imagines foutre ici ?

La rage emplit ses veines alors qu'une vague de douleur le percutait avec la force d'un semi-remorque. De la sueur coula dans son dos, son ventre se tordit et de la bile remonta dans sa gorge.

Son ex-femme, Jessica, se tenait de l'autre côté de la porte, les cheveux attachés et son maquillage parfait. Elle portait des leggings marron clair avec des bottes fourrées et une veste à la fourrure assortie. Elle avait des cache-oreilles avec la même fourrure beige dessus. Il savait qu'elle ne portait jamais de bonnet car elle détestait se décoiffer. Vu le temps qu'elle passait chaque matin à se coiffer, il ne pouvait pas lui en vouloir, même s'il pensait que c'était de sa faute si elle tombait malade chaque hiver car elle ne se couvrait pas assez.

Et quand Jessica était malade, le monde entier le sentait passer. On pouvait bien blaguer sur les hommes qui avaient un rhume et se comportaient comme s'ils étaient à l'agonie, mais Jessica n'était pas mal non plus dans son genre. Même quand il gérait deux jobs à la fois pour payer leur loyer au début de leur mariage, il fallait quand même qu'il s'occupe d'elle et soit à son service, même si elle n'avait que le nez qui coulait à peine. Mais il avait été tellement amoureux, aveuglé de désir pour elle, qu'il se fichait du manque de sommeil. Et s'occuper de sa femme quand elle était alitée, malade, c'était bien normal. À l'époque, et alors qu'elle n'avait qu'une petite toux, ça n'avait pas d'importance s'il se retrouvait à ne pas pouvoir aller au travail. Il l'aimait et voulait la traiter comme la princesse qu'elle pensait être.

Ça ne l'avait pas dérangé du tout à l'époque, mais maintenant, il aurait voulu se foutre des baffes pour être tombé dans ses pièges.

Putain.

Elle n'avait pas toujours été mauvaise, se rappela-t-il. Il n'avait pas toujours été un pauvre abruti avec elle.

Ou peut-être que c'était un mensonge.

— Tu comptes me faire rentrer ? demanda-t-elle.

Sa voix lui porta immédiatement sur les nerfs. Elle utilisait ce ton hautain qu'elle avait commencé à prendre il y avait quelques années. Quand ils étaient au lycée, sa voix était un peu plus douce, toute sa personne était un peu plus douce. Mais pendant leur mariage, elle avait commencé à faire du sport tous les jours et à faire attention à tout ce qu'elle mangeait. Même s'il faisait pareil en ce moment, ce n'était pas de façon extrême comme elle.

Il n'y avait plus rien de doux chez elle.

Et il se retrouvait à penser qu'une part de cela était sa faute.

Il détestait que les choses aient tourné ainsi. Même si lui et sa sœur avaient des ex qui étaient franchement horribles, tous les gens de sa famille n'étaient pas passés par là. Il y avait des ex petites amies et des ex petits copains chez les Montgomery avec qui ils étaient toujours amis, des relations qui s'étaient bien terminées. Pourquoi il n'avait pas pu avoir ce genre de relation, il n'en savait rien, mais il aurait certainement voulu que ce soit le cas car il n'avait vraiment pas envie de gérer ça, là.

Il n'avait *vraiment* pas envie de la gérer *elle* en ce moment.

Le petit démon sur son épaule cria à son oreille : *rien qu'un verre.*

La séductrice ronronna dans l'autre : *seulement un, mon cœur. Un seul.*

Alex s'agrippa au rebord de la porte en les ignorant. Il ne boirait pas aujourd'hui, putain.

— Pourquoi je t'inviterais à entrer ?

Elle lui fit signe de reculer et passa devant lui. Il ne s'était pas attendu à cela car il était dans son appartement et non dans la maison où ils avaient vécu ensemble, alors il la laissa passer. Il se maudit, mais referma la porte pour ne pas laisser toute la chaleur s'échapper.

— Qu'est-ce que tu fiches, Jessica ? Qu'est-ce que tu fais là et qu'est-ce qui te fait croire que tu peux rentrer comme ça ? On est divorcés. Tu n'as le droit à rien, ici.

Elle lui jeta un coup d'œil par-dessus son épaule et lui lança un regard qui laissait entendre qu'il en était autrement.

— Cet appartement est un peu petit à ton goût, non ? Je pensais que tu aurais choisi quelque chose de plus grand, comme notre maison.

Apparemment, elle comptait ignorer ses questions.

Il inspira par le nez et lutta pour se contrôler.

— Tu veux dire, la maison que tu as vendue après le divorce ?

Elle agita la main vers lui.

— Les souvenirs...

Il renifla et posa les mains sur ses hanches.

— D'accord, Jessica. Qu'est-ce que tu fais là ?

— Alexander ? La porte n'était pas bien fermée...

Il pivota sur ses talons alors que Tabitha ouvrait la porte qu'il n'avait apparemment pas fermée correctement à cause de sa colère. Il retint un juron. Elle passa timidement la tête dans l'entrebâillement et se figea, les yeux écarquillés.

— Oh. Je ne savais pas que tu avais du monde. Bonjour, Jessica.

Bon sang. Il avait entendu la douleur dans sa voix, la perplexité, et il ne savait pas quoi faire à ce propos.

Son ex-femme passa devant lui et fixa Tabitha.

— Tu es la secrétaire, c'est ça ?

Putain. Ça n'allait pas bien se terminer. Il passa devant son ex et alla jusqu'à la porte d'entrée.

— Elle est assistante administrative, et tu le sais très bien, Jess. Entre, ma belle. Tu vas avoir froid.

Il n'avait pas eu l'intention de laisser le petit surnom lui échapper et le regretta aussitôt. Jess s'en servit aussitôt pour attaquer.

— Ma belle ?

Tabitha laissa un soupir lui échapper et secoua la tête.

— Je te verrai plus tard. Tu as l'air occupé.

— Attends, ne pars pas.

Il avança vers elle, mais Jess agrippa son coude. Il poussa un juron, et Tabitha secoua la tête.

— Je t'appellerai plus tard, d'accord ? Ou bien tu n'as qu'à m'appeler, toi. Je... je ferais mieux de te laisser.

Elle grimaça en refermant la porte derrière elle, et Alex se pinça l'arête du nez.

Si elle avait su la raison exacte pour laquelle Jessica et lui avaient divorcé, pourquoi il avait dit à tout le monde que c'était elle qui l'avait quitté et non l'inverse, ou même pourquoi ça s'était cassé la gueule, elle n'aurait pas fait cette tête-là.

Bien sûr, maintenant, il était vraiment dans la merde.

— Sors d'ici, gronda-t-il. Tu n'as rien à faire là, Jess. Ça n'a jamais été ta place.

— Mais, Alex...

Il tourna sur ses talons.

— Qu'est-ce que tu veux, putain, Jess ? Tu as pris tout ce que tu pouvais me prendre. Je n'ai *plus rien*. Tu ne peux pas me voir, et c'est réciproque.

Ses yeux prirent la dureté d'une lame, et elle releva le menton.

— Eh bien, je suppose que ce n'est plus la peine d'essayer de rester polie.

— Ça fait longtemps que c'est terminé, et on le sait tous les deux. Qu'est-ce que tu veux ?

— J'ai besoin d'argent.

Il souffla et serra les poings contre son corps.

— Tu te fiches de moi.

Jess agita les mains en l'air.

— Non, pas du tout. Tu crois que je serais venue ici pour m'humilier ainsi si je n'en avais pas besoin ? J'ai eu un coup dur et j'ai besoin de quelques milliers de dollars pour voir venir. Je me suis dit que comme on a partagé quelque chose par le passé, tu aurais envie de m'aider. Après tout, j'étais ta *femme*.

— Tu as raison. Tu *étais* ma femme. Tu ne l'es plus. Si tu as besoin d'argent, prends un prêt. Ou mieux encore, trouve-toi un job. Je n'ai rien pour toi, Jess, et pour tout dire, je n'ai jamais rien eu pour toi. Alors dégage d'ici.

— Pourquoi ? Pour que tu puisses jouer à la secrétaire avec la rouquine ? dit-elle, narquoise.

Il grinça des dents et fit ce qu'il aurait dû faire à la base. Il franchit les derniers mètres jusqu'à la porte et l'ouvrit en grand.

— Sors d'ici, ou j'appelle les flics. Je me fiche de faire une scène. Tu as toujours été douée pour ça, de toute façon.

— Va te faire.

— Tu m'en as déjà fait voir de belles, Jess.

Elle le fusilla du regard et sortit de son appartement sans un coup d'oeil en arrière. Elle devait être vraiment désespérée pour être venue le voir, ou peut-être qu'elle pensait qu'il se laisserait piétiner comme il l'avait fait par le passé.

Il appuya son front contre le bois de la porte et poussa un juron. Il fallait qu'il appelle Tabitha et lui explique. Il fallait qu'il mette au clair ce qu'il était en train de faire avec elle et avec lui-même.

Il avait besoin d'un verre.

Non. Non, il n'avait pas besoin d'un verre.

Il avait besoin d'appeler Steve, et ensuite il appellerait Tabitha.

Parce qu'il ne boirait pas.

Jessica n'avait plus ce pouvoir sur lui. Il n'y avait que lui qui l'avait. Et il refusait absolument de la laisser le pousser dans l'abysse à nouveau. Merde.

CHAPITRE HUIT

ALEXANDER AVAIT APPELÉ, mais elle était au téléphone avec sa mère à ce moment-là. Et puis Tabby avait eu trop peur pour le rappeler. Elle savait que c'était une dérobade de sa part, mais elle avait besoin de temps pour réfléchir à ce qu'elle avait vu, à ce qu'elle lui avait dit avant ça, et à ce qu'elle ferait la prochaine fois qu'ils se verraient.

Elle était lâche.

Quand il avait appelé la seconde fois, elle avait répondu sans savoir ce qu'elle dirait, mais elle avait été incapable de s'en empêcher. Le truc, c'est qu'elle lui faisait confiance pour ne pas boire, elle lui faisait confiance pour être fort. C'était en elle qu'elle n'avait pas confiance : elle ne pensait pas *suffire* pour qu'il ne retourne pas vers Jessica.

Il avait tellement aimé cette femme, au point que c'était douloureux à regarder. Ils avaient l'air parfaits ensemble, et même si elle savait qu'il y avait eu des problèmes vu qu'ils n'étaient pas restés ensemble, elle n'était pas sûre que ces problèmes ne puissent se régler avec le temps.

Alexander n'en avait jamais parlé, et elle n'avait pas été capable de poser la question.

Et elle détestait sentir son manque de confiance en elle ressurgir à cette occasion.

Ils n'avaient pas parlé longtemps au téléphone et s'étaient juste assurés que l'autre allait bien. Mais elle avait le sentiment qu'ils avaient tous les deux menti en disant que ça allait. Au lieu du week-end paresseux qu'elle s'était imaginé avec lui, ils avaient conclu qu'ils se verraient lundi et avaient à peine échangé quelques SMS depuis.

Elle n'avait pas été capable de totalement se couper de lui et n'en avait pas envie. Vu la rapidité à laquelle il répondait à ses textos, peut-être que c'était réciproque.

Tabby eut envie de se claquer la tête contre son agenda à cette pensée.

Elle était redevenue une lycéenne, pour se préoccuper comme ça d'appels et de SMS ? Il fallait qu'elle arrête son délire et commence à agir comme une adulte. Sauf qu'agir comme une adulte était bien plus dur quand on avait de vrais problèmes à régler.

Au lieu de se taper la tête contre quoi que ce soit, elle se mit à travailler sur sa liste de tâches quotidiennes. Elle semblait deux fois plus longue que d'habitude. C'était calme, ce matin, car Wes était sur un chantier et Storm s'était enfermé dans un des bureaux du fond pour travailler sur ses croquis, mais ça ne la dérangeait pas. La tranquillité lui permettait de réfléchir... bien sûr, penser à Alexander n'était pas la meilleure chose à faire en cet instant. L'homme en question passerait plus tard dans l'après-midi pour montrer aux jumeaux ce qu'il avait pour le moment pour son projet photo et parler avec eux de la suite. Tabby en avait déjà vu une partie quand elle était chez lui et elle ne savait pas trop comment elle allait gérer ça puisqu'elle n'était pas très douée pour feindre la surprise. Elle aimait la direction qu'il prenait avec ce projet, mais comme personne ne savait qu'ils étaient ensemble, ça allait être bizarre.

Il faudrait qu'ils mettent tout le monde au courant bientôt, et elle supposait qu'Alexander en était conscient lui aussi. Une difficulté de plus dans une situation toujours plus complexe. C'était comme ça, eux deux.

Entre sa famille à lui, la sienne, Michael et Angel, Jessica, les combats d'Alexander et l'agression qui avait mené Tabby à prendre des cours d'autodéfense... ça lui donnait le tournis.

La porte d'entrée s'ouvrit, et Tabby releva la tête pour voir Harry et Marie Montgomery entrer, la mine inquiète. Quand elle avait commencé à travailler ici, c'était Harry et Marie les patrons. Ils avaient pris leur retraite peu de temps après son embauche, et Wes et Storm avaient pris la suite, mais ces deux-là seraient toujours le couple qui avait accepté de lui donner sa chance.

Elle se leva rapidement et avança vers eux.

— Je ne savais pas que vous deviez passer. Est-ce que tout va bien ?

À cause du cancer de Harry l'année précédente, Tabby ne pouvait s'empêcher de se sentir un peu paniquée. Et son visage dévoilait probablement son inquiétude.

Harry la serra dans ses bras.

— Je vais bien, mignonne, mais je crois que l'un des nôtres a besoin d'aide.

Marie lui fit la bise et la serra dans ses bras à son tour.

— Austin nous a appelés pour nous dire qu'Alex lui avait appris que Jessica était de retour. Nous sommes inquiets.

Tabby écarquilla les yeux. Elle ne savait pas qu'Alexander avait parlé de son ex à sa famille. Qu'il l'ait fait laissait entendre à quel point il avait été secoué... ou peut-être qu'il essayait d'être plus ouvert que par le passé. Elle ne savait pas si c'était l'un ou l'autre, et ça la perturbait. Il fallait vraiment qu'Alexander et elle prennent le temps d'avoir une conversation.

Storm sortit de son bureau au moment où Wes arrivait de l'extérieur. Apparemment, tout le monde serait là.

— Qu'est-ce qui se passe ? demanda Storm.

— Oui, est-ce que tout le monde va bien ? intervint Wes en retirant sa veste.

Marie poussa un soupir.

— Je sais qu'on aurait pu appeler, mais je voulais voir Alex moi-même. Il est censé travailler aujourd'hui, non ?

Tabby hocha la tête.

— Il devrait arriver bientôt, oui.

Elle était censée le savoir puisque c'était son travail, mais il lui avait envoyé un SMS ce matin pour le lui confirmer.

Storm lui jeta à nouveau un regard qu'elle choisit d'ignorer. Il en voyait vraiment trop, et elle n'était pas prête à s'ouvrir à ce propos.

— Jessica est de retour, grommela Harry. Je sais que nous ne connaissons pas la raison exacte de leur séparation, mais on a tous vu que leur relation était toxique. Et maintenant elle est de retour et...

Il s'interrompit, et Tabby eut envie de partir. C'était une conversation de famille, et même s'ils avaient fait de leur mieux pour qu'elle se sente intégrée, elle serait toujours une intruse par certains aspects.

— Je devrais vous laisser parler entre vous, dit-elle douce-ment. Peut-être que vous voulez aller dans un des bureaux ? Ou bien je peux le faire.

Marie secoua la tête et saisit sa main.

— Tu es l'une de nous, ma chérie. Pas de secrets. Nous sommes inquiets pour Alex, et je sais que tu le vois depuis un moment, maintenant, alors peut-être que tu peux nous parler et nous donner une idée de son état d'esprit.

Elle se figea.

— Je... hein ?

— Elle veut dire que tu travailles avec lui sur le projet photos, alors tu as eu pas mal de tête-à-tête avec lui, récemment, expliqua Storm.

Une fois de plus, son regard en disait long.

— Oh, dit-elle maladroitement. Je ne sais pas.

— Oh, chérie, je ne sais simplement pas quoi faire, expliqua Marie. Et s'il se remettait à boire à cause d'elle. Et si ça faisait trop ? J'aimerais pouvoir l'aider, mais il ne me laisse pas faire.

Harry passa un bras autour de ses épaules.

— On va trouver une solution.

— Et il faut qu'on lui fasse confiance, hein ? intervint Wes. Je veux dire, si on ne le fait pas, on risque de le perdre.

Storm grommela quelque chose qu'elle ne comprit pas, et elle joignit les mains devant elle. Elle pensait sincèrement qu'Alexander était plus fort que ce qu'ils imaginaient, mais elle ne connaissait pas tout son passif, et les autres en savaient peut-être davantage. Il avait surmonté beaucoup de choses depuis qu'il était sorti de la cure de désintox et il n'avait pas chuté une seule fois. Sa famille avait vécu l'enfer, et il avait vécu le pire comme le meilleur à leurs côtés sans jamais retomber. Il fallait qu'elle ait la foi. Le truc, c'est qu'elle pensait qu'il était capable de dire non à la bouteille parce qu'il avait été ouvert à ce sujet avec elle, et elle lui faisait confiance pour faire de son mieux. Mais elle ne savait pas s'il pouvait dire non à Jessica.

Et ça la perturbait.

Elle faisait n'importe quoi dans cette histoire, et c'était parce qu'elle n'avait pas tout mis à plat et analysé ce qu'elle pensait exactement. Comment pouvait-elle lui faire confiance pour ne pas boire mais ne pas avoir foi en lui pour ne pas la quitter pour la femme qu'il avait aimée autrefois ? La *seule* femme qu'il ait aimée.

Mais peut-être que c'était parce qu'elle n'avait pas confiance en elle.

Et ça faisait d'elle une teigne.

— Tabby ? demanda Marie. Qu'est-ce que tu en penses ?

— Je ne sais pas, répéta-t-elle. Je ne me sens pas très à l'aise de parler de lui comme ça alors qu'il n'est pas là.

Elle soupira.

— Et je lui fais confiance pour faire ce qu'il faut ou venir nous voir ou s'adresser à quelqu'un d'autre s'il pense ne pas pouvoir gérer.

— Il y a au moins une personne qui respecte ma vie privée, gronda Alex derrière eux.

Ils pivotèrent tous en entendant sa voix, et Tabby eut envie de se rouler en boule pour se cacher et de courir vers lui tout à la fois. Alexander Montgomery la perturbait comme nulle autre personne au monde.

Mais elle l'aimait.

Elle s'en était rendu compte après lui avoir parlé de Michael et Angel. Elle avait peut-être eu certains sentiments pour lui à l'époque, mais depuis, elle était tombée folle amoureuse.

Et ça lui faisait bien plus peur qu'elle ne voulait bien le reconnaître.

— On respecte ta vie privée, dit Marie en avançant vers lui.

Son fils était raide comme une planche, et ses yeux lançaient des éclairs, mais Marie ne se laissa pas impressionner.

— Si ce n'était pas le cas, je serais déjà chez toi en train de vérifier que tout va bien et que tu ne fais pas de bêtises. Je te fais confiance pour prendre tes propres décisions, mais je suis ta mère, et c'est obligé que je m'inquiète. Et dissimuler cela et ne pas parler à mes enfants ou mon mari du fait que je m'inquiétais pour toi, c'est ça qui nous a mis dans cette situation à la base.

Le cœur de Tabby se serra, mais elle ne bougea pas. Elle arrivait à peine à respirer, elle était en train de regarder l'homme qu'elle aimait se tenir seul, à l'écart des autres. Mais il ne fallait pas qu'il pense comme ça. Il était un Montgomery, bon sang, et les gens l'aimaient. *Elle* l'aimait.

Marie prit le visage de son fils entre ses mains et le força à se pencher un peu vers elle. Elle n'était absolument pas petite, mais étant donné que tous ses fils faisaient plus d'un mètre quatre-vingt, on se demandait comment elle avait été capable de les élever comme elle l'avait fait. Cette femme avait du caractère et une volonté d'acier.

— Nous t'aimons, bon sang. Et nous sommes inquiets.

Les mots d'une mère, la voix d'une mère.

Les yeux de Tabby s'humidifièrent, mais elle ravala ses larmes. Elle n'allait pas se mettre à pleurer maintenant, tout de même ! Storm posa une main sur son épaule, et même si elle avait besoin de ce réconfort, la façon dont Alexander étrécit les yeux à ce geste ne lui échappa pas.

— Je ne vais pas boire, marmonna-t-il.

Il recula son visage des mains de Marie, mais les prit dans les siennes au lieu de se défaire complètement d'elle.

— Jessica est revenue parce qu'elle a besoin d'argent. J'ai dit non, elle a piqué une crise. Fin de l'histoire. Je sais que ça va être dur, mais vous n'êtes pas obligés de débarquer comme la cavalerie à chaque fois qu'il se passe un truc merdique parce que vous avez peur que je retombe dans l'alcool. Je suis heureux de vous avoir comme soutien, mais je ne peux pas passer mon temps à m'inquiéter parce que j'ai peur de vous inquiéter. C'est trop compliqué.

— On s'inquiétera toujours, intervint Harry. Et je me tracasse pour tous mes enfants. Je ne peux pas m'en empêcher. C'est à vous tous que je dois ces cheveux gris, et je les aime tous, comme je vous aime, vous. Alors comprends qu'on s'inquiète, mais sache aussi que nous te faisons confiance.

Il jeta un regard vers Tabby, et elle se raidit.

— Tout comme cette jeune dame te fait confiance.

Alexander croisa son regard, et elle ne sut pas quoi faire, pas quoi dire.

— C'est vrai ? dit-il doucement. Tu me fais confiance ?

— Bien sûr, dit-elle simplement.

Mais ce n'était pas simple du tout.

— Je te fais confiance pour demander de l'aide si tu en as besoin. Et j'ai confiance dans le fait que tu sais chercher du soutien ailleurs que dans cette pièce. Ce n'est pas une confiance aveugle, mais c'est corrélé à la confiance que tu apprends à t'accorder à toi-même.

Elle en avait dit bien plus qu'elle n'en avait eu l'intention, et les regards curieux que les autres lui jetèrent ne lui échappèrent pas. Ils avaient forcément compris qu'il se passait quelque chose entre elle et Alexander, là, mais ils eurent la bonne grâce de ne pas faire de remarque à ce sujet. En tout cas... pas pour le moment.

Quand Alexander lui adressa un petit signe de tête, elle se détendit, consciente qu'elle n'avait pas fini de s'inquiéter, mais qu'ils allaient s'en sortir. Il se passait toujours quelque chose d'indéfinissable, mais il fallait qu'elle croie dans ses propres déclarations.

Elle avait dit qu'elle lui faisait confiance, et elle ferait tout ce qui était en son pouvoir pour s'assurer que ce n'était pas un mensonge.

Si seulement elle avait pu avoir autant confiance en sa propre valeur.

～

Plus tard ce soir-là, Alex se renfonça contre le dossier du canapé alors que Tabitha revenait dans le salon, deux verres d'eau dans les mains. Il n'avait pas soif, mais il avait besoin de s'occuper. Elle était venue directement après le travail car il lui avait envoyé un SMS lui demandant de le faire, et il lui en était reconnaissant. Sauf qu'il ne savait pas par où commencer.

Il avait été secoué d'entendre ses paroles ce matin au bureau. Tout comme il avait été secoué de voir sa famille parler de lui comme s'il était un oisillon fragile. Il l'avait peut-être été à une époque, mais il apprenait à voler à nouveau.

Ou un délire du genre : c'était Griffin, l'écrivain. Lui, il prenait seulement des photos.

— Alors... ces derniers jours ont été intéressants, commença-t-elle.

Il hocha la tête.

— *Intéressants*, c'est une façon de voir les choses, intervint-il.

— Est-ce que... est-ce que tu veux me parler de ce qui s'est passé ?

Il lui prit son verre d'eau des mains et le posa sur la table à côté du sien. Puis il se tourna de façon à ce qu'ils soient face à face sur le canapé.

— Je crois que si je me lance là-dedans, autant commencer du début.

Elle glissa ses mains dans les siennes.

— Tu peux me parler, murmura-t-elle. Tu peux tout me dire.

Il poussa un soupir.

— Je n'en ai jamais parlé à personne, dit-il avec légèreté, même s'il n'y avait rien de léger là-dedans. Je ne sais pas comment, j'ai fait des dizaines de séances chez le psy et avec des gens qui essayaient de m'aider, et je n'ai jamais parlé de ça alors que j'aurais probablement dû le faire il y a une éternité.

— Si tu n'es pas prêt, tu n'y es pas obligé.

Alex croisa son regard.

— Mais peut-être qu'il faut que je sois prêt, ou au moins que je fasse comme si, parce que je ne crois pas pouvoir l'être un jour. Aujourd'hui, ma famille a paniqué parce qu'ils ne savaient pas ce que j'allais faire, et pendant moins d'une seconde ce week-end, je n'en ai pas été sûr moi-même. Mais je suis plus fort que les voix dans ma tête, désormais, et putain, je ne les laisserai pas gagner non plus la prochaine fois.

Elle serra ses mains.

— Je suis alcoolique, commença-t-il. Je le serai toujours, mais désormais, je suis sobre. En tout cas, c'est l'étiquette qui m'a été accolée. Je n'ai pas bu un seul verre depuis le mariage de Decker et Miranda.

Le mariage qu'il avait failli gâcher parce qu'il avait été tellement ivre, tellement perdu dans son délire qu'il n'avait pas réfléchi aux paroles cruelles qui sortaient de sa bouche ni aux conséquences de ses actions.

— Mais je n'ai pas toujours été comme ça, poursuivit-il. Je ne me rappelle pas vraiment d'une époque où je n'avais pas envie de boire, mais je sais qu'avant, j'étais normal.

Elle secoua la tête.

— Personne n'est vraiment normal, tu sais.

Elle grimaça.

— Je veux dire, ce n'est pas comme si tu étais mauvais ou anormal parce que tu es malade.

Il se passa une main sur le visage.

— Malade. Les gens appellent ça comme ça, et je suppose que c'est vrai. C'est quelque chose que j'ai commencé par moi-même, mais maintenant, je ne peux plus l'arrêter. Ou en tout cas, je ne pouvais pas. Depuis, j'ai appris à me concentrer sur d'autres choses et à dire non aux voix qui me poussent à prendre un verre, même rien qu'une goutte.

Il se secoua.

— Je tourne en rond. Comme je te l'ai dit, il faut que je commence du début.

— Et il faut que j'arrête de t'interrompre, dit-elle en grimaçant.

Il se pencha pour l'embrasser rapidement, ce qui les surprit tous les deux.

— Tu fais de ton mieux et tu m'écoutes, je ne peux pas en demander davantage.

Il poussa un gros soupir.

— Bon, alors voilà.

Il avait l'impression d'être en train de tomber dans une caverne profonde dont on ne voyait pas le fond. Son corps et son esprit n'allaient pas à la même vitesse. Il n'arrivait pas à le rattraper, n'arrivait pas à respirer. Tout son corps était douloureux, et en même temps il lui semblait ne rien peser.

Mais il fallait qu'il lui dise.

Qu'il lui explique.

Il fallait qu'il le dise à *quelqu'un,* et il savait que c'était forcément à elle.

Il gérerait ce que ça voulait dire plus tard.

— J'ai rencontré Jessica au lycée. On n'était pas amis quand on a commencé à sortir ensemble parce que c'est arrivé super vite. Elle était plus sympa à l'époque, je crois. Bon sang, moi aussi, j'étais probablement plus sympa. On est tombés amoureux vite et fort, et même si tout le monde nous disait que c'était trop rapide, on s'est mariés rapidement. J'étais toujours un ado quand je me suis marié, bon sang.

Il secoua la tête, agacé rien que d'y penser.

— Je savais que tu t'étais marié jeune, dit-elle doucement. Toi et Meghan avez été les premiers de la famille à le faire, n'est-ce pas ?

Il hocha la tête.

— Et on a tous les deux fini par divorcer avant que les suivants ne se marient à leur tour.

Il prit une gorgée d'eau, la bouche sèche.

— Enfin, même si Jess et moi nous disputions de temps en temps, comme tous les couples semblent le faire, les premières années, ça allait. On se disputait surtout à cause de l'argent, parce qu'on en avait pas beaucoup. Et puis on se disputait à cause de la maison, la fac, le travail, et toutes ces conneries. Mais je l'aimais, alors je faisais tout ce qui était en mon pouvoir pour la rendre heureuse. Je pensais qu'elle en faisait de même pour moi... mais ce n'était pas le cas.

Et c'était là que ça devenait dur, là qu'il avait l'impression de mourir à chaque seconde de chaque jour.

Une main douce se glissa dans la sienne à nouveau, et il se recentra sur lui. Il pouvait faire ça avec elle. Rien qu'avec elle.

— Au bout de quelques années de mariage, on a tous les deux décidé qu'on voulait des enfants. On était peut-être jeunes, mais on était prêts. Ou du moins, je pensais que nous l'étions.

Les yeux de Tabitha s'humidifièrent, mais elle repoussa les larmes.

Et il n'était même pas arrivé au moment difficile.

— Elle est tombée enceinte tout de suite, grinça-t-elle.

Il prit une autre gorgée d'eau. Il fallait qu'il balance le reste maintenant, ou il ne s'en sortirait jamais.

— Elle a fait une fausse couche au deuxième mois.

Il poussa un soupir.

— En tout cas, c'est ce qu'elle m'a dit, murmura-t-il.

— Oh mon Dieu, souffla Tabitha.

Il fut incapable de la regarder pour la suite, ou bien il se briserait. Alors à la place, il la tira sur ses genoux pour avoir quelque chose à quoi s'accrocher, quelqu'un qui ne le laisserait pas tomber. Il ne savait pas comment il le savait, mais il le savait. Elle se blottit contre lui. Et ce fut comme ça qu'il fut capable de raconter la suite.

— Jess était dévastée, et j'ai fait tout ce que j'ai pu pour m'assurer qu'elle était aussi bien que possible, sans trop montrer ce que je ressentais. À l'intérieur, j'étais en train de crever parce que, putain, c'était notre bébé. À un moment on était en train de réfléchir à aménager une chambre d'enfant, et la seconde suivante, tout avait changé. Mais je n'ai pas sorti les platitudes que d'autres auraient dites dans cette situation, comme quoi on pouvait continuer à essayer, qu'on aurait d'autres enfants après ça. Ça me semblait trop faux. J'ai commencé à boire un peu, par-ci, par-là, pour atténuer la douleur, mais ce n'était pas trop grave, à ce moment-là. Pas encore.

Il embrassa Tabitha sur le dessus du crâne quand il sentit les larmes mouiller son tee-shirt, mais elle ne parla pas. Il en fut reconnaissant car il n'était pas certain de pouvoir continuer si elle le faisait.

— Un an plus tard, elle est venue me dire qu'elle voulait réessayer. Je me sentais prêt à nouveau, et j'ai complètement arrêté de boire car je voulais être un bon père, tu comprends ? Mon père ne boit pas vraiment, à part une bière ou deux de temps en temps, mais pendant qu'on était en train d'essayer d'avoir un enfant, je ne voulais rien avoir dans le sang qui puisse causer des problèmes au bébé. Ça a l'air idiot maintenant, mais je voulais vraiment remplir mon rôle.

Il marqua une pause.

— Elle est de nouveau tombée enceinte tout de suite, et on était tous les deux super heureux. Je la gâtais et je faisais en sorte qu'elle ait tout ce qu'il lui fallait.

Il déglutit avec difficulté.

— Elle a perdu le bébé un mois plus tard.

Tabitha le serra avec force.

— J'ai commencé à boire un peu plus, mais pas trop. Personne ne s'en est rendu compte, alors je ne sais toujours pas si c'est là que mon problème a vraiment commencé ou si c'est plus tard... quand...

Il s'interrompit pour reprendre des forces.

— C'est arrivé quatre fois de plus, jusqu'à la dernière où elle s'est évanouie dans le salon. Je l'ai emmenée aux urgences, et c'est là que tout s'est effondré autour de moi. Tu vois, je n'avais pas été à la maison les fois précédentes. Je travaillais, et c'était un autre reproche à me faire. Je travaillais, j'arrivais trop tard. Mais cette fois-là, j'étais là. J'étais là quand le médecin a mentionné que son dernier avortement avait dû être trop dur pour elle et qu'il fallait qu'elle soit opérée d'urgence pour arrêter l'hémorragie.

Des larmes coulaient sur ses joues désormais, et Tabitha se figea dans ses bras.

— Tout ce temps, alors qu'on essayait d'avoir des enfants, elle n'était pas sur la même longueur d'onde que moi.

Il poussa un soupir.

— Je ne l'aurais *jamais* forcée à avoir un enfant. Je pense vraiment que ce qu'une femme fait de son corps lui appartient. Et si elle était venue me voir pour me dire qu'elle n'était pas prête, j'aurais compris. Bon sang, je me serais même fait faire une vasectomie et j'aurais appris à envisager un futur sans enfant. Mais on a passé dix ans ensemble, sans qu'elle ne dise rien à ce sujet. C'était elle qui revenait toujours vers moi, qui n'arrêtait pas de dire « essayons encore une fois ». J'avais eu tellement peur de lui faire du mal, de perdre une autre partie de nous, que je n'avais pas été capable de lui dire non.

Il se frotta les yeux et serra Tabitha contre lui.

— J'ai alors commencé à boire davantage. À boire tellement que je n'arrivais plus à m'arrêter. Quand Jess est sortie de son opération, elle était en colère contre moi. Elle m'a tout mis sur le dos, elle a dit qu'elle essayait d'avoir des enfants parce que c'était mon idée, même si c'était faux. Je l'ai laissée me crier dessus, j'ai accepté ses reproches parce que je me les faisais aussi à moi-même. Et j'ai continué à boire.

— Oh, Alexander, murmura Tabitha. Je suis vraiment désolée.

— Moi aussi.

Il toussa, la gorge serrée.

— Moi aussi. Je ne sais pas si Jess aimait l'attention qu'elle recevait quand elle était enceinte ou si elle changeait vraiment d'avis après coup, mais ça me détruisait vraiment à chaque fois qu'elle faisait une fausse couche, et quand j'ai su la vérité, je n'ai plus pu le supporter. Je l'ai mise à la porte quand elle a été remise de l'opération parce que je ne supportais pas qu'elle m'ait menti. Mais ensuite, j'étais trop ivre et trop faible pour tenir bon et je l'ai laissée revenir. Puis elle m'a quitté pour un autre homme.

Il frotta sa joue sur le dessus de la tête de Tabitha à nouveau. La femme qui se trouvait dans ses bras lui permettait d'être ancré quelque part, et même s'il se brisait à nouveau en prononçant ces mots, il n'avait pas envie de boire. Il voulait être fort.

Pour Tabitha. Pour lui.

Pour ce qu'il avait perdu et ne retrouverait plus jamais.

— Je suis pro-choix, murmura-t-il. Je pense vraiment que les femmes devraient avoir le droit de choisir. Ma mère et mes sœurs m'ont appris à être un homme meilleur et à comprendre ce genre de choses. Mais ça... c'était différent. On *essayait* d'avoir des enfants, et elle n'arrêtait pas de nous les arracher. Je n'ai jamais su quoi en penser. Aujourd'hui encore.

Tabitha bougea dans ses bras de façon à se placer à califourchon sur ses genoux.

— C'est elle, le problème. Pas toi. Vous vous êtes tous les

deux lancés là-dedans en disant que vous vouliez des enfants. Elle t'a menti. Je ne sais pas ce qui se passait dans sa tête quand elle faisait ça, mais c'est odieux. Ça me fout en rage qu'elle t'ait fait ça. Ça me fout en rage que tu aies commencé à boire à cause de ça. Mais tu es plus fort, désormais. Et je suis sûre que quoi qu'il arrive, tu vas te battre de toutes tes forces contre ces pulsions. J'ai confiance en toi, Alexander.

Un doux baiser.

— J'ai confiance en toi.

Il la serra contre lui, et ils se balancèrent l'un contre l'autre alors que le monde d'Alexander avait quitté son orbite une fois de plus.

Pourtant, avec Tabitha dans ses bras, il lui semblait qu'il pouvait retrouver son équilibre. Ça aurait dû lui faire peur, mais ce n'était pas le cas. Pas en cet instant, et peut-être jamais.

CHAPITRE NEUF

PARFOIS, quand tout le reste semble s'écrouler autour de vous, une simple sortie, sans rien de compliqué, semble être la réponse parfaite.

— Un dîner et un film ? proposa Tabby après avoir pris une gorgée de café.

C'était peut-être le soir, mais elle n'avait pas dormi beaucoup la nuit précédente et elle avait vraiment besoin d'un peu de caféine.

Ils étaient dans sa cuisine en train de décider quoi faire de la soirée. Ils avaient acheté des tickets pour un one-man-show en ville, mais après ce qui s'était passé la veille, aucun d'eux n'avait vraiment envie d'y aller.

Alexander jouait avec son verre d'eau tout en regardant son téléphone.

— On est allés voir un film la semaine dernière, et c'était le seul qu'on avait envie de voir. Je ne crois pas qu'il y ait autre chose qui soit sorti et du genre à nous brancher. Si ?

Il continua à chercher, et elle posa son café pour pouvoir se glisser sous son bras. Elle se retrouva le dos collé à son torse, enlacée contre lui tandis qu'il regardait la programmation sur son téléphone.

— Celui-là, on dirait une comédie policière, mais c'est le troisième d'une série, je crois, dit-elle en désignant l'un des posters multicolores sur l'écran.

Il appuya son menton sur le dessus de sa tête, et elle retint un soupir. Ce n'était pas de tout repos sur le plan émotionnel, mais ce genre de moments lui rappelait qu'ils étaient un couple en train de chercher son chemin. Elle ne savait toujours pas comment cela était arrivé, mais d'une façon ou d'une autre, elle s'était retrouvée dans une relation sérieuse avec Alexander Montgomery, et voilà qu'elle était là, dans ses bras, dans sa cuisine, tandis qu'ils regardaient les horaires des films.

— Oui, acquiesça-t-il. Et même si je crois avoir vu le premier, je ne crois pas m'être donné la peine d'aller voir le deuxième ou d'avoir envie d'essayer le troisième.

Il baissa la tête pour l'embrasser sur l'épaule, et elle retint un frisson.

— Et puis tu as besoin de voir les trucs dans l'ordre sinon tu paniques.

Elle fronça les sourcils avant de marcher sur le haut de son pied. Il grogna, et elle sourit, même s'il ne pouvait pas la voir. Apparemment, ses cours d'autodéfense commençaient à payer.

— Toi aussi, tu aimes regarder les films ou lire les livres dans le bon ordre.

— Mais je n'ai pas un tableur pour les livres que je possède, contra-t-il. Et je n'ai pas non plus d'autocollants dans mon agenda pour me donner la date de sortie du prochain livre de ma série préférée.

Elle se tourna dans ses bras, si bien que le téléphone dans les mains d'Alexander se retrouva derrière sa tête. Elle enlaça sa taille de ses bras et le fusilla du regard.

— C'est simplement intelligent de savoir quels livres j'ai

achetés et à quel genre ils appartiennent. Les codes couleur sauvent des vies, Alexander.

Il se mordit la lèvre, et elle comprit qu'il essayait de ne pas rire. Quand elle leva les yeux au ciel et embrassa son torse, il soupira.

— Il est tard, de toute façon. Peut-être uniquement un dîner ? Je sais que ce n'est pas ultra original, comme sortie, mais je préfère simplement passer du temps avec toi.

Il n'y avait aucune phrase qui puisse lui faire autant d'effet que celle-là.

Il voulait passer du temps avec elle.

Il la voulait, *elle*.

Jamais auparavant du temps où elle craquait sur lui, avant qu'il manque l'embrasser à la salle de sport, elle ne s'était imaginée que ce soit quelque chose qui puisse vraiment arriver. C'était bizarre à quel point les choses pouvaient changer rapidement, et pourtant ne pas être rapides du tout. Elle l'aimait, ça, elle le savait. Elle savait aussi qu'il était trop tôt pour le lui dire. Il était encore bouleversé par tout ce qu'il lui avait dit à propos de Jessica et ce qu'il avait traversé. Et elle savait qu'il faisait tout ce qu'il pouvait pour rester fort et sobre. Il était hors de question qu'elle vienne perturber ça.

Alors elle prendrait son temps et se contenterait de l'aimer comme ça.

C'était tout ce qu'elle pouvait faire. Et avec ses bras enlacés autour d'elle comme ça, ça ne semblait pas du tout une mauvaise idée.

— Je crois qu'un dîner, ce sera parfait.

Elle embrassa à nouveau son torse.

— Bien sûr, maintenant il faut qu'on décide où aller.

Il pouffa de rire ,et elle glissa la tête sous son bras pour regarder l'heure qu'il était sur le four.

— Il est six heures passées, il faut qu'on y aille maintenant, sinon on va se retrouver à dîner à huit heures, et je suis trop vieille pour ça.

Il lui donna une claque sur les fesses à ces mots, et elle retint un gémissement. Bon sang, il était capable de l'exciter avec un simple contact, ce n'était pas juste. Bien sûr, comme elle sentait la ligne dure de son sexe contre sa hanche, elle supposait qu'elle n'était pas la seule à se sentir d'humeur sexy.

— Le dîner d'abord, dit-elle avec un grand sérieux. J'ai faim, et ne viens pas me dire que tu as une boisson protéinée pour moi, ou un truc à la con comme ça.

Il écarquilla les yeux et renversa la tête en arrière en éclatant de rire.

— Est-ce que quelqu'un a déjà dit ça ? Que leur sperme suffisait ? Je veux dire, j'ai déjà fait une blague comme quoi j'avais faim avant de te bouffer la chatte, mais jamais par rapport à ma queue.

Elle leva les yeux au ciel et s'appuya contre lui.

— Comme si tu n'y avais jamais pensé.

Il l'enlaça de son bras tandis qu'ils partaient vers la voiture, comme un couple qui n'aurait pas eu la moindre inquiétude. Ce ne serait jamais comme ça entre eux, elle en était consciente. Quoi qu'il arrive, ils devraient toujours gérer le fait qu'ils avaient des passés qui n'étaient pas bien jolis. Mais ils s'en sortiraient, elle le savait. Parce qu'il n'y avait pas d'autre option, pas si elle voulait rester avec lui.

Et c'est ce qu'elle voulait. Elle avait envie de lui, d'être avec lui, et elle voulait qu'il l'aime comme elle l'aimait. Il faudrait simplement qu'elle soit patiente et qu'elle lui montre qu'ils pouvaient être ensemble.

Elle repoussa ces pensées car ce n'était pas ça qui allait l'aider pour l'instant. Ils se retrouvèrent à manger dans leur petit restau habituel plutôt qu'un endroit chic. Ils avaient déjà fait ce genre de sorties, avec les beaux vêtements et les nappes blanches. Mais ce soir, l'idée, c'était de se détendre et de manger des trucs qui leur faisaient plaisir. C'était ce dont ils avaient besoin tous les deux, après les révélations qu'ils s'étaient balancées l'un à l'autre.

Ils se calèrent dans un petit coin tranquille, même s'il y avait plus de monde que d'habitude dans le restaurant. Elle se retrouva assise à côté d'Alexander, et il passa le bras sur le dossier de la banquette pour qu'elle puisse se blottir contre lui.

— J'ai une drôle d'envie de sauce brune, dit Tabby avec un sourire.

Alexander haussa un sourcil et la regarda en secouant la tête.

— Quoi ? Je veux de la sauce brune.

— Rien que de la sauce ? Tu comptes en commander une marmite et en faire ton dîner ?

Elle renifla et étudia le menu.

— Non, idiot. Il me faut un truc pour aller avec. Probablement une escalope de poulet et de la purée de pommes de terre. Et peut-être du pain pour saucer. Rien de très diététique, et je m'en fiche. Il s'agit de se faire plaisir.

Quand il l'embrassa sur le dessus du crâne, elle se détendit contre lui. Ils pouvaient réussir, pensa-t-elle : être normaux. Ou au moins en donner l'apparence.

— Qu'est-ce que tu prends ? demanda-t-elle.

Alexander retourna le menu pour regarder la section salades et fronça les sourcils.

— Probablement une salade césar ou quelque chose comme ça. J'en ai déjà pris ici, mais elle n'est pas sur le menu. Je vais devoir leur demander de ne pas paner mon poulet.

Elle hocha la tête même si son inquiétude revint au galop. Elle n'aurait pas dit qu'il avait un trouble de l'alimentation car elle savait qu'il mangeait des choses saines et prenait des portions complètes, mais il ne se faisait jamais plaisir. C'était comme s'il avait vraiment peur de tomber dans une autre addiction. Ils étaient en public, alors ce n'était pas le bon moment pour en parler, mais peut-être qu'une fois qu'ils seraient rentrés, elle aborderait le sujet. Elle espérait seulement qu'il ne lui en voudrait pas.

Une fois de plus, elle repoussa ses pensées et s'appuya contre lui, profitant du moment. Ils mangèrent en parlant de choses et d'autres, se contentant surtout d'être ensemble. C'était ça qui était important.

Quand ils revinrent chez elle, elle avait bien mangé, mais elle avait encore de la place pour le dessert. Elle n'en avait pas commandé au restaurant car elle avait un gâteau dans le frigo et un plan bien précis pour le gâteau en question et l'homme à ses côtés.

— Tu peux venir avec moi dans la cuisine ? demanda-t-elle en essayant de garder une voix neutre.

Il fronça les sourcils et la suivit.

— Qu'est-ce qui se passe ?

Tabby poussa un soupir et espéra qu'elle ne se trompait pas en faisant ça. Elle sortit le gâteau au chocolat du frigo, elle l'avait acheté sur un coup de tête parce qu'elle avait passé une mauvaise journée mais ne l'avait pas encore mangé, et prit deux fourchettes dans le tiroir.

— Je veux que tu manges du gâteau avec moi.

Il fronça les sourcils, mais son regard était posé sur la montagne indécente de chocolat, pas sur elle.

— J'ai déjà mangé.

Elle poussa un soupir et posa le gâteau sur la table.

— Bon, je vais dire un truc, et c'est probablement déplacé, tu pourras me le faire sentir, mais j'y ai beaucoup réfléchi, alors voilà.

Alexander raidit les épaules, mais il hocha la tête.

— D'accord.

Elle pinça les lèvres et le regarda droit dans les yeux.

— Je m'inquiète pour toi.

Il ne dit rien, alors elle poursuivit.

— Je ne pense pas que tu aies un trouble alimentaire, tout comme je ne pense pas que le fait que tu fasses de la boxe soit un problème la plupart du temps, mais je m'inquiète que ça *puisse* devenir des problèmes. Et je sais que personne ne pense aux hommes quand on parle de troubles alimentaires, mais ça arrive et... je tourne en rond.

Il secoua la tête et croisa les bras sur sa poitrine.

— Je mange sainement, Tabitha. Ça ne veut pas dire que je ne mange pas ou que je me fais vomir. Je mange la bonne quantité pour mon poids, ma taille et mon activité physique. Quant à la boxe...

Il poussa un soupir.

— À l'exception du combat que tu as vu, normalement, je ne me précipite pas tête la première contre des types que je suis incapable de vaincre. C'est contrôlé, et c'est un moyen de brûler des calories et de m'amuser. Normalement, ce n'est pas dangereux. J'ai été idiot une fois, mais d'habitude, ce n'est pas comme ça.

Elle avança vers lui et posa les mains sur son torse. Il ne recula pas, et elle prit ça comme un bon signe.

— Je sais tout ça et je te crois. Je sais que je me mêle de ce qui ne me regarde pas. Mais je... je m'inquiète pour toi.

Elle avait failli dire qu'elle l'aimait et était soulagée d'avoir changé sa phrase à la dernière seconde. Ce n'était pas le bon moment pour ça.

— Je crois que j'ai l'impression que tu es tellement rigide sur certains trucs parce que tu as peur de perdre pied à nouveau, comme tu l'as fait avec l'alcool.

Les yeux d'Alexander étincelèrent.

— Continue.

Elle pinça les lèvres, consciente qu'elle était en train de merder.

— Je... je fais ça de travers. Tu ne fais rien de *mal*, mais je voudrais que tu te rendes compte que tu es fort, Alexander. Tu es tellement fort. Je sais que ce n'est pas l'impression que tu as, mais je le vois chaque jour, et je vois ce que tu es capable de faire. Je ne veux pas que tu t'empêches de manger du gâteau parce que tu as peur que si tu en prends une seule bouchée, tu ne seras plus capable de t'arrêter. Je ne veux pas que tu te lances dans des combats contre des adversaires trop forts pour toi parce que tu penses que tu mérites d'être puni. Je veux que tu saches que je suis là. Ta famille est là. Et *toi*, tu es là. Tu connais la limite. Tu ne vas pas la franchir. Tu ne vas pas te laisser aller. Tu ne t'y autoriseras pas. Mais je ne veux pas que tu te fasses du mal en pensant que tu *risques* de le faire.

Il garda le silence pendant si longtemps qu'elle eut peur d'avoir tout gâché. Peut-être que c'était ce qu'elle avait fait. Peut-être qu'elle se plantait et qu'elle avait tort sur toute la ligne. Peut-être qu'il allait prendre la porte et ne jamais revenir.

Et si elle s'était trompée dans son petit discours, peut-être que c'était ce qu'elle méritait.

Quand il avança pour prendre son visage entre ses mains, les larmes lui montèrent aux yeux, et elle se détesta pour cela.

— Comment ça se fait que tu puisses lire en moi comme ça alors que personne d'autre ne le peut ?

Parce que je t'aime.

Bien sûr, elle ne dit pas cela.

— Parce que je tiens à toi, murmura-t-elle, consciente qu'elle n'osait pas lui en révéler davantage.

— Je fais attention à ce que je mange. Attention aux jobs que j'accepte. Et en général, je fais attention à ce que je fais subir à mon corps sur le ring. Il faut que je fasse attention, Tabitha. Je n'ai pas fait attention à moi par le passé, et je me suis bien planté.

— Tu ne t'es pas planté tout seul.

Son regard s'emplit de chaleur, mêlée à quelque chose qu'elle ne reconnut pas mais qui ressemblait drôlement à du mépris.

— Elle ne m'a pas fait boire. Ça, c'est moi. Elle a peut-être contribué aux circonstances qui m'ont conduit là, mais c'est moi qui ai ouvert la bouteille. Et la suivante. Et celle d'après, jusqu'à ce que je ne sois plus capable de les compter. Je ne peux pas tout lui mettre sur le dos et me regarder dans la glace. C'est en assumant que j'ai pu m'en sortir, que j'ai réussi la désintox et à passer cette première année de sobriété.

Elle passa ses mains autour de sa taille et le laissa exprimer ce qu'il avait besoin de dire.

— Je sais que je peux manger du gâteau ou faire une grosse bouffe avec ma famille, et que je devrais probablement le faire, mais j'ai vraiment l'impression que j'ai besoin de faire attention. Je n'ai pas envie de me trouver une nouvelle addiction.

Il fit glisser son pouce sur la joue de Tabitha.

— C'est pour ça que j'ai failli ne pas t'embrasser, murmura-t-il.

Elle écarquilla les yeux.

— Quoi ?

— Je savais que je pouvais devenir accro à toi. Pas de la même façon, et ce n'est sûrement pas aussi dangereux, mais je savais qu'il fallait que je fasse *attention*. Je n'utilise pas le mot addiction à la légère, et c'est ça qui me fait peur.

Elle ne savait pas quoi répondre à ça, ni même quoi penser.

— Je ne veux pas que tu aies peur.

— Moi non plus je n'ai pas envie d'avoir peur.

Il prit une grande inspiration et ne retira pas ses mains du visage de sa compagne.

— Je fais attention, Tabitha. Parfois trop, je sais. J'ai vu comment ma famille me regarde ou, plus précisément, comment ils faisaient attention à ne *pas* regarder vers moi pendant qu'on mangeait chez eux, quand tu as fait tomber ton verre d'eau.

Il sourit.

— Merci, d'ailleurs.

— Ça m'énervait de voir tout le monde ne rien oser dire parce que tu étais là, alors j'ai fait ma nunuche.

Il lâcha son visage et posa ses mains sur sa taille à la place.

— Je ne peux pas te promettre de me remettre à manger autant qu'avant, et je ne crois pas que c'était très bon pour ma santé, de toute façon, mais je vais essayer de moins me prendre la tête là-dessus. Je ne sais pas, je crois que ça me semblait plus facile de me concentrer sur ça et la boxe plutôt que de me demander si je n'allais pas prendre un verre à la place.

Elle en avait mal au crâne pour lui, et elle eut envie de se mettre des baffes d'avoir lancé le sujet.

— Je ne veux pas que tu manges des tonnes ou que tu deviennes complètement fou. Mais je ne veux pas non plus que ça soit une source de stress pour toi. Cela dit, si tu penses que c'est nécessaire parce que ça t'aide à rester sobre... alors je ne dirai plus rien à ce sujet.

Elle grimaça.

— Je ne sais pas trop comment gérer ça, même si je lis sur la question.

Elle marqua une pause.

— Je n'ai pas réussi à aider Michael, comme tu le sais. Avec toi, je ne veux pas rater.

Il poussa un juron et la rapprocha de lui.

— Ma belle, tu ne rates rien du tout. Tu me montres que tu tiens à moi. C'est carrément mieux que de rester à distance et me regarder me planter. Et pour Michael, ce n'est pas ton échec. Parfois, il faut savoir prendre soin de soi-même aussi. C'est ce que tu as fait avec lui, n'est-ce pas ? Quand il s'est avéré qu'il ne voulait pas d'aide ?

Elle hocha la tête.

— J'ai essayé. Vraiment. Mais ça n'a pas suffi. Et ça commençait à devenir dangereux de vivre avec lui parce que je ne savais jamais quand il allait se remettre à me crier dessus ou si ça allait empirer. J'ai essayé d'aider Angel, mais comme je n'étais pas sa tutrice légale, il n'y avait rien que je puisse faire. Et arrivé là, il était trop tard, et Michael était parti. Je *sais* que la situation avec lui à l'époque et ce qui se passe entre toi et moi sont deux choses complètement différentes, et même dans mon esprit je les tiens séparées, mais parfois, ça se mélange un peu.

Il coinça une mèche de cheveux derrière son oreille.

— Je comprends que ça se mélange. Et tu t'en sors très bien, ma belle.

Il l'embrassa tendrement, et elle se laissa aller contre lui.

— Tellement bien que j'ai envie de manger du gâteau.

Son regard se fit plus sombre.

— Mais seulement si je peux me servir de tes seins comme assiette.

Et comme ça, toutes les inquiétudes de Tabitha quant à lui et à l'avenir disparurent. Il savait s'y prendre.

— Tu es sûr que tu veux du gâteau ? demanda-t-elle doucement, avec un petit grincement dans la voix. Je ne veux pas te forcer à faire quelque chose que tu n'as pas envie de faire.

Il lui fit un clin d'œil.

— Je crois que je peux trouver une ou deux idées pour faire fonctionner ça.

Elle sourit à ces mots, consciente que sur ce point-là au moins, ça allait bien se passer. Comme elle l'avait dit, il n'y avait rien de mal avec ce qu'il faisait, elle avait simplement peur que ça *devienne* un problème. Elle était peut-être allée trop loin, mais pour le moment, il n'avait pas dit que c'était le cas.

Et vu l'expression dans ses yeux, il y aurait effectivement un dessert ce soir.

Et bien davantage.

Le lendemain soir, alors qu'elle était attablée avec ses amies dans le café d'Hailey, elle ne parvenait pas à se sortir le gâteau de la tête. Bien sûr, le fait que son amie ait confectionné des tonnes des sucreries et les ai disposées devant elles pour leur soirée entre filles ne l'aidait en rien, même si c'était un autre gâteau qu'elle avait en tête.

Non, ses pensées tournaient autour d'un certain Montgomery et de ce qu'il savait faire avec sa langue.

— Tu es en train de penser à un truc cochon, intervint Maya, la tirant de ses pensées. Balance.

Comme les pensées cochonnes en question concernaient le frère de Maya, il était hors de question que Tabby balance quoi que ce soit.

— Je ne vois pas de quoi tu parles, dit-elle avant de prendre une gorgée de chocolat chaud.

Bien sûr, personne à la grande table ne la crut, mais tant pis. Elles allaient devoir faire avec.

— Elle ment, dit Miranda avec un sourire. Elle ment et elle est sexuellement repue. C'est une mine que je connais bien.

Tabby se garda de regarder vers la plus jeune des Montgomery et continua à boire son chocolat.

— Bien sûr que tu connais cette mine, dit Hailey en s'asseyant sur la chaise libre en bout de table. Tu as exactement la même.

Miranda eut un sourire rayonnant.

— Oh que oui. Decker voulait m'aider à m'échauffer avant la soirée filles.

Everly, que Tabby avait amenée avec pour la première fois à cette soirée filles, se pencha et murmura de façon bien audible :

— Est-ce qu'elles sont toutes aussi ouvertes quant à leurs vies sexuelles ?

Holly, une amie de Maya qui était aussi l'ex-petite amie de son mari, se mit à rire.

— Oui. Enfin, pas moi vu qu'il ne se passe rien de ce côté-là en ce moment, mais sinon oui.

Maya rit et la serra dans ses bras.

— Oh, regarde qui parle de sexe sans rougir. Je commence enfin à te corrompre.

Holly couvrit son visage de ses mains.

— Je n'arrive pas à croire que j'ai dit ça.

Elle baissa les mains et fusilla Maya du regard.

— Tu es terrible, Maya Montgomery-Gallagher.

Maya se rengorgea.

— Oh oui, ça, c'est sûr. Et je suis sexuellement rassasiée, si vous vous posez la question. Jake et Border voulaient aussi faire en sorte que je sois dérouillée avant que la soirée commence.

Le chocolat de Tabby lui ressortit par les narines, elle dut le reposer et utilisa les serviettes en papier que Meghan lui passa pour nettoyer. Il y avait une raison pour laquelle elle adorait les Montgomery, et ce genre de soirées n'y était pas étranger.

— Dérouillée ? demanda Meghan, un sourcil haussé.

C'était la plus âgée des filles chez les Montgomery, et elle était douée pour jouer les grandes sœurs.

— C'est ça ton vocabulaire ?

Maya haussa une épaule.

— Quel mot tu veux que j'utilise ?

— Eh bien, ta sœur a déjà dit sexuellement repue, intervint Autumn. Je dirais que je suis essorée.

La fiancée de Griffin Montgomery leur fit un clin d'œil.

— J'ai de nouveau dû jouer les secrétaires vu que Griffin voulait... dicter.

Tabby se mit à rire alors que les sœurs Montgomery gémissaient.

— Quoi, vous croyez qu'on parle de tricot ou quoi ?

Maya haussa un sourcil, et le piercing à son arcade brilla dans la lumière.

— Probablement. Je ne peux pas faire de tricot parce que je dois économiser mes mains pour le pistolet à tatouer, mais je sais que Holly tricote. Elle a fait une couverture adorable pour Noah.

Holly gémit.

— Oui, je tricote. Et je collectionne des autocollants pour mon agenda. Je suis comme ça.

Tabby se pencha en avant, tout excitée.

— Qu'est-ce que tu utilises comme agenda ? Je pense prendre un *bullet journal* pour l'an prochain, mais j'aime bien l'agenda que j'ai pour le moment, tant que je peux ajouter des trucs sur l'ordi à côté.

Holly eut un immense sourire.

— Tu fais partie de la secte des adoratrices d'agenda ?

Everly gémit.

— Oh Seigneur, elles sont deux.

Tabby fusilla son amie du regard.

— Je te rappelle que tu as un agenda aussi. Ce n'est pas parce que tu n'utilises pas d'autocollants et de tampons que tu n'es pas une planificatrice.

— Je n'ai pas de washi, protesta Everly. Ce qui veut dire que je suis toujours du côté des gens sains d'esprit.

— C'est quoi le washi et comment je peux m'en servir pour

rester organisée ? demanda Meghan. Avec le bébé, j'ai l'impression de m'éparpiller.

— On est deux, ajouta Miranda.

Tabby joignit les mains, les yeux brillants.

— Mesdames, je vais vous faire entrer dans le monde passionnant des agendas et de la planification.

— *Rejoignez-nous. Rejoignez-nous*, ajouta Everly d'une voix robotique, pince-sans-rire.

Toute la tablée éclata de rire.

— Je ne sais pas quand est-ce qu'on est devenues le groupe de filles qui parlent d'agendas et de bébés plutôt que de prendre des shots au bar, mais ça me plaît plutôt, dit Maya. Je suis simplement triste que Callie n'ait pas pu venir parce qu'elle est coincée à la maison avec le bébé et son homme qui a un *Rhume*.

Tabby frissonna.

— Oh. Un Rhume Masculin.

Les filles portèrent un toast à ces mots. Autumn sourit et joua avec sa boisson.

— On grandit. Même si je suis sûre que la prochaine soirée filles sera dans un bar. Après tout, on ne passe pas tout notre temps chez Hailey.

Celle-ci haussa les épaules.

— Vous avez dit que ce serait une soirée rapide, et je me suis dit qu'on pouvait faire monter notre taux de sucre. Les garçons sont ensemble ce soir, de toute façon, puisque vos parents voulaient les enfants, non ?

— Oui, répondit Maya. Je ne sais pas comment maman et papa font, mais avec Leif, ils devraient s'en sortir.

— Qu'est-ce qu'il y a avec Leif ? demanda Sierra en sortant de la salle de bain. Il vient de m'envoyer un SMS pour dire que les bébés dorment et que les grands ont mis un film.

Tabby sourit. Elle appréciait le fait que les Montgomery

soient si proches. Elle était proche de sa famille, bien sûr, mais comme elle ne vivait pas dans la même région qu'eux, c'était un peu différent.

— On disait que comme Leif est là-bas, tes parents devraient s'en sortir, dit-elle.

Sierra sourit.

— Il est vraiment devenu un jeune homme merveilleux, dit-elle. Je n'arrive pas à revenir du fait que je suis sur le point d'élever un ado.

— Les hormones, ma vieille, intervint Maya. Les hormones.

Elles portèrent un nouveau toast à ces mots et étaient en train de rire quand les garçons entrèrent. Ils étaient impressionnants, les Montgomery et leurs amis : un groupe de mecs bourrus, barbus et tatoués, mais souriants. Même si chacun d'eux était sexy, il n'y en avait qu'un sur lequel Tabby avait envie de se jeter, et il n'était pas avec les autres. Elle fronça les sourcils mais ne dit rien car elle n'avait pas envie d'attirer l'attention sur elle et Alexander.

— Vous ne pouviez pas vous passer de nous ? demanda Maya en se levant de son siège.

Ses deux hommes l'attrapèrent et l'embrassèrent avec bien trop d'ardeur alors qu'ils étaient en public, mais ça ne sembla choquer personne.

— Non, dit Jake avec un sourire.

— Pour tout avouer, on a entendu dire qu'il y aurait des cookies par ici, alors c'est lui qui a suggéré qu'on se pointe après notre partie.

Bizarrement, ils étaient allés au bowling car ils s'ennuyaient et n'étaient pas d'humeur à faire la tournée des bars. Apparemment, ils avaient tous pris un peu d'âge et de sagesse. Enfin, au moins un peu d'âge.

Tous ceux qui étaient en couple allèrent retrouver leur moitié, et bientôt, tout le monde avait des boissons et des gâteaux, et les deux groupes se mêlèrent comme si c'était ce qu'ils avaient prévu depuis le départ.

Storm alla trouver Tabby, une drôle d'expression sur le visage.

— Alex est dans la voiture, expliqua-t-il. Il devait répondre à un mail d'un client ou je ne sais quoi, mais il devrait nous rejoindre bientôt.

— D'accord, dit-elle lentement.

Elle ne savait pas trop combien de temps Alexander et elle garderaient leur relation secrète, et franchement, elle ne savait plus trop pourquoi ils le faisaient. Ça avait semblé logique au début, tant qu'ils n'étaient pas vraiment sûrs de ce qu'ils faisaient, mais désormais, ils étaient bien plus proches qu'au début.

— Everly, dit doucement Storm. Je ne savais pas que tu serais là.

Ce fut au tour de Tabby de jeter un regard bizarre à Storm.

— Vous vous connaissez ? demanda-t-elle.

Everly haussa les épaules et sourit à Storm.

— Ça fait un moment qu'on est amis, maintenant.

Storm lui ouvrit ses bras, et Everly l'enlaça avec aisance, comme s'ils avaient fait ça un millier de fois.

— J'étais ami avec Jackson.

Tabby fit claquer ses doigts.

— C'est toi qui fais des travaux chez elle ?

Elle se tourna vers Everly.

— Pourquoi tu ne m'as rien dit ?

Son amie haussa les épaules alors qu'elle se détachait de Storm.

— Parce que ce n'est jamais venu dans la conversation, tout simplement. Ce n'était pas pour te cacher des choses. Promis. Mais entre les enfants et la librairie, en général, j'ai autre chose en tête.

À nouveau, une drôle d'expression se peignit sur les traits de Storm, et il afficha un sourire forcé.

— J'aide beaucoup d'amis qui ont besoin d'un coup de main. Même si Wes prétend que je ne fais que des dessins, il m'arrive d'utiliser mes dix doigts pour autre chose.

Wes lui fit un doigt d'honneur sans interrompre la conversation qu'il avait avec Griffin et Autumn.

Intéressant. Très intéressant.

Mais avant qu'elle puisse y réfléchir davantage, Alexander entra dans le café, le regard sur elle. Sans lui laisser le temps de réagir, il fonça droit sur elle et prit son visage entre ses mains.

Il effleura ses lèvres des siennes, et elle lui sourit.

— Salut, murmura-t-il.

— Salut.

La pièce plongea dans le silence, et Tabby rougit, consciente que tout le monde les regardait. Maya fut la première à rompre le silence en poussant un sifflement.

— Il était temps.

Tabby croisa le regard d'Alexander et sourit alors que tous les gens auxquels elle tenait dans cette pièce se mettaient à rire avant de retourner à leurs affaires. Elle n'avait jamais été aussi heureuse de sa vie, et elle avait le sentiment que tous les gens qui la voyaient s'en rendaient compte.

Elle était dans les bras de l'homme qu'elle aimait, elle était entourée d'amis auxquels elle tenait, et il y avait du gâteau derrière elle sur la table.

Elle n'aurait rien pu demander de plus.

Du moins, elle l'espérait.

EVERLY

BIEN SÛR, il avait fallu que son évier fuie et se mette à lâcher non seulement de l'eau, mais aussi le contenu du broyeur à déchets sur le carrelage de la cuisine. Il régnait une légère odeur de moisi chez elle, grâce à l'évier cassé, et Everly avait mal à la tête. Elle savait faire quelques réparations de base parce qu'elle avait dû apprendre à gérer après la mort de Jackson, mais ça, elle ne savait pas s'en occuper.

Elle avait commencé par couper l'eau dans la maison parce qu'elle ne savait pas quoi faire d'autre.

Puis elle n'eut plus qu'à appeler la seule personne qui lui viendrait en aide.

Elle aurait pu appeler un plombier, bien sûr, mais alors, Storm ferait la tête et lui reprocherait d'avoir gaspillé de l'argent. Il ne se mettait pas vraiment en colère vu qu'il lui adressait à peine la parole, ces temps-ci. Mais il suffisait de sa moue sévère pour qu'elle comprenne qu'elle l'avait *déçu*. Bon sang, elle détestait ça.

Mais il avait été l'ami de Jackson et, d'une façon ou d'une autre, il était devenu son ami à elle aussi.

Alors elle allait devoir faire contre mauvaise fortune bon cœur et demander de l'aide.

Oh, ce qu'elle *détestait* demander de l'aide.

Nathan et James se mirent à pleurer dans le salon où ils jouaient avec des cubes, et elle soupira. Pas de temps à perdre. Pas alors que les jumeaux étaient en train de pleurer et que l'état de sa maison empirait de seconde en seconde.

Elle composa rapidement le numéro et pria pour que tout se passe bien.

— Everly ? Qu'est-ce qui ne va pas ?

La voix de Storm était tout à la fois brusque et attentionnée. Elle ne comprenait vraiment pas cet homme. Il avait été l'ami de Jackson et pas forcément le sien, mais pour elle ne savait quelle raison, Storm s'était mis en tête qu'il était de son devoir de l'aider. Elle aurait dû couper le cordon il y avait bien longtemps, mais les jumeaux avaient besoin d'une présence masculine dans leur vie, même s'il ne venait là que quand il y avait un problème à résoudre. Parce que bien sûr, Storm demandait toujours ce qui n'allait pas. Elle ne l'aurait pas appelé si tout allait bien.

— Mon évier est en train de recracher son contenu dans la cuisine. Je ne sais plus trop quoi faire, là. Je sais que tu n'es pas plombier, mais tu es sûrement plus doué que moi, car à part utiliser une ventouse, je ne sais pas quoi faire.

Il poussa un juron.

— Tu as coupé l'eau ?

— Oui.

Ça, quand même, elle savait faire. Et dès qu'elle aurait le temps, elle prendrait un livre dans sa librairie pour apprendre à faire ce genre de choses par elle-même. Il y avait toujours moyen d'apprendre avec ses livres.

— D'accord, j'arrive. Ne touche à rien.

Il raccrocha avant qu'elle puisse répliquer quelque chose de mordant, et elle soupira.

James poussa un cri, et elle se précipita dans le salon pour s'assurer que tout allait bien avec les jumeaux. Il y avait peut-être une inondation dans la cuisine et des factures à payer, mais les garçons passaient en premier. Toujours.

Storm arriva devant chez elle moins de vingt minutes plus tard, et il n'était pas seul. Une femme gracile avec une boîte à outils dans les mains se tenait à ses côtés, un sourire sur le visage.

Everly cligna des yeux, surprise, mais elle fit de son mieux pour ne pas le montrer.

— Oh, salut. Merci d'être venu.

Elle recula d'un pas, et Storm et la femme qui l'accompagnait entrèrent chez elle.

— Voilà Jillian, au fait. Elle est plombière, et certainement plus qualifiée que moi pour gérer ça. Enfin, j'aurais sûrement pu m'en charger, mais ça lui prendra moitié moins de temps.

Jillian leva les yeux au ciel et tendit la main à Everly.

— Storm et moi étions sortis déjeuner quand tu as appelé, alors je me suis dit « autant venir ici ». Comme ça, ton évier sera réparé pour de vrai.

Storm fusilla Jillian du regard, mais il y avait dans son regard quelque chose de chaleureux qu'Everly ne lui connaissait pas. Oh. Ça devait être sa petite amie. Elle était au courant : elle savait qu'il voyait quelqu'un. Ce n'était pas comme si Storm et elle étaient quoi que ce soit de plus que deux personnes unies par le souvenir de quelqu'un qui n'était plus là, mais c'était bizarre de le voir comme ça.

— Alors, je peux voir ta cuisine ? demanda Jillian.

Elle ne faisait montre d'aucune curiosité ou jalousie à l'idée que Storm se précipite chez Everly pour l'aider comme ça. Soit

Jillian était très sûre d'elle, soit elle avait confiance dans sa relation avec Storm.

Quoi qu'il en soit, ça n'aurait pas dû avoir la moindre importance pour Everly, et ça n'en avait pas !

— C'est juste par-là, dit-elle en désignant la direction. Je t'accompagne.

— Oncle Storm ! cria Nathan en se précipitant dans les jambes de Storm, James sur les talons.

— Tu es là ! cria celui-ci.

Ils n'avaient pas vraiment d'autre mode de parole que les cris, même si Everly faisait de son mieux pour leur apprendre à parler normalement.

— Mes fils, expliqua Everly tandis que Jillian souriait en voyant les deux petits se précipiter dans les jambes de Storm.

— Ils sont mignons, dit Jillian. Vraiment mignons.

Visiblement, elle avait l'air de le penser. Elle fit signe de la main aux garçons qui se cachèrent avec timidité derrière les jambes de Storm.

— Bon, d'accord, je vais me mettre au travail.

Everly accompagna aussitôt l'autre femme dans la cuisine, consciente que sa maison n'était pas totalement au point. Sa belle-famille détestait ça, mais il y avait des limites à ce que pouvait faire au quotidien une mère célibataire, propriétaire d'un commerce.

— Oh, fun, dit Jillian.

Everly ne savait pas trop si elle se montrait sarcastique ou non.

— Je vais passer sous ton évier et me mettre au travail. Tu peux retourner avec les garçons, si tu veux. Ou faire le millier de choses que tu dois avoir à gérer.

Everly jeta un regard curieux à l'autre femme, et Jillian l'interpréta en répondant :

— J'ai été élevée par un père célibataire. Il n'avait pas beaucoup d'aide, alors je me suis en partie élevée moi-même. Je sais que tu as sûrement tout un tas de trucs à faire, alors je ne veux pas te retarder. Je vais faire en sorte que tu aies un souci en moins.

— Bon, merci, dit Everly en se secouant. Je suis vraiment, vraiment reconnaissante. Et si Storm s'occupe des garçons, alors je vais pouvoir prendre une minute pour finir de m'occuper des factures.

Jillian frissonna d'un air exagéré.

— Les factures. Affreux.

— Exactement.

Everly était en train de sourire quand elle passa devant les garçons qui étaient collés à Storm dans le salon. Storm lui fit un clin d'œil quand il croisa son regard, ce qui la surprit, mais elle leur fit un signe de la main avant de passer dans son petit bureau. Est-ce que c'était comme ça que vivaient les gens qui avaient toujours quelqu'un avec eux pour les aider ? Est-ce que c'était ça d'avoir un partenaire quand les choses partaient de travers ?

Elle secoua la tête et soupira avant de retourner à ses paperasses. Elle envoya un texto rapide à Tabby car elle avait oublié que son amie avait appelé pour lui poser une question. Maintenant que Tabby et Alex étaient officiellement en couple, elle la voyait moins que d'habitude, mais, franchement, elle ne pouvait pas lui en vouloir.

Les Montgomery avaient le chic pour faire ça.

— Et voilà, dit Jillian en la tirant de ses pensées.

Elle releva la tête et cligna des yeux.

— Vraiment ? Combien de temps j'ai passé à travailler ici ?

Jillian sourit et s'appuya de la hanche contre l'encadrement de la porte.

— Seulement vingt minutes. C'était une réparation plutôt

simple, une fois que j'ai compris ce qui n'allait pas. Et j'avais la pièce de rechange dans mon camion.

Elle croisa le regard d'Everly et sembla savoir ce qui lui passait dans l'esprit.

— Si tu n'avais pas la pièce, tu n'aurais pas pu réparer toi-même. Alors ne te mets pas martel en tête. D'accord ?

Sans trop savoir quoi dire, Everly ramassa son carnet de chèques et hocha la tête.

— Eh bien, merci. Ça m'a vraiment dépannée. Combien je te dois ?

Jillian lui fit signe que ce n'était rien.

— Pas la peine. C'était facile.

— Mais tu as travaillé et tu devrais être payée pour ça. Peu importe que ça ait été facile ou non.

— Bon, voyons ça comme un tarif d'amis pour ma première prestation, dit Jillian au bout d'un moment. Je te ferai payer la prochaine fois, mais ça veut dire qu'il faudra que tu appelles Storm ou moi pour qu'on t'aide.

Elle lui fit un clin d'œil.

— Ça me fera de la clientèle, comme ça.

Everly rit, un peu perdue, en reposant le carnet de chèques.

— D'accord, alors. On peut faire comme ça.

Elle ne se lança pas dans une explication de pourquoi elle avait appelé Storm à la base, mais de toute façon, elle ne savait pas trop pourquoi elle l'avait fait.

Les deux femmes revinrent dans la cuisine et y trouvèrent Storm et les garçons en train de tout nettoyer. Everly resta immobile sur le seuil tandis que Jillian donnait un coup de hanches à Storm pour lui prendre le balai des mains et le ranger. Everly fit de son mieux pour lutter contre les larmes qui montaient. Elle était tellement habituée à faire les choses par elle-même, bon sang. Elle ne pouvait pas s'habituer à ça.

Et c'est probablement pour ça que sa voix fut un peu plus dure qu'elle ne l'aurait voulu quand elle dit :

— Merci pour le coup de main. Les garçons, dites au revoir à Storm et Jillian.

Storm lui lança à nouveau ce drôle de regard avant de serrer les garçons dans ses bras pour leur dire au revoir. Jillian leur fit un petit signe de la main et, bien vite, Everly se retrouva seule avec les jumeaux à nouveau.

Seule.

Elle faillit envoyer un SMS à Tabby pour lui parler de ce qui se passait dans sa tête, mais elle se retint. Ce n'était pas la peine. De toute façon, ça ne rimait à rien, et au final, Everly se retrouverait seule. Parce que c'était la seule chose qu'elle savait faire.

CHAPITRE DIX

QUELQU'UN FRAPPA à sa porte d'entrée, et Tabby prit une grande inspiration. Elle avait eu une réunion en ligne ce matin-là, allait être en retard au travail et n'avait pas la moindre idée de qui ça pouvait être. Alexander était parti tôt ce matin-là pour rejoindre Brody à la salle de sport, et elle supposait donc que ce n'était pas lui qui tapait à la porte en cet instant.

Un frisson de peur la parcourut alors qu'elle se rappelait comment leur ancien client, Charles, était venu la trouver au bureau avec toute cette colère en lui. Mais ça ne pouvait pas être lui. Il ne connaissait pas son adresse et était toujours incarcéré en attendant son procès.

Elle fit craquer ses épaules et regarda par l'œilleton. Dès qu'elle vit qui c'était, elle cria et ouvrit la porte.

— Qu'est-ce que vous faites là ?

Elle n'attendit pas la réponse et se jeta sur le frère le plus proche d'elle.

Dare recula en la serrant dans ses bras. Il rit.

— On était dans le coin.

Elle se retira et lui donna un petit coup dans l'épaule avant de se détacher pour aller étreindre Fox, puis Loch.

— Dans le coin ? Parce que Denver est si proche de la Pennsylvanie.

— C'est vrai, dit Dare avec un grand sourire.

— Oui, on a dû sauter dans un avion pour ça, mais tu vois ? On était dans le coin, la taquina Fox.

Loch se contenta de lui adresser un regard qui lui apprit que c'était une idée des autres, et elle secoua la tête. Elle adorait ses frères, même s'ils l'agaçaient terriblement.

— Bon, entrez, mais soyez prévenus, je suis à la bourre sur le ménage alors n'allez pas me balancer à maman.

Elle prit la main de Fox pour le tirer à l'intérieur, et les deux autres les suivirent. Bon sang, ils lui manquaient tellement. Ses parents aussi. Elle avait beau être proche des Montgomery, ce n'était pas sa famille. Il fallait qu'elle fasse en sorte de les voir plus qu'une fois par an, parce que pour devenir sentimentale comme ça, c'était que la maison lui manquait vraiment.

— On ne lui dira pas tant que tu ne vas pas lui parler de l'allure qu'ont *nos* maisons, intervint Dare.

— Tu peux parler, dit Loch. Je suis propre, moi.

Tabby leva les yeux au ciel et leur distribua une nouvelle tournée de câlins. Ils la laissèrent faire, ce qui lui prouva qu'elle leur avait manqué aussi.

— Qu'est-ce que vous faites là ? demanda-t-elle à nouveau. Et ne me dites pas que vous passiez dans le coin. Je veux la vérité.

Une alarme sonna sur son téléphone, et elle poussa un juron.

— Ne laisse pas maman entendre ce genre de mots sortir de ta bouche, la taquina Fox.

Elle lui fit un doigt d'honneur en éteignant l'alarme, au grand amusement des autres.

— Ça, c'est le signal que je suis censée enfiler mes chaussures et partir au bureau. Vous avez de la chance que je sois encore là, d'ailleurs, d'habitude, à cette heure-là, je suis déjà au travail.

Loch haussa les épaules.

— On s'est dit qu'on passerait ici d'abord avant d'aller à Montgomery Inc. D'une façon ou d'une autre, on t'aurait trouvée.

Elle fronça les sourcils alors qu'elle enfilait ses chaussures et attrapait son sac.

— Si vous aviez appelé, ça aurait été plus simple.

— Mais alors ça n'aurait pas été une surprise, expliqua Fox. Et vu comment tu es en train de te préparer, tu vas vraiment aller au travail quand même ?

Elle souffla.

— Oui, j'ai des responsabilités. Mais vous pouvez toujours me suivre si vous voulez voir où je travaille. Et puis vous pouvez aller faire du tourisme ou je ne sais quoi. Peut-être qu'on peut se débrouiller pour déjeuner ensemble.

Elle ne savait plus où donner de la tête.

— Mince. Vous savez que je planifie mes journées, les garçons. Je ne suis pas douée pour la spontanéité.

Dare jeta un regard à ses autres frères, et elle pinça les lèvres. Il y avait un truc de bizarre, et elle voulait vraiment savoir ce que c'était.

— On s'inquiète pour toi.

Elle cligna des yeux.

— Pourquoi ?

Fox la fusilla du regard tandis que Loch croisait les bras devant sa poitrine, mais ce fut Dare qui reprit la parole :

— Voyons voir, d'accord ? Tu prends des cours d'autodéfense à cause d'un type qui t'a agressée au travail. Tu sors avec Alex Montgomery, le mec sur qui tu as craqué depuis longtemps et, apparemment, tu continues à chercher Michael et Angel au milieu de la nuit. Est-ce que c'est bien ça ?

Les yeux écarquillés, elle reposa ses affaires.

— Hein ? Comment vous savez tout ça ?

— Pourquoi tu ne nous en as pas parlé à la base ? intervint Fox. Pourquoi est-ce qu'il a fallu qu'on apprenne par d'autres gens que c'est le bordel dans ta vie ? C'est pour ça que tu aurais dû rester en Pennsylvanie, bon sang. Comme ça, on aurait pu faire attention à toi.

Elle étrécit les yeux.

— Tu veux dire « diriger ma vie ».

— Eh bien, tu as l'air déterminée à faire n'importe quoi ! hurla Dare.

— Arrête, dit lentement Loch, d'une voix basse. Crier ne va rien résoudre du tout, et elle a dit qu'elle ne pouvait pas être en retard au travail. On ne va pas lui rajouter des problèmes.

Il croisa le regard de Tabby.

— Je t'assure qu'on n'est pas là pour ça. Mais on est effectivement inquiets. D'abord, Marie Montgomery a appelé maman pour lui dire à quel point elle était choquée que tu aies été agressée. Maman était énervée que ce ne soit pas *toi* qui le lui aies dit. Papa aussi, et pour tout dire, nous aussi. Je sais que tu veux être indépendante, et tu es une adulte, mais si un taré te fait du *mal*, tu nous en parles, bon sang.

Elle déglutit avec difficulté.

— Je... ne voulais pas vous inquiéter.

Et elle avait eu peur que ses frères, et même ses parents, se pointent comme ça. Elle était peut-être au milieu de la vingtaine, mais sa famille avait tendance à réagir de façon excessive face à ce genre de choses.

— Bon, on est inquiets, cracha Fox.

— Parle-nous, putain, jura Dare. Ne nous cache pas des trucs pareils. Je sais que tu veux faire les choses par toi-même, mais on a besoin de savoir ce genre de choses. On le mérite.

— Quant à Michael et Angel, poursuivit Loch, j'ai été tenu au courant par le gars que j'ai contacté ici quand tu as commencé à les chercher.

Elle ferma les yeux. Peu importait la distance entre eux, sa famille finissait toujours par être au courant de tout. Elle ne savait pas pourquoi elle s'embêtait à leur cacher des choses.

— Quant à Alex...

Dare soupira.

— On veut rencontrer la personne avec qui tu sors pour nous assurer qu'il est assez bien pour toi.

— Il ne l'est pas, déclara Fox.

— Pardon ? hurla Tabby. Quel droit avez-vous de dire quoi que ce soit à son sujet ? Vous ne le connaissez même pas.

— Personne n'est assez bien pour toi, expliqua Fox. Il est sobre. Bien. Parce que c'est très dur d'y parvenir, mais le fait qu'il soit avec toi ? C'est une tout autre question. Personne n'est assez bien pour ma petite sœur.

Elle leva les yeux au ciel et regarda Loch pour avoir son avis sur la question, mais il garda le silence. Comme toujours. Elle poussa un soupir.

— Il faut que j'aille au travail.

— Alors on vient avec toi, se hâta de dire Dare. On ne dirigera pas ta vie pendant qu'on sera là-bas.

Ça la fit rire.

— C'est ça. Si tu le dis, Dare. Et vous, vous n'avez pas du travail ? Comment vous avez fait pour avoir des congés ?

— On travaille comme des dingues et on ne prend jamais de vacances, expliqua Fox. On a dû faire des efforts, mais tu le vaux bien, morveuse.

Elle le fusilla du regard à nouveau.

— Ne m'appelle pas comme ça devant Alexander.

— Ohhh, hulula Fox. Alors c'est *Alexander*, hein ? Laisse-moi deviner est-ce que toi, tu es sa *Tabitha* ?

Elle rougit et protesta.

— La ferme, crapaud. Je vais être en retard, alors allons-y.

— C'est clairement *Tabitha*, continua à roucouler Fox alors qu'elle les suivait vers sa voiture et celle qu'ils avaient louée. N'est-ce pas adorable ?

— Encore plus que Bambi, dit Loch avec un grand sérieux.

Elle leur fit encore un doigt d'honneur tout en saluant les voisins de l'autre main alors qu'ils l'appelaient. Elle était en train de devenir la voisine tarée et s'en fichait. Elle avait ses frères à gérer, un travail auquel il fallait qu'elle se rende et un petit copain qu'elle devait tenir à l'écart de peur que ses frères ne se battent avec ou elle ne savait quoi.

Facile, non ?

Elle gémit.

Non, pas facile du tout.

Elle se retrouva avec Loch sur son siège passager puisqu'ils avaient décidé qu'ils ne voulaient pas qu'elle conduise toute seule. En tout cas, c'est comme ça qu'elle le prit car ses frères étaient du genre surprotecteur. Ils avaient dit que c'était pour équilibrer le nombre par voiture et pour pouvoir passer du temps avec elle, mais même si c'était vrai, ce n'était probablement pas l'entière vérité. Heureusement, c'était Loch et non un des deux autres. Dare l'aurait embêtée, et Fox n'aurait pas arrêté de poser des questions tout en y répondant à sa place si elle n'était pas assez rapide.

Elle ne les en aimait que davantage.

Bien sûr, passer autant de temps seule avec un Loch qui montrait sa déception en silence, c'était aussi terrible que d'être coincée avec un des deux autres. Ses frères savaient comme la rendre chèvre, même si tout ce qu'ils voulaient, c'était s'assurer qu'elle était aimée et protégée.

Ils entrèrent dans Montgomery Inc. en groupe, et elle faillit s'arrêter à la porte. Il ne lui était pas venu à l'esprit que ce n'était peut-être pas correct. La plupart du temps, le bureau lui faisait l'effet d'être l'une des branches de la demeure familiale des Montgomery. Un endroit où elle était toujours la bienvenue. Ses frères n'étaient jamais venus chez elle pour des raisons diverses. Ça n'avait jamais été le plus logique vu que c'était moins cher pour elle de faire le trajet seule que de prendre des billets d'avion pour eux tous. Ils avaient déjà essayé de venir de façon individuelle, mais entre le travail et la famille, ce n'était jamais le bon moment. Ses parents lui avaient rendu visite et avaient rencontré les Montgomery. Ils s'étaient bien entendus avec Harry et Marie, et ça lui avait fait plaisir.

Mais là, elle ramenait ses frères à son travail sans prévenir. Bien sûr, ses frères ne l'avaient pas vraiment prévenue, elle non plus, mais quand même. Elle espérait que ça n'allait pas lui attirer des ennuis.

Wes et Storm étaient dans le bureau quand elle entra avec ses frères, et ils relevèrent la tête, surpris. D'abord, elle pensa que c'était parce qu'elle n'était *jamais* en retard, même après une visioconférence qu'elle avait tenue de chez elle parce que l'horaire de début était horriblement tôt. Ensuite, elle comprit que c'était parce qu'elle amenait trois grands types avec elle et qu'elle n'avait jamais fait ce genre de choses avant.

Et ça, juste après avoir embrassé Alexander en public.

Eh bien, au moins, ils ne s'ennuyaient pas, avec elle.

— Wes, Storm, je vous présente mes frères : Dare, Fox et Loch, dit-elle en les désignant à tour de rôle. Les garçons, voici Wes et Storm, les jumeaux qui dirigent Montgomery Inc.

Elle ne savait pas pourquoi elle faisait remarquer que c'était des jumeaux, c'était un truc qu'elle avait tendance à faire. La famille Montgomery était si grande qu'il était facile d'oublier que Wes et Storm avaient un lien encore plus fort que les autres.

Storm écarquilla les yeux tandis que Wes s'avançait, un sourire sur le visage.

— Salut, ravi d'enfin vous rencontrer tous les trois.

Il jeta un regard à Tabby.

— Tu savais qu'ils venaient ? Je n'ai pas vu ça sur ton agenda.

Elle leva les yeux au ciel alors que ses frères éclataient de rire ou pouffaient discrètement. Ils connaissaient sa manie de l'agenda, mais ce qu'ils ne savaient pas, c'est que Wes était presque au même point qu'elle avec ça. Presque.

— On voulait lui faire la surprise, expliqua Dare.

Storm lui jeta encore une fois un regard avant de dire bonjour à ses frères. Elle ne savait pas pourquoi, mais c'était bizarre. C'était comme si deux parties de sa famille se rencontraient enfin, et elle ne savait pas trop comment réagir.

— Tu devrais prendre ta journée, dit Wes. Tu aurais simplement pu nous appeler et nous le dire.

— On doit pouvoir s'en sortir sans toi pour un jour, dit Storm d'un air sérieux avant de regarder vers le bureau de Tabby où le téléphone sonnait. Peut-être.

Elle rit et alla répondre au téléphone. Les jumeaux étaient peut-être capables de s'en sortir sans elle, mais d'abord, elle voulait s'assurer qu'ils avaient des listes pour s'occuper des tâches à faire. Les garçons parlèrent ensemble derrière elle pendant qu'elle griffonnait un message. Bien sûr, Wes ou Storm auraient pu répondre à sa place, mais elle *aimait* son travail et tant qu'à être là, autant le faire.

Elle se tourna après avoir raccroché, et ce fut le moment où Alexander entra dans le bureau. Il se figea, les yeux écarquillés, comme Storm avant lui. Et mince. Elle aurait voulu avoir le temps d'au moins lui envoyer un SMS pour le prévenir. Elle lui avait montré des photos de ses frères alors il avait sûrement compris qui ils étaient, mais ce n'était pas la même chose que de savoir qu'ils étaient probablement là pour le prendre entre quatre yeux.

— Alex, dit Dare d'une voix basse.

— Dare, c'est ça ? dit Alexander en lui tendant la main. Je ne savais pas que vous deviez venir.

— On lui a fait une surprise, dit Fox d'une voix neutre en serrant la main d'Alexander à son tour.

Loch lui fit un signe de tête, et Alexander l'imita. Ça... se passait bien, non ?

Ou pas.

— On est aussi venus pour s'assurer qu'elle est en sécurité au travail et chez elle, dit enfin Loch en se tournant vers Wes et Storm.

Les jumeaux étrécirent les yeux, mais elle espéra qu'ils n'étaient pas en colère contre ses frères pour oser commenter ce qui lui était arrivé.

Elle poussa un soupir et s'avança vers eux, espérant que cela réduirait la tension. Sauf qu'Alexander passa un bras autour de ses épaules, et ça la fit augmenter à la place, en tout cas, pour les autres hommes dans la pièce. Parce que pour elle, être enlacée ainsi lui permit de se calmer suffisamment pour pouvoir réfléchir.

— On a ajouté des appareils de sécurité, dit Storm au bout d'un moment. Des caméras, des détecteurs de mouvement et quelques trucs supplémentaires.

— Et puis, Tabby ne reste plus jamais seule au bureau depuis ce soir-là, ajouta Wes.

— Tant mieux, dit Dare. Parce qu'elle ne travaillerait plus ici si ça n'avait pas été le cas.

Ça la réveilla.

— Et Alexander m'apprend à me défendre, au fait. Parce que, vous savez, je suis une adulte. Et personne, je répète *personne* ne peut me balader comme ça. Et ça vaut pour mes frangins pénibles qui pensent pouvoir me dire quoi faire. Oui, *un* type est venu sur mon lieu de travail et s'est conduit de façon irrationnelle, mais ça n'arrivera pas de nouveau. On a augmenté la sécurité, comme Storm vous l'a expliqué, mais il est hors de question que je vous laisse me mettre en cage.

Elle croisa le regard de chaque homme dans la pièce.

— Ça vaut pour chacun de vous.

Ses frères la fusillèrent du regard tandis que les jumeaux hochaient la tête, mais ce fut le regard d'Alexander qui lui permit de se sentir plus forte. Le respect qu'elle y vit l'émut plus que des mots ne l'auraient pu. Même si elle ne comptait rien dire devant les autres.

— Elle est en sécurité, dit Alexander au bout d'un moment. Tous les employés ici le sont. Maintenant, pourquoi on n'irait pas déjeuner ? Il est plus ou moins l'heure. Ça vous donnera plus amplement l'occasion de me faire passer l'interrogatoire que vous avez sûrement envie de me faire subir.

Elle toussa et donna une petite tape dans ses abdos durs comme du rock. Toutes ces heures à la salle de sport faisaient des merveilles pour lui.

— Heu… et si on ne les laissait pas te faire subir un interrogatoire ?

Dare lui fit un grand sourire.

— Oh, je crois qu'il a compris l'idée.

Fox mit les mains dans ses poches et se balança sur ses talons.

— C'est comme ça, petite sœur. Désolée d'avoir à te le dire, mais c'est un peu ce qu'on fait, hein.

Elle jeta un regard noir à Loch, et il haussa les épaules.

— Désolé, Tab, c'est sur notre liste.

Ça les fit rire, même les Montgomery, et elle eut envie de taper du pied comme une gamine. Non seulement ils allaient se montrer pénibles avec l'homme avec qui elle sortait, mais en plus ils se moquaient d'elle et de ses listes en même temps.

La famille... franchement.

Après s'être assurée que Montgomery Inc. pouvait survivre sans elle un après-midi, ils partirent vers un café du quartier qu'elle aimait bien. Elle aurait préféré les emmener à Taboo, le café de Hailey, mais elle avait peur d'y voir d'autres Montgomery et que cette... *affaire* ne prenne trop d'importance. Comme Taboo et Montgomery Ink, le studio de tatouage de la famille, étaient mitoyens, il y avait un peu trop de risques que ça se produise. Ça aurait été presque inévitable.

Ils prirent une grande table dans le fond, et heureusement, elle parvint à s'asseoir à côté d'Alexander. Fox avait essayé de prendre son siège, mais elle savait montrer les crocs quand c'était nécessaire.

— Alors, commença Alexander une fois qu'ils eurent commandé à manger. Qu'est-ce que vous voulez savoir ?

Lock croisa son regard, et Tabby posa la main sur le genou d'Alexander.

— Qu'est-ce que tu penses qu'on devrait savoir ?

— Les garçons, arrêtez ça, dit-elle, exaspérée. On n'est plus au lycée et il ne m'emmène pas au bal de fin d'année. Je suis une adulte, putain.

Ils étaient au fond du café, et heureusement, il n'y avait pas de gamins autour, ou elle se serait sentie mal de dire de gros mots. Connaissant sa famille, elle avait dans l'idée qu'elle ne serait pas la seule à utiliser ce genre de vocabulaire.

— C'est tes frères, dit Alexander calmement. Si je n'avais pas été constamment bourré quand Meghan et Miranda ont commencé à sortir avec leurs mecs, j'aurais fait pareil avec Luc et Decker. Et j'étais en désintox quand Maya s'est mise à sortir avec Border et Jake, alors je n'étais pas là pour ça non plus.

Il croisa le regard de chacun des frères de Tabitha, toujours aussi calme.

— C'est ça que vous voulez savoir ? Que je suis alcoolique ? Parce que ce n'est pas un secret. Je le resterai toute ma vie, mais je ne bois plus. Je ne laisserai pas ça me définir, mais ça reste une partie de moi. Je ne peux pas le cacher.

Fox poussa un juron tandis que Loch hochait la tête, mais ce fut Dare qui parla :

— Le fait que tu aies été chercher de l'aide en dit plus sur ta personnalité que tout le reste.

— C'est ma famille qui m'a emmené en cure de désintox, fit remarquer Alexander. Je n'étais pas assez fort pour y aller tout seul.

— Mais tu as été assez fort pour y rester, dit doucement Fox.

— Tout le monde ne demande pas de l'aide, ajouta Loch. Et ces gens-là ont tendance à entraîner les autres dans leur chute.

Tabby sentit leurs regards sur elle et comprit qu'ils étaient en train de parler de Michael.

— Je lui ai tout raconté, dit-elle au bout d'un moment. Il n'y a pas de secrets entre nous.

En dehors du fait qu'elle l'aimait, mais elle n'était pas prête à révéler cela. Pas encore.

Alexander serra sa main, et elle se détendit quelque peu.

— Qu'est-ce que vous voulez savoir d'autre ? Je suis photographe, mais vous le saviez probablement déjà. Je travaille surtout en freeelance et je fais plus de travail journalistique que de photos de stock pour des catalogues. Je travaille pour ma famille quand ils ont besoin de moi, mais je fais surtout des choses de mon côté parce que c'est comme ça que ça marche dans cette profession. J'ai un petit appartement, mais de bonnes économies. Je ne sais pas quand je serai prêt à acheter une maison parce que je l'ai déjà fait par le passé et je veux attendre d'être prêt pour m'engager dans quelque chose comme ça à nouveau.

C'était nouveau pour elle, mais elle se contenta d'écouter tandis qu'il continuait sa liste avec des choses qu'elle connaissait déjà. Il prenait tout ça bien mieux qu'elle, ça, c'était sûr.

— Je fais aussi des combats de boxe, si c'est un truc qui vous inquiète, dit-il enfin.

Tabby retint un gémissement. Elle ne savait pas comment ses frères allaient réagir à cela.

— Des combats ? demanda Loch.

Elle n'arrivait pas à savoir si son frère était intrigué ou en colère. Elle détestait le fait de ne pas arriver à interpréter ce qu'il pensait comme elle le faisait avec les autres.

— J'ai commencé à aller dans une salle de sport avec quelques amis à moi pour avoir quelque chose à faire plutôt que de me morfondre dans mes malheurs, entre le divorce et la désintox. Ils ont un ring de boxe, alors j'ai appris à me battre. Je veux dire, je savais déjà un peu du lycée, mais pas autant que maintenant. Je fais des combats approuvés dans ma catégorie. Rien de glauque ou d'illégal comme vous êtes probablement en train de le penser, mais c'est suffisant pour évacuer la tension. Si vous êtes toujours là le jour de mon prochain combat, vous devriez venir. J'ai déjà invité Tabitha.

Ses frères posèrent d'autres questions à ce propos, et elle eut envie de se taper la tête contre la table. Bien sûr, des types qui se cognaient à coup de poing, ça intriguait ses frères. Ils étaient si bourrés de testostérone que c'était un miracle qu'ils arrivent à passer les portes.

— Je dois dire, commença Dare alors que la serveuse débarrassait leurs assiettes, que je suis surpris que tu sois aussi ouvert.

Elle étrécit les yeux en regardant son frère, mais il se contenta de lui faire un clin d'œil. Satané Dare.

— J'ai dû apprendre à me montrer ouvert en désintox et pour mes réunions, répondit simplement Alexander. J'apprends à l'être avec ma famille aussi, mais c'est plus facile avec des inconnus qu'avec les gens que tu as déçus.

Tabitha serra sa cuisse à nouveau. Elle détestait qu'il ressente cela, mais elle serait à ses côtés tant que ça l'aiderait.

— Je comprends, dit doucement Loch. Je crois que c'est bon pour nous, ajouta-t-il en regardant Fox et Dare. Ravi de t'avoir rencontré, Alex.

Il regarda Tabby, et elle leva le menton.

— Tab...

— Ne me fais pas tes « Tab », Lochlan Collins. Non seulement vous m'êtes tombés dessus tous les trois, mais vous avez fait pareil avec mon petit ami. Vous avez de la chance qu'on soit en public.

— Ma puce, lui chuchota Alexander. C'est pas grave.

Elle le fusilla du regard lui aussi.

— Oh que si.

Elle se leva, le menton toujours dressé.

— Je vous laisse régler l'addition parce que vous nous devez bien ça. Et puis je vais vous faire faire le tour de la ville avant de vous ramener à votre hôtel ou je ne sais où vous logez. Parce qu'il est hors de question que je vous héberge. Mais je veux quand même que vous appréciiez Denver autant que moi. Allez, en route, les garçons. Ne me faites *pas* attendre. Oh, et je monte en voiture avec Alexander. Vous pouvez suivre dans la mienne et celle que vous avez louée. Pas de discussion.

Elle partit d'un pas décidé en ignorant leurs sourires. Maudits soient-ils avec leurs manières despotiques. C'était incroyable qu'elle les aime malgré tout.

.   .   .

Quand Alexander et elle furent de retour chez elle et que les garçons eurent ramené sa voiture, elle était épuisée et avait trop mangé. Ses frères pouvaient engloutir trois tonnes de nourriture et ils avaient voulu essayer plusieurs endroits en ville. Elle s'était jointe à eux, et même Alexander avait mangé avec eux. Du coup, elle était sur le point d'éclater avec tous les trucs indécents qu'elle avait mangés.

— Bon... commença-t-elle en retirant ses chaussures.

Alexander lui sourit doucement en ôtant son manteau.

— Bon.

— C'était inattendu.

— J'aime bien tes frères, si ça peut aider.

Elle leva les yeux au ciel.

— Je ne comprendrai jamais les mecs, mais tant pis. Je suis contente que tu les aimes bien, et personne ne s'est battu. C'est déjà ça, j'imagine.

Il se rapprocha et passa une main autour de sa taille et l'autre dans ses cheveux.

— C'est déjà beaucoup.

Il abaissa sa bouche sur la sienne, et elle gémit contre lui.

— Tu veux aller au lit ? demanda-t-il.

Des frissons parcoururent son corps, et elle sourit doucement.

— Je ne peux rien faire cette semaine.

Ça avait été la surprise désagréable du matin, en plus de ses frères et de tout le reste.

Il haussa les épaules et embrassa sa tempe.

— Alors je te tiendrai dans mes bras pendant que tu dormiras. Tu veux une bouillotte ou quelque chose ?

Bon sang, ce n'était pas étonnant qu'elle l'aime.

— Être dans tes bras me suffira.

Ça faisait plus que lui suffire, mais elle avait peur de le dire.

Il l'embrassa à nouveau.

— Alors allons dormir, ma belle.

Il la tira vers le fond de la maison, là où se trouvait sa chambre, et elle soupira contre lui. Après la journée qu'elle avait passée, se blottir contre lui pour dormir, ça serait parfait.

Elle espérait seulement que ça continue comme ça, parce qu'elle n'était pas sûre d'être capable de renoncer à lui.

CHAPITRE ONZE

— TA POSTURE S'AMÉLIORE VRAIMENT.

— Redis-moi pourquoi on fait ça dans mon salon et pas à la salle de sport ?

Alex eut un grand sourire.

— Parce qu'ils préparent la salle pour un combat ce soir et que je ne voulais pas manquer une leçon. Lève les coudes.

Elle fit la moue, mais obtempéra. Il avait le sentiment qu'elle faisait la moue parce qu'elle savait que ça le faisait bander. Il imaginait ses lèvres autour de sa queue, et son cerveau commençait à déconner.

— Comme ça ? demanda-t-elle, les sourcils froncés.

Ça faisait une semaine que ses frères étaient venus passer deux jours à Denver avant de partir retrouver leurs vies bien remplies. Les choses étaient... différentes, désormais, mais en mieux.

Elle portait un soutien-gorge de sport bleu très sexy avec un laçage sur le devant qui lui donnait envie d'enfouir son visage entre le tissu et ses seins. Sérieux, il adorait sa poitrine et n'en avait jamais assez, mais il se retenait vu qu'il était en train de lui apprendre à se défendre. Elle avait aussi un legging noir qui moulait son corps comme une seconde peau. Il montait haut et couvrait son nombril, mais laissait le haut de son ventre nu. Il y avait une bande bleue sur le côté et autour de sa taille, assortie à la brassière. Ses vêtements étaient toujours assortis, même quand elle ne faisait pas attention, et il adorait ça. C'était bien sa Tabitha, ça.

Sa Tabitha.

La rapidité avec laquelle il avait commencé à penser à elle en ces termes le choquait... parce que c'était dangereux. Il ne savait pas ce qui arriverait ensuite, et ça lui faisait peur, mais il affronterait le futur les deux pieds solidement ancrés au sol. Il n'avait pas d'autre option.

— Tu t'en sors vraiment bien, ma belle, dit-il avec franchise.

— Vraiment ?

Elle eut un sourire rayonnant.

— Probablement pas assez pour que je monte sur le ring à tes côtés, dit-elle en clignant des yeux.

Il grimaça.

— Je ne sais pas si j'aurais envie de te voir te battre contre une autre femme et te retrouver avec un œil au beurre noir. Ça risque de me donner envie de frapper quelqu'un.

Elle leva les yeux au ciel.

— Mais si c'est toi qui le fais, ça va ?

Il soupira.

— Quoi que je dise je suis foutu, hein ?

— Oui, dit-elle avec un grand sourire. Tu es un sale macho, et je ne sais pas ce que je vais faire de toi.

Il pensa à ce qu'il pourrait faire d'elle en ce moment, et elle lui donna un petit coup de poing dans le ventre.

— Eh, grogna-t-il.

Plus elle s'entraînait, plus ses coups prenaient en force.

— Tu es en train de penser au sexe, et ce n'est pas ce que je voulais dire.

Il se lécha les lèvres.

— Ma belle, je pense toujours au sexe, d'une façon ou d'une autre. Je suis un mec.

— Eh bien je suis une femme, et je pense au sexe aussi. C'est incroyable comment vous avez tendance à oublier ça.

Il avança pour la prendre dans ses bras, mais elle leva les mains pour le bloquer.

— Quoi ? Je veux faire descendre un peu tes leggings pour qu'ils encadrent tes fesses, puis je te prendrai par-derrière alors que tu serreras les jambes pour être tout étroite. Quel mal y a-t-il à ça ?

Il se mit à bander à ses propres mots, et elle relâcha lentement sa respiration, les joues rouges.

— Seigneur Dieu, il faut qu'on essaie ça, mais pas maintenant. Je suis encore un peu endolorie de ce matin.

Il grimaça.

— Putain, je suis désolé. J'y suis allé trop fort.

Ils avaient baisé dans la douche, puis au bord du lit. Il y était allé plus vite et plus fort que d'habitude, et voilà qu'il lui avait fait mal, putain.

Elle le rejoignit aussitôt et l'enlaça.

— Eh, je ne suis pas en train de me plaindre. Mais on a baisé *trois* fois ce matin et *trois* fois la nuit dernière. C'est un record, même pour nous. J'ai simplement besoin d'un peu de temps pour respirer avant de te monter en cowgirl ce soir.

Il sourit malgré lui et l'embrassa sur le nez.

— Tu as envie de me monter ?

Elle hocha la tête.

— Oui. Peut-être même que je mettrai un chapeau.

Il rit et l'embrassa à nouveau.

— Ça me va.

Il poussa un soupir et lui frotta le dos.

— Qu'est-ce que tu dirais de prendre un cours avec moi ?

Il ne savait pas d'où cette idée lui était venue, mais il avait décidé de se lancer. Elle recula et observa son visage.

— Quel genre de cours ?

— Un cours d'autodéfense. J'en ai pris un par le passé, ce qui m'a permis d'apprendre ce que je t'ai transmis. Mais je pense que ça pourrait être mieux si tu en prenais un vrai. Et ça ne me dérangerait pas d'en apprendre davantage, moi aussi. Je suis peut-être costaud, mais je n'ai pas d'arme sur moi quand je travaille dans la rue.

Il haussa les épaules. C'était davantage pour elle, et il avait le sentiment qu'ils le savaient tous les deux, mais il aurait fait n'importe quoi pour qu'elle soit en sécurité.

Elle se mordit la lèvre.

— Je... je pense que ça pourrait être sympa. Je ne l'ai pas fait avant parce que... eh bien... j'avais l'impression de ne pas être prête. Je veux dire, j'aurais probablement dû le faire vu ce qui s'est passé, mais pour je ne sais quelle raison, je ne voulais travailler qu'avec toi. Même avant qu'on commence à sortir ensemble. Mais après avoir travaillé avec toi et en sachant que tu seras à mes côtés, je ne sais pas... je me sens plus forte. Je me sens plus forte avec toi.

Il poussa un soupir, ses pensées tournant à cent à l'heure.

— Je n'en ai pas l'habitude, tu sais.

Elle fronça les sourcils et il reprit :

— Ça me plaît, ne va pas te méprendre. Mais Jess, eh bien, elle ne me laissait jamais faire, tu sais ? Elle ne me laissait jamais l'aider à moins que ce soit un truc qu'elle m'ait forcé à faire. Je ne suis pas en train de vous comparer, vraiment pas, mais c'est plus le fait que je me sens *moi-même* quand je suis avec toi.

Il n'avait pas eu l'intention de dire tout ça, mais il était heureux de l'avoir fait. Il ne voulait pas qu'il y ait de tabous entre eux, même s'il ne savait pas où ils allaient. Il savait seulement que s'il continuait à ne *pas* parler de sa sobriété ou de son passé avec Jess, il allait faire foirer les choses.

Elle écarquilla les yeux. Elle devait être pas mal surprise qu'il ait mis ce sujet sur le tapis, mais ils s'en sortaient bien à se concentrer sur le présent sans oublier complètement le passé, et donc en évitant de répéter les mêmes erreurs. Du moins, il espérait que c'était le cas.

— Je crois que je le sais, dit-elle au bout d'un moment.

— Et comme je me montre très ouvert, là, je devrais probablement mentionner qu'elle a appelé hier.

— Sérieusement ? demanda-t-elle d'une voix empressée.

— Je n'ai pas pris son appel, et elle n'a pas laissé de message. Je ne compte pas répondre si elle rappelle. Elle n'a franchement pas besoin de moi ni envie de me parler. Elle aime simplement être au centre de l'attention, et une fois qu'elle aura compris que ça n'arrivera pas avec moi, elle laissera tomber. Elle n'a pas besoin de moi, répéta-t-il. Et je n'ai pas besoin d'elle. Je ne suis pas sûr d'avoir jamais eu besoin d'elle.

Elle croisa son regard et relâcha lentement sa respiration.

— J'ai besoin de toi, murmura-t-elle.

Elle se hissa sur la pointe des pieds et effleura ses lèvres des siennes. Alexander se détendit aussitôt.

— J'ai besoin de toi aussi.

Ils n'avaient pas parlé de ce qu'ils étaient l'un pour l'autre au-delà de cela, et peut-être pouvait-il se montrer assez fort pour qu'ils soient davantage que ce qu'ils étaient en ce moment. Un jour.

Peut-être qu'il pourrait trouver un moyen d'aimer à nouveau, de se montrer vulnérable.

Parce qu'avec Tabitha, ça rentrait dans l'ordre du possible.

Et ça lui faisait davantage peur que n'importe quoi d'autre dans sa vie.

Ils rejoignirent la salle de sport plus tard dans la journée. Le corps d'Alexander vibrait d'énergie à la perspective du combat à venir. Tabitha se tenait à ses côtés et s'appuyait contre lui tandis qu'elle passait d'un pied sur l'autre.

— Tu es monté sur ressort, dit-elle avec un sourire.

Il lui fit un clin d'œil.

— Tu l'as dit.

Il se pencha pour murmurer à son oreille.

— Mais ce n'est rien par rapport à ce que ça donnera ce soir.

Elle lui donna un coup de coude dans les côtes tandis que Wes et Storm les rejoignaient.

— Tiens-toi correctement.

— C'est comme si tu ne me connaissais pas, dit-il en riant alors que les jumeaux s'arrêtaient devant eux.

Bon sang, il n'avait pas compris qu'il pouvait avoir quelque chose comme ça dans sa vie. Entre Tabitha à ses côtés et le fait qu'il riait en public comme ça, c'était comme s'il était quelqu'un de complètement différent d'auparavant. Vu le regard qu'avaient Wes et Storm, il n'était pas le seul à le penser.

— Salut, dit Wes, le visage sérieux. Tu as dit que ça ne te dérangeait pas qu'on passe, et Harper nous a donné l'horaire.

Harper et Brody les rejoignirent alors que Wes parlait, et Harper grimaça.

— J'espère que ce n'est pas un problème.

Alex secoua la tête. Le bras qu'il avait passé autour de Tabitha l'aidait à se calmer.

— Je suis content que vous soyez là, dit-il aussitôt. Sérieusement.

Storm observa son visage.

— Est-ce que tu comptes démolir ce type ? Parce que je n'ai pas envie de passer ma soirée à te regarder te faire écrabouiller.

— Eh, sois gentil, dit Jillian en se glissant entre Storm et Wes.

Ce faisant, elle donna un coup de hanche à chacun des jumeaux.

— Salut, les garçons. Désolée, j'avais un coup de fil à passer et je les ai forcés à rentrer sans moi.

Wes fit la moue.

— Je pense toujours que ce n'était pas une bonne idée de te laisser toute seule dehors.

Elle lui fit signe de se taire alors qu'Alex fronçait les sourcils avec les autres.

— Je n'étais pas seule. Tu étais en train de me surveiller tout du long.

Elle agita un doigt vers Wes.

— Encore plus que Storm, vu qu'apparemment, vous ne me faites pas confiance pour me débrouiller toute seule.

Alex se raidit, et Tabitha en fit de même.

— C'est probablement de ma faute, dit-elle doucement. J'ai été agressée au bureau il y a quelques semaines, et tous les garçons sont sur les nerfs depuis.

Jillian écarquilla les yeux et se tourna pour fusiller Storm du regard.

— Pourquoi tu ne m'as rien dit ? Putain.

Elle s'avança vers Tabitha, les mains levées devant elle.

— Je suis vraiment désolée. J'ai mis les pieds dans le plat. Est-ce que ça va ? Est-ce que tu as vu quelqu'un à ce sujet ?

Tabitha se détendit aussitôt, et Alex comprit aussitôt pourquoi Storm et Jillian étaient ensemble. C'était quelqu'un de super. Alex ne savait peut-être pas ce qui se passait entre eux au juste, mais pour qu'elle s'inquiète autant de Tabitha, c'était visiblement une vraie amie.

— Je vais bien, expliqua sa compagne. Vraiment. Alexander m'apprend à me défendre, et on va prendre un cours d'autodéfense ensemble aussi.

Jillian lui sourit avant de se tourner vers Tabitha.

— Super ! Tant mieux. Qu'est-ce que c'est comme cours ? Un petit rappel ne me ferait pas de mal, si tu veux avoir une autre amie avec toi.

— On peut y aller en groupe, à la limite, intervint Storm. Comme ça, on aura une meilleure idée de ce qu'on fait.

— Ça me va, répondit Wes.

— Je vous rejoindrais bien si vous voulez du monde en plus, ajouta Brody.

— Pareil, dit Harper.

Alex regarda Tabitha alors qu'elle luttait contre ses larmes. Il savait qu'une des raisons pour lesquelles elle s'était montrée aussi hésitante à faire quelque chose du genre par le passé était parce qu'elle ne se sentait pas assez assurée. Maintenant, il y aurait tout un groupe de gens qu'elle connaissait pour l'entourer tandis qu'elle trouverait ses marques. Il n'aurait pas pu rêver d'avoir de meilleurs frères ou de meilleurs amis en ce moment.

— Je pense qu'il y a de la place, dit-elle doucement au bout d'un moment. Et oui, je serais ravie que vous veniez.

— Parfait ! dit Jillian qui soit ne s'était pas aperçue de la tension, soit faisait en sorte de l'ignorer.

Il avait le sentiment que c'était la seconde option, et il lui en était reconnaissant.

— Je sais que la plupart des cours d'autodéfense sont pour les femmes, mais j'aime bien ceux qui sont ouverts à tout le monde. Il ne suffit pas d'avoir un pénis pour être en sécurité.

Les garçons grimacèrent alors que Tabitha riait avec Jillian. Au moins, elle était capable de trouver ça drôle.

— Il faut que j'aille me préparer, dit Alex alors qu'ils continuaient à parler. Il y a encore deux combats, puis c'est à moi. Je veux être prêt.

Tabitha se dressa sur la pointe des pieds et l'embrassa sur la bouche devant tout le monde.

— Gagne pour moi. D'accord ? Pense au chapeau.

Il gémit à cette image et salua les autres qui se mirent à rire. Ils ne savaient peut-être pas exactement ce dont il s'agissait, mais il avait le sentiment qu'ils avaient l'idée générale.

Brody et Harper passèrent avec lui dans le vestiaire vu qu'ils étaient membres de la salle et l'aidèrent à se préparer. Ils seraient au bord du ring, de son côté, pendant le match, et Brody avait un combat après celui d'Alex. Harper ne se battait pas cette nuit-là car il devait voir un client le lendemain matin, mais il avait quand même voulu assister au match de ses amis.

Tandis qu'Alex bandait ses mains, il se concentra sur ce qu'il devait faire ce soir-là. Il fallait qu'il se sorte la femme qui partageait son lit de ses pensées pour le moment. Il ferait des erreurs s'il pensait à elle plutôt qu'à ce que l'autre mec était en train de faire. Son taux d'adrénaline décolla, mais ce n'était rien par rapport à quand il était en manque d'un verre.

Et bon sang, ça lui plaisait.

Il n'avait pas besoin de boire ce soir-là et il n'en avait pas envie. Une petite part de lui en avait toujours le désir, mais ce n'était pas la part principale. Steve, son parrain, lui avait répété encore et encore que rien que penser cela était un succès, et Alex comptait bien s'y accrocher.

— Tu es prêt ? demanda Brody en faisant craquer sa nuque et ses épaules. Ce type préfère frapper de la droite que de la gauche, même si j'ai entendu son entraîneur lui répéter de faire gaffe à ça. Il n'écoute pas.

Alex hocha la tête en passant d'un pied sur l'autre pour garder son corps et son esprit concentrés.

— Oui, j'ai vu. Ça devrait être marrant, dit-il avec un sourire.

Harper leva les yeux au ciel, mais il vit qu'il était amusé. Il était parfaitement d'accord avec lui, même s'il essayait de rester stoïque.

— Allons-y, dit Alex.

Il cogna son poing contre celui de ses amis et sortit du vestiaire alors qu'on appelait son nom. Ce n'était pas un match tard le soir payé au nombre de spectateurs, mais c'était chouette quand même. Il n'avait pas envie de se faire mal et de risquer de ne plus pouvoir travailler ou de se retrouver à l'hôpital. Il voulait uniquement faire quelque chose qu'il appréciait sans risquer tout ce pour quoi il avait travaillé dur. Il ne savait pas s'il ferait d'autres combats ou ce que l'avenir lui réservait, mais d'abord, il fallait qu'il remporte celui-ci.

Il n'avait pas besoin du contrôle comme auparavant et il ne savait pas si c'était grâce au temps qui avait passé ou à la femme qui le regardait sur le côté de la salle.

Il l'avait à ses côtés et, bon sang, il savait qu'il pouvait gagner.

Quand la cloche sonna, il se concentra sur l'autre homme avec lui sur le ring et fit ce qu'il faisait de mieux en ces lieux. L'autre n'était pas aussi costaud que lui, ils le savaient tous les deux. Sa technique était d'utiliser toute son énergie dès le début pour essayer de mettre son adversaire KO, et ce n'était pas comme ça qu'Alex se battait.

Il évita un crochet du droit de son adversaire et en profita pour lui mettre un coup dans les côtes alors qu'il ne se gardait pas. Alex avança à nouveau, plus vite cette fois-ci, et lui mit un coup dans le menton.

Son adversaire recula, mais continua à balancer ses poings. Alex les évita tous sauf un, car s'il voulait répliquer, ça le ralentissait. Il grimaça quand le coup l'atteignit dans le menton, mais il bloqua les deux suivants.

Son énergie à bloc, son corps était rapide et lui obéissait parfaitement. À l'époque où il buvait, ce n'était pas le cas. Il avait toujours eu un temps de retard et il refusait d'être cette personne à nouveau.

Avec un dernier crochet, il atteignit son adversaire au menton, et l'autre s'écroula. Il n'était pas complètement mort, mais il resta par terre le temps du compte à rebours. L'arbitre leva la main d'Alex, et il cria, le protège-dents dans la bouche, alors que son nom s'inscrivait sur le tableau de la victoire.

Un seul round, et il avait mis l'autre à terre.

Pas mal du tout.

Il passa dans son coin et but l'eau que Harper lui passait tandis que les autres le félicitaient. Il glissa sous les cordes et rejoignit Tabitha. Elle lui sauta dans les bras, et il la serra contre lui malgré les gants.

— Tu as gagné ! Mais oh mon Dieu, je ne crois pas pouvoir te regarder prendre des coups à nouveau.

Il rit et l'embrassa de bon cœur.

— Je crois que je m'en suis sorti haut la main, ma belle. Qu'est-ce que tu en dis ?

Elle glissa contre son corps couvert de sueur alors qu'il la reposait par terre.

— Je crois qu'on devrait regarder Brody nous en mettre plein la vue, puis quand on rentrera à la maison, je jouerai les infirmières avant de faire la cowgirl.

Elle dit ça d'une voix normale, si bien que les jumeaux ainsi que le reste du groupe l'entendirent, mais il savait que personne ne s'en souciait. Il avait franchement hâte d'être chez elle pour pouvoir se délecter de ce programme.

Elle était tellement mieux qu'un combat.

· · ·

Brody se défit de son adversaire encore plus rapidement qu'Alex. Ils dirent au revoir à leurs amis et rentrèrent chez Tabby. Son sexe pulsait douloureusement, et il avait envie de la sauter directement dans la voiture, mais il se retint.

C'était surtout parce qu'il n'avait pas envie qu'un flic vienne taper au carreau, mais il savait aussi qu'il casserait quelque chose, que ce soit lui ou la voiture, s'il essayait. Il n'avait plus dix-sept ans, et faire ça dans le petit habitacle serait plus compliqué qu'à l'époque.

Dès qu'ils eurent refermé la porte derrière eux, Tabitha se jeta sur lui, les mains partout sur son corps, ses lèvres soudées aux siennes. Comment est-ce qu'il avait fait pour être aussi chanceux ?

Elle recula et lui fit un clin d'œil.

— Tu embrasses bien et tu baises encore mieux, alors je suppose que c'est pour ça que je te garde, dit-elle en riant.

C'est là qu'Alex se rendit compte qu'il avait parlé à voix haute. Bon sang, il n'avait pas eu l'intention de faire ça, il ne voulait pas en révéler autant.

— Content de savoir que je baise mieux que je n'embrasse, gronda-t-il en lui arrachant ses vêtements tout en embrassant chaque zone de peau qu'il découvrait.

— Et tu embrasses vachement bien, gémit-elle.

Il frotta son sexe durci contre elle, et ils frissonnèrent tous les deux.

— J'ai besoin d'être en toi, mais d'abord, je veux te lécher. Ça fait des heures que je n'ai pas eu la tête entre tes jambes.

Elle se passa la langue sur les lèvres.

— Et ça fait des heures que je n'ai pas eu ta bite dans la bouche.

Bon Dieu. Il était vraiment le plus heureux des hommes.

— Et si on faisait les deux en même temps.

Le regard de Tabitha s'assombrit.

— Comment ça se fait qu'on n'ait encore jamais fait ça ?

Il se débarrassa de ses vêtements à son tour pour qu'ils soient tous les deux nus, collés l'un à l'autre dans le salon tandis qu'ils s'embrassaient, se touchaient, se caressaient.

— Je ne sais pas, mais il faut qu'on rectifie ça immédiatement.

Il la souleva de sorte que sa vulve se retrouva au-dessus de son membre et la porta dans la chambre. Elle mouillait tellement qu'elle glissait sur lui à chaque pas, et il faillit éjaculer rien qu'avec ça.

— Tu es tellement sexy, souffla-t-il en la posant sur le lit. Je pourrais jouir rien qu'en te regardant.

Elle prit ses seins dans ses mains et se lécha les lèvres. Avec ses cheveux roux étalés sur la couverture autour d'elle, elle avait l'air d'une vamp séductrice dont il n'aurait jamais assez.

— Je crois que *moi,* j'ai joui en te regardant te faire du bien l'autre fois.

Il eut un rire rauque et prit son sexe en main.

— Tu avais les mains sur ta chatte à ce moment-là, je te signale. Tu étais en train de stimuler ton clito et tu faisais ces petits soupirs que j'aime tellement ; ce n'est pas étonnant qu'on ait tous les deux joui en quelques minutes.

Il abaissa la tête, prit un téton dans sa bouche et fit courir sa langue sur les doigts de Tabitha.

— J'adore tes nichons. J'aime la façon dont ils rebondissent quand je te baise et dont ils tressautent quand tu marches vite avec tes talons hauts. J'ai envie de foutre des poings à tous les mecs qui les matent, mais je ne peux pas leur en vouloir car ils sont vraiment magnifiques.

Elle cambra le dos et pinça un de ses tétons tandis qu'il mordait l'autre.

— Tu les as déjà baisés, et quand tu fais ça, j'aime goûter au bout de ton gland. Ça ne me dérange pas qu'ils fassent cette taille et me fassent mal au dos après une longue journée parce que je sais que tu les masseras quand je rentre.

Il gémit et s'agenouilla sur le lit en prenant sa hanche dans sa main.

— Mets-toi sur le côté. Je pourrais chevaucher ton visage ou tu pourrais faire de même avec moi, mais comme ça, si mes hanches bougent trop vite, tu ne t'étoufferas pas sur ma queue.

Elle leva les yeux au ciel.

— Tu regardes trop de porno.

Il lui mit une claque sur les fesses alors qu'il s'allongeait sur le flanc et passait une des jambes de Tabitha au-dessus de son cou. Sa vulve rose et humide valait le chant des sirènes.

— C'est toi qui m'as montré ce site que tu aimes bien. Tu sais, celui où les vidéos commencent par vingt minutes de cunni.

— C'était pour te montrer l'exemple, dit-elle en riant avant de prendre son sexe entre ses lèvres.

Seigneur, ce qu'il aimait la façon dont elle le suçait. Elle était vraiment parfaite pour lui.

Il repoussa rapidement cette pensée pour faire ce qu'elle suggérait. Quand il léchait et suçait sa vulve, elle projetait ses hanches vers son visage, alors il utilisait à la fois ses mains et sa bouche. Il adorait la façon dont elle bougeait, son goût, les petits bruits qu'elle faisait autour de son sexe quand il la léchait pile comme il fallait. Il suça son doigt avant de passer derrière sa hanche et d'écarter ses fesses pour venir la titiller à cet endroit. Ils n'étaient jamais allés plus loin que ça, et il ne savait pas s'ils le feraient un jour, mais elle aimait quand il pénétrait son anus avec son doigt tout en lui faisant un cunni. Il se trouvait que lui aimait cela tout autant qu'elle, si ce n'était plus.

Il suça ses lèvres internes avant de faire passer sa langue à toute vitesse sur son clitoris. Ce n'était pas facile de réfléchir plus loin que ça alors qu'elle avait une main sur ses bourses, son membre au fond de la gorge et un de ses doigts qui venait stimuler sa prostate.

Il se sentit loucher quand elle le toucha au bon endroit et il se retira, craignant de jouir.

— Je n'avais pas encore fini, haleta-t-elle en roulant sur le dos.

Il l'embrassa rapidement avant de prendre un préservatif et de le dérouler sur sa verge. Il serra la base de son sexe avec force pour pouvoir tenir quelques minutes de plus.

— Je ne suis plus si jeune que ça, et j'ai envie que tu me chevauches, comme tu l'as promis, avant de jouir.

Elle sourit et appuya sur ses épaules. Il tomba en arrière et, avant qu'il puisse réagir, elle l'avait enfourché et se laissait glisser sur sa verge en se mordant la lèvre.

— Tu as joui trois fois, ce matin, le taquina-t-elle en faisant rouler ses hanches.

Il serra les dents et enfonça ses mains dans ses hanches alors qu'elle le montait.

— Non, ça, c'est toi. Moi je n'ai joui qu'une fois. Je n'ai plus la réactivité que j'avais quand j'étais ado.

L'alcool en était responsable, mais plus il était avec elle, plus il arrivait à durer, et ils le savaient tous les deux.

Elle fronça les sourcils et s'abaissa pour venir poser les mains sur ses épaules. Ses cheveux tombèrent en cascade autour d'eux.

— Je le savais, chuchota-t-elle. J'ai simplement tendance à mélanger les choses quand je suis en train de prendre mon pied.

Il immobilisa les hanches de Tabitha au-dessus de lui avant d'aller et venir lentement en elle. Ce fut elle qui loucha, cette fois, et il sourit.

— Alors on va te faire jouir de nouveau, qu'est-ce que tu en dis ?

Elle haleta et enfonça ses ongles dans sa peau.

— Je croyais que je devais te chevaucher.

Il augmenta sa vitesse pour aller et venir en elle avec abandon.

— La (*un coup de reins*) prochaine (*un autre encore plus fort*) fois.

Elle étrécit les yeux et fit quelque chose avec ses muscles internes qui tira un gémissement à Alex. Et comme il était si proche de jouir, elle reprit la direction des opérations et le chevaucha comme elle l'avait voulu.

Il ne pouvait franchement pas se plaindre. Il s'accrocha à elle en lui massant les seins tandis qu'elle le prenait comme la cowgirl qu'elle avait envie d'être.

Quand ils jouirent tous les deux, ils étaient hors d'haleine, en sueur et épuisés, et il ne s'était jamais senti aussi bien de toute sa vie. Il la tint serrée contre lui, son sexe toujours profondément en elle, tandis qu'elle reprenait sa respiration au-dessus de lui. Ils restèrent silencieux, et il en fut heureux car il ne savait pas ce qu'il aurait dit.

Il n'avait pas eu l'intention de s'autoriser à être aussi proche de quelqu'un à nouveau, mais Tabitha l'avait mis à nu, exposé et vulnérable, ouvert à ce qu'elle pouvait lui offrir et à des choses qu'il n'était pas certain de vouloir prendre. Elle n'avait pas fait partie de ses projets, et il savait que c'était réciproque. Il espérait cependant que, quoi qu'il arrive, il ne fasse rien qui puisse la briser. Parce que Tabitha valait tellement mieux que ça.

Tellement mieux.

CHAPITRE DOUZE

ALEX PASSA son bras sur l'épaule de Tabitha alors qu'ils remontaient l'allée qui menait à la maison de ses parents. Pour une raison inconnue, alors qu'il avait participé à de nombreuses réunions de famille avant celle-ci, il était incroyablement nerveux. Bien sûr, c'était la première fois qu'il emmenait Tabitha avec lui, et la première fois depuis que sa famille avait été mise au courant de ses combats. Même s'il avait presque décidé qu'il arrêterait d'en faire, il était à peu près sûr que ses parents et ses frères et sœurs allaient s'inquiéter à ce sujet.

Ils s'inquiétaient toujours.

Cependant, il fallait qu'Alex fasse avec, parce qu'au moins il avait une famille derrière lui pour l'appuyer sur le chemin de la guérison. Il connaissait des tas de mecs du centre de désintox pour qui ce n'était pas le cas.

— Pourquoi je suis nerveuse ? demanda Tabitha, faisant écho à ses pensées. Je veux dire, ça fait des années que je viens ici presque chaque mois. Et pourtant, j'ai envie de me ronger les ongles et de me cacher sous ce buisson. J'ai dû m'y reprendre à quatre fois pour trouver quelque chose à me mettre, et je suis à peu près sûre que c'est la tenue que j'avais il y a deux mois pour venir ici.

Ils s'arrêtèrent avant d'atteindre la porte d'entrée, et il se tourna vers elle en la tenant dans ses bras.

— Je suis nerveux aussi.

Elle étrécit les yeux et posa les mains sur son torse.

— Eh bien, ça ne fait qu'accentuer ma propre nervosité.

Il embrassa le bout de son nez, et elle soupira.

— On va être nerveux ensemble, dit-il. Mais tu sais que ma famille t'adore, hein ? Je veux dire, mes parents vont probablement sauter de joie en te voyant. Alors ne t'en fais pas.

— Mais maintenant, je sors avec leur précieux bébé.

Il renifla.

— Ça fait un moment que je ne suis plus leur *bébé*.

Il baissa la tête pour s'emparer de ses lèvres et se figea en entendant sa mère se racler la gorge.

— Tu seras toujours mon bébé, Alex. Désolée, mais j'appelle même Austin comme ça quand j'en ai envie. C'est mon droit en tant que maman. Maintenant, rentre et arrête de faire des bisous à Tabby sous le porche. Il fait froid. Et Tabby, ma belle, j'adore ta tenue. Tu es superbe comme ça.

Il sourit à la femme dans ses bras, elle lui rendit son sourire, et il se détendit un peu. *Je vais y arriver*, pensa-t-il. L'important, c'était d'y aller doucement.

Ils étaient apparemment les derniers, mais ça ne le dérangeait pas. Ce n'était pas leur tour d'aider à la préparation du repas, et il ne voulait pas être dans les pattes des cuisiniers. Et puis, il avait fallu un moment à Tabitha pour se préparer. Non pas que ça lui ait posé un problème de la voir passer la matinée à ne porter rien d'autre qu'un soutien-gorge et une culotte en dentelle pendant qu'elle passait d'une tenue à l'autre. Il avait fini allongé sur le lit, les mains nouées derrière la tête, tandis qu'il la regardait.

La meilleure vision possible pour commencer la journée, c'était certain.

Quand ils entrèrent dans le salon, ce fut pour y trouver le chaos habituel. Leif et Cliff étaient en train de ramener les autres enfants en âge de marcher pour les faire participer à un jeu où Colin, qui avait presque deux ans, montait sur le dos de son frère qui en avait presque treize et faisait semblant de faire du cheval. Alors Cliff, du haut de ses neuf ans, faisait tournoyer Sasha, sept ans, dans la pièce, avant que les aînés inversent les rôles et recommencent ces actions avec les plus jeunes.

Comme à chaque fois qu'il voyait ses nièces et neveux, il ressentit un petit pincement au cœur, mais il l'ignora. Ses enfants auraient été de l'âge de Cliff et Sasha, et le plus jeune de celui de Colin. Si les choses s'étaient passées différemment, peut-être que ça aurait été lui avec un gamin sur le dos en train de hennir comme un cheval.

Pourtant, il avait honte de n'avoir jamais fait ça une seule fois. Il avait vu le reste de ses frères et sœurs jouer avec les gamins, mais il ne se rappelait pas les avoir jamais pris dans ses bras à part quand Sasha et Cliff étaient tout bébé. Bien sûr, il ne savait pas tout ce qu'il savait désormais, et Leif n'avait rejoint leur famille que quelques années auparavant.

Mais il ne pensait pas avoir jamais tenu Colin ni les bébés qui étaient entrés dans leurs vies quelques mois auparavant quand ses trois sœurs avaient toutes accouché en l'espace de quelques semaines.

— Qu'est-ce qui ne va pas ? chuchota Tabitha.

Il se pencha pour qu'elle seule puisse l'entendre.

— J'ai été nul comme oncle, dit-il d'une voix un peu rauque.

Elle le regarda, et il vit la compréhension dans ses yeux. Elle était la seule qui soit en mesure de comprendre, et il était à peu près certain que ce serait ainsi pour toujours. Il ne savait pas s'il aurait un jour la force d'expliquer à sa famille tout ce qui s'était passé. Certaines choses ne pouvaient être partagées qu'avec les gens les plus proches de vous. Comment Tabitha était-elle devenue plus proche de lui que ses frères et sœurs, il n'en savait rien, mais il ne pouvait pas se permettre d'examiner la question de trop près.

— Tu peux t'améliorer maintenant, dit-elle doucement.

Elle désigna l'autre coin où les trois bébés étaient allongés sur leurs tapis de jeu, sous la surveillance de plusieurs adultes.

— Va prendre un de tes neveux ou nièces dans tes bras, Alexander.

Il poussa un soupir.

— Seulement si tu viens avec moi.

Le regard de Tabitha s'éclaira.

— Tu me demandes de prendre un bébé adorable dans mes bras ? Je crois que je peux le faire.

Elle mit sa main dans la sienne et le conduisit vers là où les trois plus jeunes étaient en train de jouer. Ils passèrent devant les autres adultes sur le chemin, et il les salua de la tête, mais Tabitha s'était mis un but en tête, et rien n'aurait pu l'arrêter.

Il ne savait pas s'il aurait la force de reprendre s'ils s'étaient arrêtés, de toute façon.

Luc releva la tête de là où il était assis à côté des tapis d'apprentissage et il eut un grand sourire.

— Vous êtes venus voir les baveux ?

Meghan donna un coup de coude à son mari. Elle était assise par terre à côté de lui.

— Ils ne bavent qu'un petit peu. Puis ils roulent sur le ventre et ils arrivent à faire d'autres petits trucs aussi.

Elle se pencha et chatouilla sa fille, installée à côté d'elle.

— Oui, Emma, ma puce. Tu es tellement maligne.

— Ce ne sont pas des chiots, chérie, dit Luc d'une voix traînante.

— Mais ils sont adorables, répliqua Alex, bourru. Je dois

bien vous accorder ça, vous savez toutes faire des bébés mignons.

Meghan eut un sourire ravi, mais bientôt, son regard s'emplit d'hésitation. Alex détestait en être la cause, mais comment aurait-il pu lui en vouloir ? Il n'avait jamais tenu sa fille une seule fois dans ses bras. Ça avait été trop douloureux mais, au final, ses actions avaient blessé tout le monde.

— Merci, Alex.

Il poussa un soupir et tira sur la main de Tabitha alors qu'ils s'asseyaient à côté des tapis.

— Tu crois...

Il se racla la gorge.

— Tu crois que je pourrais la prendre ?

— Bien sûr, dit Luc comme il semblait que Meghan ne parvenait pas à trouver ses mots.

On aurait dit que sa sœur retenait des larmes.

Alex était conscient que le reste de la famille était en train de les observer, mais il les ignora. Il n'avait d'yeux que pour le bébé que Luc déposa dans ses bras. Comme Emma avait autour de cinq mois, elle n'était plus aussi minuscule que quand il l'avait vue pour la première fois, mais elle restait fragile.

Alex déglutit avec difficulté quand sa nièce reposa dans ses bras, étonnamment lourde. Elle le dévisagea de ses grands yeux marron et curieux. Ses petites mains parcoururent son visage tandis qu'il la maintenait en plaçant la sienne, tellement plus grande, dans son dos. Elle avait des boucles brunes pleines de ressort. Elle aurait probablement la même superbe chevelure que les sœurs de Luc. Sa peau n'était pas aussi sombre que celle de Luc, mais d'un marron clair, tout doux sous le bout de ses doigts. Elle était franchement adorable.

— Salut, Emma, dit-il doucement d'une voix rauque.

Elle cligna des yeux en le regardant avec un petit sourire. Il rit et regarda Meghan et Luc.

— On dirait que vous allez en baver quand elle sera grande.

Sasha accourut à ses côtés et embrassa sa petite sœur sur le haut du crâne.

— C'est ce que papa dit de moi.

Les adultes éclatèrent de rire, et Alex changea Emma de position pour pouvoir étreindre Sasha en même temps. Meghan se mit à pleurer pour de bon en voyant ça tandis que Tabitha avait Noah, le fils de Maya, dans ses bras, et lui faisait des grimaces pour le faire rire.

C'était ça, la famille, pensa-t-il. Et c'était quelque chose qu'il avait failli perdre parce qu'il avait peur, qu'il avait mal et qu'il se cachait de tout le monde. Il ne savait pas s'il serait un jour capable de dire aux autres ce qui s'était passé avec Jess et pourquoi il avait chuté si durement, mais il pouvait essayer de revenir vers eux, essayer d'être cette nouvelle version d'Alex qui ne savait peut-être pas exactement qui il était mais qui, au moins, était *là*.

Il tint Emma dans ses bras encore un moment avant de passer à Noah puis à Micah. Ensuite, il se roula par terre avec Colin et Sasha tandis que Leif et Cliff riaient. Son cœur se serra dans sa poitrine, mais il continua quand même à jouer. Peut-être que la prochaine fois qu'il ferait ça, la prochaine fois qu'il prendrait une grande inspiration et regarderait ses neveux et nièces grandir, ça ne ferait pas aussi mal.

Tout du long, Tabitha resta à ses côtés, à rire avec lui, tout en gardant un œil prudent sur lui. Bon sang, toute sa famille gardait un œil sur lui, mais il savait que Tabitha était la seule qui avait une raison de le faire.

Il ignorait comment elle avait fait pour lui donner la force de faire ça, de jouer avec les enfants et d'apprendre à être un oncle à nouveau, mais il l'acceptait avec reconnaissance. Il ne savait simplement pas quoi faire des autres sentiments qui l'emplissaient en étant avec elle.

Il n'était honnêtement pas sûr de pouvoir prendre le risque de se perdre en tombant amoureux à nouveau.

Et il refusait absolument de blesser Tabitha.

Quelque chose dut transparaître dans son expression car elle lui jeta un regard bizarre avant de se lever en se mordillant la lèvre.

— Je vais aller vérifier si ta mère n'a pas besoin d'aide pour mettre la table.

— Tout est prêt, à vrai dire, dit Marie en les rejoignant. On dirait que j'entends toutes vos conversations sans faire exprès, aujourd'hui.

Elle rit avant d'appeler :

— Bon, allez, tout le monde, c'est l'heure de dîner. Asseyez-vous et remerciez Autumn et Griffin pour le coup de main.

Tabby lui tendit une main, et Alex la prit en faisant attention à ne pas la faire tomber alors qu'elle l'aidait à se relever.

— Est-ce que ça va ?

Il se pencha et effleura sa joue d'un baiser.

— Oui. Oui, tout va bien.

Elle examina son visage avant de prendre sa main dans la sienne et de marcher vers la salle à manger où les autres étaient en train de s'installer. Pour être franc, c'était bizarre d'avoir Tabitha avec lui. La dernière fois qu'ils étaient venus à un de ces dîners de famille, il avait fait de gros efforts pour ne pas la regarder, et voilà que désormais, ils étaient officiellement en couple.

Il n'avait jamais amené qu'une seule autre personne à ces dîners, et Jess n'avait jamais vraiment été à sa place avec les Montgomery. Il n'était pas sûr qu'elle ait jamais vraiment essayé, même quand ils étaient au lycée et qu'il était un ado empoté, trop content de pouvoir tirer son coup pour vraiment regarder la femme qu'il prétendait aimer.

Alex repoussa ses pensées et s'assit à côté de Tabitha. Il ne servait à rien de s'attarder sur le passé, il n'y avait rien qu'il puisse faire pour le changer. Mais peut-être qu'il pourrait trouver un moyen de faire du présent, et même du futur, quelque chose qui lui conviendrait.

Ils mangèrent ensemble, en riant et en faisant des blagues, et Alex participa même à certaines. Il mangea autant qu'il le faisait dernièrement, mais il n'en fit pas toute une histoire, et les autres non plus. Il se contentait de manger jusqu'à ce qu'il n'ait plus faim, voilà tout. Tabitha avait raison quant au fait qu'il faisait trop attention, qu'il se préoccupait trop de ce qu'il ingérait. Il avait eu tellement peur de se laisser aller qu'il s'était retrouvé à se stresser à cause de ça. Comme avec tout le reste, il fallait qu'il trouve son équilibre.

Après le repas, les enfants passèrent dans une autre pièce pour jouer et regarder un film pendant que les bébés faisaient la sieste. Cela laissa les adultes dans le grand salon qui parvenait à peine à contenir tous les Montgomery et leurs moitiés. C'était dingue à quel point ils s'étaient agrandis au cours des dernières années, et pourtant Alex savait qu'une fois que Storm et Wes auraient trouvé quelqu'un qu'ils auraient envie de faire entrer dans leurs vies, ils seraient encore plus nombreux. Sans mentionner qu'il y aurait probablement d'autres enfants à l'avenir aussi.

Il s'interrompit dans ses pensées.

Quand avait-il commencé à penser à lui et Tabitha de façon permanente ? Il déglutit avant de prendre une gorgée d'eau. Bon sang, il fallait qu'il pense à quelque chose d'autre avant de se stresser.

Autant en profiter pour faire ce à quoi il avait réfléchi depuis un moment désormais.

Faire quelque chose de correct.

Il se racla la gorge et regarda autour de lui.

— Je peux parler un peu ? demanda-t-il d'une voix

hésitante.

Tabitha serra sa main avant de se décaler légèrement pour lui donner un peu d'espace. Il ne savait pas comment elle s'était rendu compte que c'était ce dont il avait besoin, mais il était vraiment reconnaissant qu'elle le comprenne aussi bien.

— Qu'est-ce qui se passe, mon cœur ? demanda sa mère en s'asseyant sur le grand fauteuil inclinable à côté de son père.

— Tu peux tout nous dire, intervint celui-ci.

Alex baissa les yeux vers son verre et hocha la tête.

— J'ai parlé à chacun d'entre vous individuellement, mais pas assez. Pas assez pour que ça compte ; pas assez pour que ça reste. Je ne sais pas où commencer ou quoi dire, vraiment, mais je crois que je devrais partir de ce que j'étais en train de dire avant. Ou en tout cas, ce que je disais aux autres. « Bonjour, je m'appelle Alex, et je suis alcoolique. »

Il prit une grande inspiration et regarda chacun de ses frères et sœurs ainsi que leurs époux et épouses à tour de rôle.

— Je ne suis pas l'homme que j'étais avant de commencer à boire et je ne suis certainement pas non plus l'homme que j'étais pendant que je buvais. Je ne sais pas comment m'excuser pour les choses que j'ai faites, pour les choses que j'ai dites. Je ne sais pas si je mérite d'être pardonné pour avoir déserté vos vies. Je veux dire, j'ai dit des choses horribles, fait des choses terribles. Je n'étais pas quelqu'un de bien et je ne sais toujours pas si je le suis. J'essaie seulement de déterminer si je *peux* l'être. Même au cours de l'année écoulée, je me suis avant tout concentré sur moi-même, pas sur le fait de faire partie de cette famille, même si j'ai essayé d'au moins être présent.

Il prit une inspiration tremblante et, heureusement, tout le monde garda le silence.

— Je ne savais pas comment trouver ma place et, la plupart du temps, je ne le sais toujours pas. Je buvais parce que...

Il soupira.

— Je buvais parce qu'il y avait des choses que j'avais besoin d'oublier. J'avais besoin de ne pas tout ressentir en même temps parce que ça me bouffait de l'intérieur en attendant le moment où ça pourrait ressortir, et je ne savais pas comment trouver la force de gérer ça. Par certains aspects, je buvais parce que c'était la solution de facilité, et au début, je ne me rendais même pas compte que c'était ce que je faisais. Un verre par ici, une bière par-là. On le fait tous, alors quel est le problème ? Sauf que je ne savais pas m'arrêter. Je vous regardais tous prendre une bière ou un verre de vin, et chacun d'entre vous sait exactement quand s'arrêter. Je ne possède pas ce filtre. Je ne peux pas m'arrêter après un ou deux verres. Alors le seul nombre possible pour moi, c'est zéro.

— Tu es bien plus fort que tu ne le penses, intervint Austin. Tu ne l'étais peut-être pas avant, et je ne sais pas ce qui s'est passé pour que tu ressentes ça, mais l'homme qui se tient devant moi ? C'est quelqu'un de sacrément fort. C'est un homme qui sait demander de l'aide et, pour moi, c'est le truc le plus courageux qu'on puisse faire.

— Putain, trop, ajouta Decker.

— Putain, carrément, murmura Maya.

Alex essuya les larmes sur son visage, sans se soucier que sa famille le voie comme ça. Ils l'avaient vu dans un état bien pire, alors ce n'était pas quelques larmes qui allaient ternir sa réputation.

— Je vous ai fait du mal à tous, je le sais. Mais, Miranda et Decker ? Je suis tellement désolé de m'être comporté comme ça le jour de votre mariage. J'ai commis une erreur et je ne pourrai jamais la réparer, je ne pourrai jamais effacer ce que j'ai fait.

Sa petite sœur, la seule de la fratrie qui était plus jeune que lui, se leva des genoux de son mari et marcha jusqu'à lui. Elle entoura sa taille de ses bras et l'embrassa sur le menton.

— Je t'aime, Alex. Et quand je repense à ce jour, je me

rappelle que c'est le jour où j'ai épousé l'homme de mes rêves et le jour où mon grand frère a commencé à retrouver la sobriété. C'est tout ce qui compte pour moi.

Il frissonna en la serrant contre lui et déposa un baiser au sommet de son crâne. Il releva la tête et regarda vers Luc et Meghan. Il serra les lèvres avant de reprendre la parole :

— Je vous ai fait du mal à tous les deux, ce jour-là, et j'en suis désolé.

Meghan secoua la tête.

— Tu es une personne différente désormais, mon cœur. Je le sais.

— Et je serai prêt à revivre ça cent fois si ça voulait dire que tu puisses revenir vers nous, intervint Luc.

— On te pardonne, dit Storm doucement. Mais il faut que tu te pardonnes à toi-même, d'accord ?

— Parce que tu es l'un de nous, bon sang, ajouta Wes. On ne va pas te laisser tomber si facilement.

Alex serra Miranda avec force avant de la laisser retourner vers Decker. Il croisa le regard de Tabitha et lui fit un signe de tête pour lui faire comprendre que ça irait. Il fallait que ça aille.

Il laissa un soupir lui échapper.

— J'espère. Parce que je suis alcoolique. Je suis alcoolique aujourd'hui, et je le serai toujours demain. Et le jour d'après. Mais je peux vous promettre de ne pas boire aujourd'hui. Ni demain. C'est tout ce que je peux vous offrir.

Il avait déjà dit ces mots par le passé, mais c'était la pure vérité. Il n'avait rien d'autre à leur offrir que cela, et il espérait que ça suffirait.

Les autres se levèrent alors et se relayèrent pour l'étreindre et lui faire la bise. Griffin l'embrassa carrément sur la bouche avec un grand sourire.

— On fait tous des conneries, tu sais, mais c'est ce qui forge le caractère. Évite simplement de recommencer.

Alex lui donna un petit coup de poing dans l'épaule tandis que Tabitha le serrait dans ses bras.

— Tu es un enfoiré.

— Je suis ta famille, mon vieux, expliqua Griffin. On est tous des enfoirés, mais on s'aime.

Tabitha rit dans les bras d'Alex.

— Je crois que ça devrait être la devise familiale.

Sa mère rit dans les bras de son père alors même qu'elle était en train d'essuyer ses larmes.

— Mes petits sont vraiment éloquents.

Son père embrassa sa femme sur la tempe et leur fit un clin d'œil à tous.

— Je commencerai à graver notre devise demain. Je pense que du cerisier sera le bois parfait pour ça.

— Je te donnerai un coup de main, déclara Griffin.

— Non !

Alex ne savait pas trop qui l'avait dit, ils avaient peut-être été six ou sept à le faire en même temps. Il renversa la tête en arrière et éclata de rire alors que Griffin leur faisait un doigt d'honneur à tous.

— C'est arrivé *une* fois, l'incident avec la scie, grogna-t-il. Une fois.

Autumn frictionna le torse de son mari.

— Chaque fois que tu te retrouves à mentionner l'incident avec la scie est une fois de trop, mon cœur.

Alex secoua la tête et se mit à rire avec le reste de la famille alors que le poids qui pesait sur sa poitrine se faisait un peu plus léger.

Il était capable de réussir, pensa-t-il. Il pouvait être un Montgomery à nouveau.

Il baissa les yeux vers Tabitha. Il ne lui restait plus qu'à se souvenir comment faire.

. . .

Quand ils arrivèrent chez elle, il était épuisé. Non seulement il succombait devant la fatigue émotionnelle, mais il était sûr d'avoir aussi récolté quelques bleus. Austin et Luc avaient eu envie de jouer au football alors, bien sûr, tout le monde s'était joint à eux. Alex s'était retrouvé avec le coude de Maya dans les côtes, et il se faisait l'effet d'un vieillard depuis.

— Elle t'a vraiment étendu, hein ? le taquina Tabitha.

La lèvre d'Alex se releva en un rictus.

— La ferme.

— Quoi ? Je n'y peux rien si mon équipe a gagné et que la tienne a été battue à plate couture.

— Tu me le paieras, gronda-t-il.

Il la souleva au-dessus de ses pieds avec ses dernières forces avant de la reposer devant lui.

— J'en ferais volontiers plus, mais j'ai du mal à retrouver mon souffle.

Elle lui sourit avant de passer ses bras autour de sa nuque.

— Tu es canon, tout en sueur comme ça.

Il mordit légèrement sa mâchoire.

— Toi aussi.

Avec un soupir, elle posa la tête sur son torse, et il inhala son odeur.

— Je suis vraiment fière de toi, tu sais. Est-ce que c'est étonnant que je t'aime ?

Ils se figèrent tous les deux, et elle se détacha lentement de lui. Le cœur d'Alex tambourinait dans sa poitrine, et il cligna des paupières. Tabitha avait les yeux écarquillés, et une expression horrifiée passa sur son visage.

Il ne dit rien. Il ne savait pas comment réagir, ne savait pas quoi dire. La seule autre personne qu'il avait aimée et le lui avait dit en retour lui avait retourné le cerveau, et il ne savait pas quoi faire désormais. Il n'était plus la personne qu'il avait été, celle qui aimait si ouvertement. Et maintenant, il craignait que ce silence sans fin les tue tous les deux.

Il ne savait pas quoi dire. Ne savait pas quoi faire.

Tabitha fut la première à parler, et il se détesta pour cela.

— Il faut que je prenne une douche pour retirer la crasse avant d'aller me coucher. Je serai rapide.

Elle s'enfuit de ses bras, et il comprit qu'il avait fait une erreur. À nouveau.

Il tenait à elle, vraiment. Mais il n'était pas certain de pouvoir aimer à nouveau. Elle méritait tellement mieux que lui, et il le savait. Il l'avait su avant de l'embrasser pour la première fois, et pourtant, il avait ignoré tous les avertissements.

Et désormais, il était peut-être trop tard.

Putain. À chaque fois qu'il pensait qu'il était presque normal, il foutait de nouveau tout en l'air.

Même s'il avait probablement besoin d'une douche lui aussi, il ne la rejoignit pas comme il l'aurait fait dix minutes auparavant. Au lieu de ça, il enfila un jogging et un tee-shirt qu'il avait laissés chez elle et se glissa entre les draps. Elle revint dix minutes plus tard dans un tee-shirt long et lui adressa un sourire qui n'atteignait pas vraiment ses yeux. Quand elle se glissa à côté de lui, ils restèrent chacun à leur place pendant cinq longues secondes jusqu'à ce qu'il lève le bras et qu'elle se rapproche.

Il la tint contre son torse, mais ils ne parlèrent pas, se gardèrent même de respirer à fond. Elle ne bougea pas, ne lui rendit pas son étreinte, mais elle appuya la tête contre son cœur. Cela prit des heures, mais elle finit par s'endormir. Ils étaient peut-être dans les bras l'un de l'autre, mais c'était différent d'avant.

Il espérait seulement que ce n'était pas *trop* différent.

Parce que si c'était le cas, il l'avait perdue avant même d'avoir vraiment compris qu'elle était à lui.

CHAPITRE TREIZE

TABBY ÉTAIT IDIOTE, et il n'y avait rien qu'elle puisse dire qui viendrait réfuter ça. Elle avait dit la chose qu'aucun d'eux n'était prêt à entendre et elle avait tout foutu en l'air.

Oui, elle aimait Alexander Montgomery, mais parfois, l'amour ne suffisait pas.

Et vu la façon dont il avait réagi à ses paroles, elle avait bien peur que ce soit l'une de ces situations.

Il ne lui avait pas dit un mot la veille, et ce matin, il l'avait embrassée doucement sur la joue avant de murmurer qu'il fallait qu'il rentre chez lui pour se changer.

Elle n'avait pas eu la force de lui dire qu'elle avait lavé les vêtements qu'il avait laissés là et les avait mis dans un tiroir. *Son* tiroir.

Il avait un tiroir à lui dans sa maison et il ne pouvait pas gérer le fait qu'elle l'aimait.

Comment pouvait-elle se sentir brisée et en colère à la fois, elle n'en savait rien, mais c'était bien ce qu'elle ressentait.

Bien sûr, le soir précédent avait probablement été un des pires moments possible pour mentionner qu'elle l'aimait.

C'était bien trop tôt dans leur relation, et il était encore à vif de tout ce qui s'était passé chez ses parents. Ils avaient tous les deux été confrontés à bien des embûches de leurs passés respectifs depuis qu'ils avaient commencé à sortir ensemble, et même si elle était tombée éperdument amoureuse de lui, ça ne voulait pas dire qu'il avait eu le temps d'en faire autant de son côté.

De façon logique, elle le comprenait, mais ça n'était pas facile à accepter pour autant.

Elle regarda son agenda sans rien voir tandis qu'elle essayait de se réveiller pour de bon. Il fallait qu'elle finisse de se préparer, qu'elle mette ses chaussures et qu'elle aille au travail. Elle ne savait même pas si Alexander serait là aujourd'hui vu qu'ils n'en avaient pas parlé. Ils n'avaient parlé de rien.

Elle avait envie de se taper la tête contre son bureau, mais elle s'en empêcha. Au lieu de ça, elle finit son café et trouva ses chaussures. Elle allait simplement mener sa journée comme s'il ne s'était rien passé. Une fois qu'Alexander et elle seraient seuls à nouveau, ils auraient le temps de réfléchir et de se parler pour de vrai.

Franchement, à quoi est-ce qu'elle avait pensé ?

À lui.

C'était toujours à lui qu'elle pensait.

Mais quand est-ce qu'elle pensait à elle ?

Cela la fit s'arrêter, mais elle repoussa aussitôt cette idée. Le travail d'abord. Sa vie partait vraiment de travers.

Elle enfila son manteau et ramassa son sac à main, l'esprit à ce qu'elle devait faire aujourd'hui plutôt qu'à ce qui s'était passé la veille. Bien sûr, c'était toujours là au fond de son esprit, à attendre, comme un bruit de fond désagréable, mais elle s'en occuperait plus tard.

Tabby fredonna pour elle-même tandis qu'elle refermait la porte d'entrée derrière elle et se dirigeait vers sa voiture. Il suffisait de continuer à nager, comme disait ce poisson dans le dessin animé. C'était la seule chose à faire pour ne pas perdre la raison.

Ses cheveux se dressèrent sur sa nuque, et elle pivota sur ses talons, les poings levés. Mais une fois de plus, c'était trop tard. De grandes mains l'agrippèrent sous les bras et la tirèrent vers le porche.

Charles, l'homme qui l'avait agressée une première fois, l'homme qu'elle *croyait* en prison, la claqua contre la porte. Elle poussa un gémissement.

— Salope ! C'est à cause de toi que je dois partir. Ma putain de femme ne voulait même pas payer la caution, mais je l'ai obligée. Elle n'aurait pas eu besoin de le faire sans toi. Pourquoi tu ne pouvais pas simplement faire ce que tu étais censée faire à la base, espèce de pute ? Je ne vois pas ton grand copain, là, hein ? Il t'a laissée toute seule, et à coup sûr, c'est de ta faute.

Il la surveillait ? Depuis combien de temps ?

Elle avait mis du temps à percuter, mais la rage qui montait en elle finit par exploser à la surface. Quand Charles lâcha un de ses bras pour lever le poing vers elle, elle utilisa ce qu'Alexander lui avait appris et fit ce qu'elle n'avait pas été capable de faire la première fois.

Elle rendit les coups.

Elle le frappa dans les noix de toutes ses forces et utilisa sa main libre pour le pousser. Charles bascula en arrière en se tenant l'entrejambe. Elle essaya de se libérer, mais elle ne fut pas tout à fait assez rapide, et il agrippa son bras. Son élan la fit glisser sur le perron verglacé, et elle cria en tombant sur son bras avec un mauvais angle. Charles tira dessus alors qu'elle tombait, et elle sentit l'os craquer dans son avant-bras.

La douleur lui donna le tournis, et elle roula sur elle-même en serrant son bras contre sa poitrine. Son visage cogna également le trottoir, mais c'était son bras qui lui faisait le plus mal.

Cependant, ses jambes fonctionnaient toujours, et elle fit ce qu'elle avait promis de faire.

Elle prit la fuite.

Elle laissa son sac et son téléphone de crainte de perdre trop de temps et que son agresseur puisse causer davantage de dégâts.

Avant qu'elle atteigne la maison de son voisin où elle comptait appeler à l'aide, le vieil homme qui vivait là ouvrit la porte en grand et la tira à l'intérieur.

— Entrez, aboya-t-il, le téléphone à l'oreille. Oui, venez, cria-t-il dans l'appareil. Le type est au sol, mais je ne sais pas combien de temps ça prendra avant qu'il se remette. Tabby est chez moi, mais envoyez une ambulance.

Joe, le voisin, baissa les yeux sur elle et poussa un juron.

— Asseyez-vous là sur le banc, ma pauvre. Ils vont venir et s'occuper de vous. Je ne laisserai pas cet enfoiré vous faire du mal.

Elle n'avait jamais entendu son voisin utiliser de gros mots de toute sa vie, et le choc fit couler les larmes, et elle sentit enfin la douleur pour de bon. Elle s'effondra sur le banc en essayant de respirer, mais elle n'y arrivait pas.

Des points dansaient devant ses yeux, et la bile monta à sa gorge. Elle était à peu près certaine d'avoir un traumatisme crânien, et il aurait probablement fallu qu'elle reste consciente. Mais ses paupières étaient trop lourdes.

La dernière chose qu'elle entendit fut Joe lui demander de rester éveillée.

Mais c'était trop dur.

Tout était trop dur.

Au moins, elle s'était défendue.

Ce fut sa dernière pensée avant qu'elle tombe du banc, incapable de rester consciente face à tant de douleur.

Alex ouvrit violemment la porte et se précipita dans la salle d'attente, Storm sur les talons. Il n'arrivait pas à croire qu'il avait laissé son putain de téléphone chez Tabitha. Il ne décrochait jamais le fixe chez lui, alors il avait été coupé du monde jusqu'à ce que Storm défonce pratiquement sa porte pour entrer.

Il avait l'impression d'avoir la poitrine serrée dans un étau, au point qu'il n'arrivait pas à respirer, mais il ne pouvait pas se concentrer là-dessus. Pas alors que Tabitha était blessée et seule.

Bon sang.

Pourquoi est-ce qu'il n'avait pas été là ?

Oh, oui, parce qu'il était trop lâche pour gérer ses sentiments, alors il était parti et l'avait laissée aux prises avec un connard. Cet enfoiré avait apparemment été libéré sur caution depuis un jour et il avait réussi à trouver où Tabitha vivait. Il l'avait agressée alors qu'elle était seule, et Alex ne pourrait jamais se le pardonner.

— Ralentis, marmonna Storm à côté de lui.

Son frère avançait tout aussi vite que lui, alors il pouvait se taire.

— Les vigiles te feront sortir si tu fais une scène.

Il poussa un juron.

— Notre famille s'est retrouvée dans cette salle d'attente bien trop de fois. Ou en tout cas une salle identique, vu qu'apparemment, on se retrouve toujours ici.

— Tabitha n'aurait jamais dû s'y retrouver, gronda Alex. J'aurais dû être là pour la protéger.

Storm tira sur son bras et l'entraîna dans un coin. Alex enrageait, mais il ne se débattit pas. Storm avait raison quant aux vigiles, et il ne pouvait pas se permettre de se faire jeter dehors. Pas alors que Tabitha était si proche.

— Elle s'est défendue. Tu m'as entendu te le dire, hein ? Les flics ont dit qu'elle avait été blessée uniquement parce que cet enfoiré a réussi à l'attraper à la dernière seconde et qu'il y avait une plaque de verglas. Elle s'en serait sortie si elle n'était pas tombée. Mais elle s'est défendue et elle l'a frappé si fort qu'il a fait une rupture de testicule.

Alex retint une grimace, mais il ne ressentait pas de pitié.

— Elle aurait dû lui arracher la bite.

— Si elle avait eu plus de temps, c'est sûrement ce qu'elle aurait fait. Mais elle a fait ce que tu lui as appris, et elle s'est barrée. Elle s'est *enfuie*. C'est la priorité, hein ? Elle s'est enfuie et elle a trouvé de l'aide. Si elle n'avait pas glissé, s'il n'y avait pas eu cette marche, elle s'en serait sortie. Elle s'est défendue, Alex. Tu l'as aidée. Souviens-toi de ça, d'accord ?

Alex poussa un soupir alors que son ventre se tordait. C'était trop, et il n'arrivait pas à se concentrer. Avant tout cela, il se serait précipité sur un verre pour masquer ses émotions, mais il ne pouvait plus faire ça, désormais. Il ne *pouvait* pas. Le fait qu'il y pense suffisait à lui montrer à quel point il était près du gouffre.

Storm croisa son regard et poussa un juron.

— Putain. Qu'est-ce que je peux faire ? Tu veux que j'appelle ton parrain ? Est-ce que tu peux gérer ça, Alex ? Parce que tu ne peux pas rentrer là-dedans les poings prêts à frapper quelque chose et t'effondrer devant elle. Elle a besoin que tu sois fort. Tu peux le faire ?

Il n'en était pas sûr, et ça dut se voir sur son visage.

— Bon sang. Tabby a besoin de toi, mon vieux. Mais elle a besoin de toi en bonne santé. Qu'est-ce que je peux faire ?

La voix de Storm se brisa, et ce fut la goutte d'eau qui fit déborder le vase pour Alex.

Sa famille avait *toujours* fait tout ce qu'ils pouvaient pour lui, et pourtant il continuait à tout faire foirer. Il ne serait jamais à la hauteur.

— Il faut... il faut que je la voie.

Il marqua une pause.

— Et puis il faut que j'appelle Steve.

Storm hocha la tête.

— D'accord, très bien. Faisons ça.

Les autres Montgomery étaient déjà arrivés, mais Alex leur passa devant en ignorant leurs questions et leurs mines inquiètes. Il ne pouvait pas les gérer en cet instant et il le savait.

— Une personne à la fois, dit l'infirmière. Vous êtes Alexander ? Elle vous a réclamé.

Un autre coup en plein ventre.

Il hocha la tête.

— C'est moi.

Sa voix crissait comme du gravier, mais l'infirmière ne fit pas de remarque. Elle se contenta de le conduire dans une petite chambre où la seule femme qu'il pensait pouvoir aimer était étendue sur un lit, le visage pâle, le bras en écharpe.

— Tabitha.

Un souffle brisé.

— Salut.

Une voix creuse.

L'infirmière les laissa seuls, et il marcha jusqu'à Tabitha, les mains tremblantes. Il était incapable de la toucher. Elle était tellement fragile, et il était survolté. Et s'il la blessait davantage parce qu'il n'arrivait pas à se contrôler ?

Son front était marqué d'une coupure, et des bleus parsemaient le côté de son visage. Elle avait une attelle au poignet, et ses dents mordaient sa lèvre inférieure.

— Je suis tellement désolé.

Elle croisa son regard. Il n'y avait pas de larmes dans ses

yeux, et il ne savait pas si c'était une bonne ou une mauvaise chose.

— Tu n'as pas à l'être. Ce n'est pas toi qui m'as mise dans cet état. Pour tout dire, c'est grâce à toi que ce n'est pas pire.

Il ravala un grognement. Il ne pouvait pas l'imaginer dans un pire état.

— Il faut que tu ailles parler à Steve, dit-elle calmement. Tu trembles, mon cœur. Et je n'aime pas te voir avoir mal.

Il laissa un rire creux lui échapper.

— C'est toi qui es à l'hôpital. C'est toi qui as le bras cassé et des hématomes sur le visage. Je vais bien.

Elle secoua la tête et grimaça.

— Non, tu ne vas pas bien.

Il garda le silence.

— C'est moi qui ai un traumatisme crânien et qui aurai bientôt un plâtre. L'os s'est fêlé bien droit, si bien qu'il n'y a pas besoin d'opérer, heureusement. Je prends suffisamment de calcium donc il ne s'est pas brisé en miettes. Ils vont peut-être me garder en observation ce soir, mais quand ils me laisseront partir, tes parents me ramèneront chez eux pour me surveiller. Ta mère n'a rien voulu entendre.

Elle ferma les yeux un moment avant de les rouvrir pour croiser son regard.

— Il faut que tu y ailles, mon cœur. Il faut que tu fasses en sorte de pouvoir gérer ça. Il faut que tu y ailles parce que je ne veux pas être la raison qui te fasse craquer.

— Tabitha...

— Il est hors de question que je sois cette raison, Alexander. Hors de question.

Il se pencha et effleura ses lèvres d'un baiser.

— Je... je suis tellement désolé. Je reviendrai, d'accord ? Je ne te laisserai pas tomber.

Elle lui fit un petit sourire.

— File.

Il avait l'impression que c'était lui qui implosait, mais il partit comme elle le lui avait demandé. Il passa devant sa famille, ignora leurs questions, leurs regards noirs, et sortit sur le parking. Storm le suivit en silence et il lui en fut reconnaissant. C'était son frère qui l'avait conduit ici, après tout.

— Il faut que je passe un appel, dit-il, et sa voix se brisa.

— Où est-ce que je t'emmène ? demanda Storm.

— Je ne sais pas encore.

Il ne savait rien.

Il appela Steve immédiatement, et l'autre lui dit de le retrouver au centre. Storm l'y conduisit en silence. Son frère ne le jugeait pas, ne le regardait pas sévèrement, il s'occupait simplement de lui.

Un jour, Alex n'aurait plus besoin de cela, mais il ne savait pas quand ce jour arriverait. Il détestait cette part de lui, mais il savait qu'elle ne disparaîtrait jamais.

— Tu peux venir si tu veux, dit-il une fois que Storm fut garé. Ça ne me dérange pas.

Les mains de Storm se crispèrent sur le volant.

— Pas cette fois. Va chercher l'aide dont tu as besoin. Trouve ce qu'il te faut. Et puis reviens, parce que Tabby a besoin de toi aussi.

Il hocha la tête, mais il n'était pas certain que ce soit vrai. Il ne pensait pas que Tabitha ait réellement besoin de lui. Pourquoi aurait-ce été le cas ? Elle ne pouvait pas compter sur lui quand c'était important, alors quelle autre option avait-elle ?

Steve avait deux tasses de café dans les mains quand Alex entra.

— Je viens d'arriver, mais j'ai pris du café sur la route. Bon, pour commencer. Est-ce que tu as bu ?

— Non.

— Bien.

— Je n'en avais pas envie, dit Alex. Pas comme avant. C'était un flash-back rapide à l'hôpital, avant que je la rejoigne, et j'ai eu peur que ça soit trop. J'ai merdé, Steve. J'ai vraiment merdé.

— Alex, tu vas merder dans ta vie. On merde tous. Même les gens qui n'ont pas essayé de se noyer dans l'alcool merdent un jour ou l'autre. Mais tu peux être fort à nouveau. Bon sang, tu te montres fort, en ce moment. Tu es venu me voir pour que je t'aide parce que tu savais que je serais là, et tu es à l'aise avec moi. Mais j'ai vu ton frère te déposer. Tu peux l'avoir comme soutien, lui aussi, je pense. Tu as une grande famille, et je sais que tu les aimes, je sais aussi qu'ils t'ont soutenu tout du long. Tu peux t'appuyer sur eux. Tu peux t'appuyer sur ta copine aussi. Tu peux t'appuyer sur moi. Mais tu n'as pas besoin de t'appuyer sur la boisson. Ça, je te le promets.

Ils restèrent assis là et parlèrent pendant une bonne heure avant que Storm entre. Il leur fit un signe de tête avant de s'asseoir sur une chaise contre le mur. Une heure de plus passa, et Alex comprit que ça irait, au moins pour le moment.

Le truc, c'est qu'il aurait pu s'en sortir en restant aux côtés de Tabitha. Il le savait. Mais il n'avait pas voulu la blesser davantage. C'était quelque chose qu'il allait devoir gérer la prochaine fois qu'il la verrait. Parce qu'il ne pouvait pas continuer à prendre la fuite dès que ça devenait difficile. Par le passé, il s'était enfui dans l'alcool, mais il ne pouvait plus justifier de prendre la fuite désormais.

Quand ils eurent fini, Storm le conduisit chez Tabitha plutôt que chez lui.

— Pendant que tu étais au centre, maman a appelé pour me dire qu'ils la ramenaient à la maison avec eux, expliqua-t-il. Elle a dit que tu avais la clé pour récupérer ton téléphone. C'est exact ?

Alex hocha la tête.

— Je vais lui envoyer un SMS pour voir si elle veut que je la rejoigne.

— Tab ? Pourquoi est-ce qu'elle ne voudrait pas ?

— Je suis parti, Storm. Elle m'a dit de m'en aller, et c'est ce que j'ai fait. Je n'aurais pas dû.

Storm secoua la tête alors qu'il se garait devant chez Tabitha. La police était venue et repartie, apparemment, et il avait le droit de rentrer, mais la voiture de la jeune femme était toujours dans l'allée. Est-ce que c'était seulement ce matin qu'Alex s'était tenu là, avec elle dans ses bras, sans savoir quoi faire ?

Il fallait qu'il la voie, bon sang. Il espérait seulement qu'elle aurait envie de le voir.

Dès qu'il eut récupéré son téléphone, il lui envoya un SMS pour lui demander comment elle allait.

Ça va. Je vais bientôt dormir, mais ta mère me réveillera dans une heure pour surveiller mon état.

Il poussa un soupir et répondit :

Tu veux que je vienne ?

La réponse mit plus de temps à arriver qu'il ne l'aurait voulu.

Pas aujourd'hui. J'ai besoin d'un peu de distance pour guérir. Et je crois que toi aussi.

Il cligna des yeux, les paupières brûlantes, et hocha la tête même si elle ne pouvait pas le voir.

Dis-moi si tu as besoin de quoi que ce soit. Je pense à toi, ma belle.

Pareil.

Il fourra son téléphone dans sa poche et se glissa dans la voiture de Storm.

— Ramène-moi chez moi.

Storm le regarda en fronçant les sourcils.

— Sérieux ? Tu ne vas pas là-bas ?

— Elle dit qu'elle a besoin de respirer.

— Putain, mon vieux, je suis désolé.

— Pas autant que moi.

Il avait merdé et ne savait pas quoi faire. Il lui donnerait l'espace dont elle avait besoin car elle le méritait. Elle méritait tellement mieux.

Est-ce qu'il pouvait l'aimer ?

Bon sang, est-ce qu'il l'aimait *déjà* ?

Est-ce qu'avoir le cœur qui se serrait en permanence parce qu'il lui semblait ne pas pouvoir vivre sans elle, c'était de l'amour ? Parce que si c'était le cas, alors c'était ce qu'il éprouvait pour elle. Il ne savait simplement pas s'il était assez fort pour y survivre.

Parce que Tabitha méritait mieux qu'un homme brisé qui n'était pas capable de se tenir à ses côtés.

Alors il attendrait qu'elle soit prête.

Et quand ce jour viendrait, il savait que s'il ne se montrait pas à la hauteur, il la perdrait pour toujours.

Et il mériterait toute la douleur et toute la peine qui en découleraient.

CHAPITRE QUATORZE

TABBY AVAIT envie de balancer le téléphone au travers de la pièce, mais elle ne pensait pas que ça l'aiderait en quoi que ce soit. Cela faisait trois jours qu'elle était venue habiter chez les Montgomery. Elle aurait pu rentrer chez elle après la première journée, mais Marie savait se montrer très persuasive quand elle le voulait.

Et il n'avait probablement pas échappé aux parents Montgomery que leur fils n'était pas venu lui rendre visite une seule fois.

Oh, il avait essayé, mais Tabby l'avait repoussé. Elle avait été honnête quand elle lui avait dit qu'elle avait besoin de distance, même si ça lui avait fait mal de le dire. Elle aurait fait *n'importe quoi* pour cet homme, même se tenir à distance parce qu'elle l'aimait.

Parce qu'elle avait vu ce qui se passait quand elle insistait trop, comme avec Michael, et elle ne comptait pas recommencer avec Alexander. S'il ne pouvait pas être la personne qu'il devait être pour être avec elle, alors elle ne pouvait pas être avec lui.

Il avait besoin de davantage.

Elle avait besoin de davantage.

Au cours des trois jours qui venaient de s'écouler, ils avaient échangé de nombreux SMS, mais pas d'appel. Ils se laissaient vraiment respirer loin de l'autre, mais dans quel but ? Elle ne l'aurait *jamais* rendu responsable de ce qui s'était passé, surtout étant donné que ce qu'il lui avait appris l'avait aidée à survivre. Tout comme elle ne lui reprocherait *jamais* d'avoir besoin de voir Steve.

Mais elle lui en voulait peut-être un peu de ne pas être capable de l'aimer parce qu'il avait trop peur.

Elle n'était pas assez forte pour le nier.

Ils s'étaient retrouvés tous les deux dans cette relation et avaient avancé bien trop vite, vu d'où ils venaient. À eux deux, ils avaient tant de passif que ce n'était même pas drôle, alors elle n'aurait pas dû être surprise qu'ils aient des difficultés, à présent.

Mais comme ils étaient allés vite, ils devaient chacun faire face aux conséquences, désormais.

Son téléphone vibra, et elle fronça les sourcils en se demandant si c'était Alexander qui l'appelait. Au lieu de cela, le nom de Loch apparut sur l'écran. Elle décrocha.

— Salut toi, dit-elle avec une jovialité forcée.

— Salut. Comment tu te sens ? La tête, ça va ?

Elle avait dit à sa famille ce qui s'était passé dès qu'elle était arrivée chez les Montgomery et après le premier texto d'Alexander. Elle savait qu'elle avait été stupide de ne pas leur en parler la première fois, alors elle ne comptait pas refaire la même erreur. Du coup, les Montgomery et ses frères avaient travaillé ensemble pour revoir le système de sécurité de sa maison.

Elle les avait laissé faire, non seulement parce que ça leur permettait de se sentir mieux, mais aussi parce que ça la rassurait un peu. Elle avait été agressée deux fois par le même homme, et le juge s'assurerait qu'il n'y ait pas de troisième fois. Mais avec le nouveau système de sécurité, qui ne serait pas exagéré, lui avaient promis ses parents ainsi que Marie et Harry, elle trouverait le sommeil un peu plus facilement.

— Eh bien ça va. J'ai un peu mal au bras, mais pas autant qu'au début. Le médecin a dit que je pourrais retourner au travail après le week-end.

— Mmh.

Elle leva les yeux au ciel, même s'il ne pouvait pas la voir.

— Je vais bien, espèce de grosse brute.

— Si tu vas si bien que ça, alors pourquoi Storm m'a appelé pour me dire que tu n'avais pas encore vu Alex ?

Elle ferma les yeux et grogna.

— Combien de grands frères il me faut, au juste ?

— Eh bien apparemment, même nous tous ce n'est pas assez, vu que tu souffres, frangine.

— Si tu as appelé pour parler de ma relation avec Alexander, je vais devoir raccrocher. On se débrouillera tous les deux pour déterminer où on en est quand on sera prêts. Sans personne d'autre.

— Mmh.

— Loch.

— À vrai dire, je t'appelais pour parler d'autre chose. Mais je n'aime toujours pas te voir souffrir, Tab.

Elle joua avec un fil qui pendait sur la couverture.

— Ça va.

Il soupira au téléphone, et elle faillit soupirer avec lui.

— On a retrouvé Michael, Tab.

Elle se redressa en ignorant la douleur dans son bras.

— Quoi ?

— Apparemment, il est sobre. Il a un boulot, et Angel va à

l'école. Ils ont quitté Denver il y a un mois et vivent à Cheyenne, désormais. Ils s'en sortent, d'après mon contact.

Il marqua une pause.

— Tu n'as plus besoin de les chercher, petite sœur. Il s'en est sorti. C'est toi qui as besoin de t'en sortir, désormais.

Elle cligna des yeux quelques fois en essayant de rassembler ses pensées. Depuis quatre ans, elle avait passé d'innombrables heures à s'inquiéter pour cet homme qui avait fait partie de sa vie et pour cette enfant qu'elle avait aimée. Sauf qu'elle ne leur suffisait pas. Elle avait cru les avoir perdus pour toujours de la pire façon possible et s'était reproché d'avoir tenu tête à Michael quand il était devenu trop difficile à vivre.

Mais s'il était sobre désormais et qu'Angel allait à l'école... alors c'était terminé.

Pour elle, en tout cas.

Ils allaient s'en sortir, en tout cas, c'est ce qu'on pouvait imaginer.

Peut-être qu'il était temps, pour elle aussi, d'aller mieux.

— Merci de m'avoir prévenue.

— Bon sang, Tab. Dis-moi ce que tu penses. Je n'arrive pas à le voir au téléphone.

Elle renifla, et il poussa un juron.

— Je vais bien, vraiment. Je sais que je n'arrête pas de le répéter, mais c'est la seule chose qui me vient à l'esprit. Je les ai cherchés pendant si longtemps parce que je pensais que c'était à moi de les aider. Mais s'ils ont trouvé une solution tout seuls et qu'ils s'en sortent, alors je suppose que je peux arrêter de chercher. Ils ne sont plus là.

— Non, effectivement, frangine. Mais toi, si. Tout comme l'homme que tu aimes.

Elle se figea.

— Je ne t'ai jamais dit que je l'aimais.

— On l'a tous vu sur ton visage en un seul regard. Je ne sais pas comment il a pu ne pas s'en apercevoir.

— Il n'était pas prêt à le voir, murmura-t-elle.

— Eh bien, il ferait mieux d'être prêt, et vite, ou je vais revenir pour lui botter le cul. C'est compris ?

Ça la fit rire, et elle sourit en sachant qu'elle ne serait jamais vraiment seule.

— C'est compris, Loch.

Ils continuèrent à parler encore quelques minutes avant de raccrocher. Elle se laissa encore quelques instants pour rassembler ses pensées avant de sortir du lit et de descendre les escaliers. Aujourd'hui, elle rentrait chez elle : même si les Montgomery voudraient peut-être qu'elle reste, il était temps.

Il était plus que temps.

— J'ai déjà chargé la voiture, ma grande, dit Harry avec un clin d'œil. Je savais que tu finirais par vouloir quitter le nid.

Tabby sourit. Seigneur, ce qu'elle aimait cette famille. Elle l'étreignit avec force et soupira tellement il lui rappelait son fils.

— Merci de vous être occupé de moi.

— C'est normal, Tabby. C'est normal.

Marie la serra dans ses bras à son tour, et Tabby ravala ses larmes.

— Quoi qu'il arrive, ma grande, tu es l'une des nôtres. D'accord ?

Bon sang, cette famille allait la tuer, et elle ne pouvait s'empêcher d'avoir envie de les garder dans sa vie. Ils l'aidèrent à rassembler ses affaires et la conduisirent chez elle. Elle s'assit à l'arrière, les yeux sur la route qui défilait tandis qu'elle essayait de réfléchir à ce qu'elle ferait ensuite. Il fallait qu'elle appelle Alexander, décida-t-elle. Il fallait qu'elle l'appelle *et* qu'elle le voie. Elle ne savait pas ce qui se passerait ensuite, mais elle avait fini de le garder à distance.

Mais quand ils se garèrent devant chez elle, il apparut qu'elle n'était pas la seule à penser ça.

— J'espère que ça ne te dérange pas qu'on l'ait appelé, dit Harry doucement. Je me suis dit qu'il me donnerait un coup de main pour décharger la voiture. Je ne suis plus tout jeune, tu comprends.

Elle leva les yeux au ciel et se pencha pour l'embrasser sur la joue.

— Vous n'êtes pas si vieux que ça, Monsieur.

Il sourit largement et sortit de voiture le premier, suivi par Marie qui avait l'air de retenir un sourire, elle aussi. Visiblement, il n'y avait pas grand-chose qu'on puise cacher à un Montgomery. Cette famille était championne pour se mêler des affaires des autres, mais avec un peu de chance, c'était pour le mieux.

— Tabitha.

Elle regarda vers lui et retint un soupir. Il lui avait tellement manqué.

— Salut.

Elle ne savait pas quoi dire d'autre. Trois jours sans le voir, sans entendre sa voix, c'était trop, et pourtant elle ne savait pas quoi dire, désormais.

— On va rentrer ses affaires à l'intérieur, intervint Harry. Tu as laissé la porte ouverte, fiston ?

— Oui, répondit Alexander sans détacher son regard d'elle.

Elle fronça les sourcils et regarda Marie et Harry.

— Je croyais que vous vouliez qu'Alexander vous aide à décharger la voiture ?

Ça fit rire Marie.

— Arrête, ne va pas trop remuer nos mensonges, jeune fille. On te verra au travail ou à un dîner chez nous bientôt.

Ils déposèrent ses affaires et partirent sans un mot de plus.

Alexander fourra ses mains dans ses poches et ne dit rien tandis que ses parents s'en allaient.

— Tu as froid.

Elle cligna des yeux en le regardant.

— Quoi ?

Il sourit, mais ce sourire n'atteignait pas ses yeux.

— Tu as froid, ma puce. On est tous les deux en train de trembloter dehors dans le froid parce qu'on ne sait pas quoi dire. Rentrons et essayons de parler à l'intérieur.

Elle eut un petit reniflement de dérision, mais acquiesça, et bientôt ils furent dans le salon, débarrassés de leurs manteaux, mais toujours aussi silencieux.

— Je suis désolée de t'avoir repoussé, lâcha-t-elle soudain.

Alexander secoua la tête avant de saisir la main qui dépassait du plâtre.

— Non, c'est moi qui suis désolé. C'est moi qui suis parti. Oui, tu me l'as demandé, mais je suis quand même parti. J'avais besoin d'une minute pour m'assurer d'avoir l'équilibre nécessaire pour être le roc dont tu avais besoin. Et puis, quand le moment est venu, je suis resté à distance plus longtemps que je ne l'aurais dû parce que je ne savais pas si tu voulais que je revienne.

Elle secoua la tête.

— Je te voulais. Je te veux toujours.

Elle s'effondrait à nouveau. Ouverte. À vif. En mille morceaux.

Il prit son visage dans ses mains et essuya les larmes sur ses joues avec ses pouces.

— Je te voulais aussi. Et oui, je veux toujours de toi. Je suis aussi resté à distance parce que j'avais besoin de comprendre ce que je ressentais. Tu vois, j'avais tellement peur d'aimer quelqu'un à nouveau que je ne me rendais même pas compte de ce que je ressentais. J'ai fait l'autruche et j'ai failli te perdre à cause de ça.

Le cœur de Tabby palpita, et sa respiration se bloqua.

— Tu ne m'as pas perdue, Alexander. Pas encore.

Il poussa un soupir.

— J'avais peur de t'aimer parce que j'avais peur d'avoir trop besoin de toi. Le truc, c'est que ce n'est pas quelque chose que je peux contrôler. J'ai besoin de toi, Tabitha. J'ai besoin de toi de tout mon être. Pas parce que je ne suis pas assez fort sans toi, mais parce que je suis plus fort avec toi. Je suis quelqu'un de meilleur avec toi dans ma vie et je veux être l'homme qui t'aime. Je *suis* l'homme qui t'aime. Tu as mis à vif une part de moi qui était si profondément enfouie que je l'avais presque perdue. Tu m'as laissé vulnérable, ouvert, et *tien*. Et dit comme ça, on a peut-être l'impression que je déteste ça, mais c'est l'inverse. Je n'ai plus à porter ce fardeau, cette douleur qui me disait que je devais prendre la fuite et me cacher de tout ce qui pourrait être important. Je t'aime, putain, Tabitha. Je t'aime de tout mon être et j'aurais dû t'aimer depuis bien plus longtemps que ça. J'aimerais tellement avoir déjà passé des années à tes côtés, ne pas avoir perdu mon temps à me noyer dans ma douleur et l'auto-apitoiement. Mais je sais que nous ne pouvons pas retourner en arrière, nous ne pouvons qu'aller de l'avant. Je t'aime, Tabitha. Je t'aime tellement, bon sang.

Les larmes coulaient librement, et elle se hissa pour l'embrasser avec vigueur sur les lèvres.

— Tu es... tu es tellement plus que ton passé. Tout comme je suis plus que le mien. Je t'aime, Alexander. Je t'ai aimé depuis bien plus longtemps que je ne l'aurais dû, mais je t'aime davantage chaque jour qui passe. Tu as brisé quelque chose en moi aussi, mais tu as raison, c'est le genre de fêlure qui fait du bien. C'est une fêlure qui va nous permettre de nous mêler l'un à l'autre et d'être les personnes que nous avons besoin d'être, plutôt que le résultat de décisions anciennes qui ne nous correspondent plus.

Il l'embrassa à nouveau, et elle soupira contre ses lèvres.

— Je suis tellement heureux que tu aies compris ça. C'est Griffin qui est doué avec les mots. Moi, j'ai l'impression de pédaler dans le vide, mais peu importe, je veux que tu saches que je t'aime. Je veux être avec toi, Tabitha. Je veux apprendre à être qui nous sommes désormais, à tes côtés. Et te voir sourire chaque matin. Je te veux dans notre lit, pas le mien, pas le tien, mais le *nôtre*. Je te veux dans ma vie et je veux que tu sois… je veux seulement que tu sois.

Elle embrassa son torse, son menton, ses joues, puis ses lèvres.

— Moi aussi je veux être. Et je crois en toi, mon cœur. Je crois tellement en toi.

— Je t'ai trouvé quelque chose, murmura-t-il.

Il passa derrière elle pour ramasser une boîte rectangulaire.

Elle s'essuya le visage et la lui prit des mains.

— Qu'est-ce que tu aurais fait si je t'avais dit de partir ?

Il haussa les épaules et se mordit la lèvre.

— J'aurais laissé la boîte quelque part pour que tu la trouves et j'aurais essayé de te persuader. Je ne t'aurais pas laissée tomber si facilement.

— Je ne te laisserai pas tomber non plus.

Elle souleva le couvercle de la boîte et un petit cri lui échappa.

Alexander ne dit rien. À l'intérieur se trouvait un cadre en bois fait à la main, fin et délicat, qui contenait une photo en noir et blanc. C'était la photo qu'il avait prise d'elle au bureau, la tête penchée, les lèvres recourbées en un petit sourire timide. Elle se rappelait à quel point elle avait eu envie de se cacher de lui au moment où il avait pris cette photo, craignant de ne trop en dévoiler.

Et elle savait désormais qu'elle avait eu raison de s'inquiéter.

Son amour pour lui transparaissait en une parfaite harmonie dans cette photo. Pourtant, elle pouvait sentir l'amour du photographe, de *son* photographe, tout autant.

Mais ce n'était pas pour ça qu'elle avait crié.

Niché à l'intérieur d'une petite encoche créée dans le cadre se trouvait un anneau d'or blanc serti d'un diamant solitaire.

Elle reposa la boîte sur la table, les mains tremblantes, tandis qu'elle tenait la bague entre le pouce et l'index d'une main, et le cadre de l'autre.

— Alexander ? souffla-t-elle.

Elle le vit, un genou à terre devant elle, et faillit s'évanouir.

— Je sais qu'il est trop tôt, et je sais que nous devrions attendre, et on le fera si c'est ce qu'on veut, mais je voulais que tu saches que je t'aime et que je veux que tu sois ma femme. Je veux t'épouser, je veux être ton mari. Je veux que tu deviennes une Montgomery, pour de bon, et je veux qu'on regarde vers l'avenir ensemble en sachant qu'on peut être ce qu'on voudra, faire ce qu'on voudra, et survivre à tout, tant qu'on sera ensemble.

Elle renifla et tomba à genoux devant lui. Elle posa la photographie dans son cadre à côté d'eux.

— Oui, murmura-t-elle. Oui à tout ça. Oui, oui, oui.

Une larme unique roula sur la joue d'Alexander, et elle se pencha pour l'ôter en l'embrassant. Il captura ses lèvres en un baiser douloureusement tendre avant de se retirer pour glisser la bague à son doigt.

— Je vais devenir une Montgomery, dit-elle au bout d'un moment.

Ça les fit rire tous les deux.

— Je ne savais franchement pas si ça serait dans la colonne

des avantages ou des inconvénients pour toi, dit Alexander en riant à nouveau.

— Un avantage, répondit-elle. Totalement un avantage.

Puis elle se jeta sur lui et dévora de baisers son fiancé, Alexander Montgomery. Parce que oui, elle serait une Montgomery, après tout. Il avait fallu qu'elle tombe amoureuse de l'homme que la plupart des gens pensaient qu'elle aurait dû éviter pour que ça arrive.

Et d'après Tabitha, c'était le résultat d'un plan parfait.

FIN

À suivre dans le monde de Montgomery Ink...
Nos desseins ravivés

NOTE DE CARRIE ANN

Je vous remercie d'avoir lu En pointillé. Si vous avez aimé cette histoire, j'espère que vous envisagerez de laisser un avis ! Les avis sont utiles pour les auteurs *et* les lecteurs.

Je suis honorée que vous ayez lu ce livre et que vous aimiez les Montgomery autant que moi !

La série se poursuit avec Nos desseins ravivés, suite des Montgomery de Denver.

Pour vous assurer d'être informé de toutes mes nouvelles parutions, inscrivez-vous à ma newsletter sur www.CarrieAnnRyan.com ; suivez-moi sur Twitter @CarrieAnn-Ryan, ou sur ma page Facebook. J'ai également un Fan Club Facebook où nous discutons de sujets divers, avec annonces et autres goodies. C'est grâce à vous que je fais ce que je fais, et je vous en remercie.

N'oubliez pas de vous inscrire à ma LISTE DE DIFFU-SION pour savoir quand les prochaines publications seront disponibles, participer à des concours et obtenir des *lectures gratuites*.

Bonne lecture !

Montgomery Ink

    Tome 0.5 : À l'encre de ton cœur

    Tome 0.6 : À l'encre du destin

    Tome 1 : À l'encre déliée

    Tome 1.5 : À l'encre de ton âme

    Tome 2 : À dessein prémédité

    Tome 3 : D'encre et de chair

    Tome 4 : Attrait pour trait

    Tome 4.5 : À l'encre des secrets

    Tome 5 : Entre les lignes

    Tome 6 : En pointillé

    Tome 6.5 : À l'encre de nos rêves

    Tome 7 : Nos desseins ravivés

    Tome 8 : Motifs troubles

Et d'autres encore !

DE LA MÊME AUTRICE

Montgomery Ink:

    Tome 0.5: À l'encre de ton cœur

    Tome 0.6: À l'encre du destin

    Tome 1 : À l'encre déliée

    Tome 1.5: À l'encre de ton âme

    Tome 2 : À dessein prémédité

    Tome 3 : D'encre et de chair

    Tome 4 : Attrait pour trait

    Tome 4.5: À l'encre des secrets

    Tome 5: Entre les lignes

    Tome 6: En pointillé

    Tome 6.5: À l'encre de nos rêves

    Tome 7: Nos desseins ravivés

    Tome 8: Motifs troubles

Les Frères Gallagher:

    Tome 1: Un amour nouveau

    Tome 2: Une passion nouvelle

    Tome 3: Un nouvel espoir

Redwood:
1. Jasper
2. Reed
3. Adam
4. Maddox
5. North
6. Logan
7. Quinn

Griffes
1. Gideon

Pour plus d'informations, abonnez-vous à la LISTE DE DIFFUSION de Carrie Ann Ryan.

À PROPOS DE L'AUTEUR

Carrie Ann Ryan n'avait jamais pensé devenir écrivaine. C'est seulement quand elle est tombée sur un roman sentimental alors qu'elle était adolescente qu'elle s'est intéressée à cette activité. Lorsqu'un autre romancier lui a suggéré d'utiliser la petite voix dans sa tête à bon escient, la saga *Redwood* ainsi que ses autres histoires ont vu le jour. Carrie Ann a publié plus d'une vingtaine de romans et son esprit foisonne d'idées, alors elle n'a guère l'intention de renoncer à son rêve de sitôt.